小公女たちの
しあわせレシピ

Little Princess
and
her Recipes for Happiness

谷 瑞恵

新潮社

小公女たちのしあわせレシピ　目次

装画
土居香桜里

レシピ監修
砂古玉緒
(The British Pudding)

章扉・レシピページ挿画
中原 薫

小公女たちのしあわせレシピ

1 ✦ 奇跡のぶどうパン

『小公女』

フランシス・ホジソン・バーネット 作

寄宿学校で優雅な生活を送るセーラの元へ、富豪の父が亡くなり、事業も失敗したと連絡が入る。周囲は一転、孤児となったセーラを召使いとしてこき使い、いじめ抜く。だが、彼女は高貴な心を忘れず逆境に立ち向かう。


メアリさんが亡くなったらしい。

電話口で母親の話を聞きながら、つぐみはどう受け止めるべきか戸惑っていた。メアリさんはいつも、白髪交じりのグレーヘアに、つばの広い麦わら帽子をかぶり、全身ピンク色の服を着ていた。どちらかというと物静かで、しかし愛想が悪いわけではなく、顔を合わせればにこやかに話しかけてくれた。一重の目を糸のように細めると、ふっくらした頰に赤みが差す。言葉遣いは丁寧で、物腰はやわらかく、たぶん、メアリさんを嫌う人などいなかっただろう。

けれど、彼女はいつでもひとりだった。顔見知り程度の人と言葉を交わすことはあったが、親しい人はいなかったのではないだろうか。つぐみは、メアリさんがにぎやかな場所にいるのを見たことがない。

母は、メアリさんの死を悲しんでいる。突然すぎて今も信じられないと、いい人だったと涙声になる。宿泊費はきちんと払ってくれて、部屋もきれいに使ってくれた。毎日のように顔を合わせていれば、家族みたいにも感じていただろう。でも、必要以上に悲しまないようにもしている。つきあいは長いが、彼女は身内ではなく、つぐみの家が経営しているホテルのお客さんだ。メアリ、という名前もたぶん、本名ではない。少なくとも彼女は、異国を感じさせる顔立ちではなかった。そして母もつぐみも、メアリさんのことは何も知らない。

だから、メアリさんの話はそれで終わりだ。しんみりした間を置いて、母は話を変える。

「それでつぐみ、今度の三連休に帰ってこれない？」

電話の本題はこちらだろう。

「春分の日？　べつに帰れるけど」

「家のリフォームをするから、つぐみの部屋のもの、それまでには片付けてほしいの」

「リフォームって、どうしてまた？」

「景太《けいた》と千枝《ちえ》さんの夫婦と、同居することになったのよ。あの子たちにこれからホテルの経営をまかせていくわけだし、二世帯住宅にすれば便利じゃない？」

つぐみの兄、野花《のはな》景太は、〝ホテルのはな〟の従業員の女性と、去年結婚した。つぐみの家は、家族経営のビジネスホテルで、祖父がはじめたホテルを祖母が、そして両親が細々と続けてきたが、いずれ兄夫婦に受け継がれるだろう。

三階建ての小さなホテルで、その裏手にあるごくふつうの一軒家が、つぐみが高校を出るまで暮らした家だ。二世帯住宅になるということは、今は近くに部屋を借りている兄夫婦が、そこで暮らすということだ。両親と、兄夫婦の家になるのだ。

「え、じゃあわたしの部屋は？」

突然のことで、口に出てしまう。

「要るの？　帰省したときは空いてる部屋で寝ればいいし。もう独立して十年以上になるんだから、あなたもそろそろ、結婚のこと考えたら？」

考えてできるものなら苦労はしない。とりあえず、連休には帰ると返事をし、つぐみは電話を切る。結婚の兆しがないとしても、いざとなったら実家を頼ろうなんて甘い考えは捨てろということだ。最近、実家に戻ることもちらりと頭をよぎったりしていたところだったから、はっきりと釘を刺されたような気がした。

大学へ入った年に、つぐみは家を出て一人暮らしを始めた。都会で暮らしてみたかったし、自由を満喫したかった。それから就職し、転職し、今のところ実家からギリギリ通勤圏内の、県をまたいだ政令指定都市で働いているものの、帰るのは年に数回といったところだ。だったら、部屋を明け渡したってどうってことはないと、母は考えたのだろう。

つぐみが働いているのは、それなりに名の通った菓子パンメーカーだが、契約社員だ。正社員だと親は思っていることだろうが、そろそろ更新の時期が迫っている。噂では、三十を超えると雇い止めになりやすいらしいし、つぐみは今年で三十三だ。転職は年々難しくなっていく。

正社員への登用試験を受けてみては、と勧めてくれる上司もいるが、正社員になると最初は工場勤務と決まっている。それがいやだというわけではないが、このごろ自分は何がしたいのか、よくわからない。

ただ楽なほうに流されているだけかもしれない。実家に戻れば家賃が浮くし、そのぶんで資格を取れるような勉強をして、なんてことも薄ぼんやり考えていたが、それが難しくなったのはともかく、これまでのんびりと現状維持を続けてきたつぐみが、先のことを考えてあせりを感じているのは、実のところ、沙也佳《さやか》の結婚が決まったからだろう。

逸水《いつみ》沙也佳は、部屋をシェアしている同居人だ。つぐみとは前の会社で同僚だった。同い年で、それからずっと親しくしている。今は派遣で働いている彼女とは、立場も似ていたし、日頃の愚痴を言い合っていたが、これからはもう、そうもいかない。

沙也佳の交際相手が遠方に赴任することになり、同時に結婚話が持ち上がったらしく、結婚したら彼女は遠くへ行ってしまうのだ。

つぐみは急に寂しくなっていた。沙也佳はしっかり者で、何かと頼っていたからなおさらだ。沙也佳には幸せになってほしい。でもたぶん、いつまでも友達ではいられない。環境が変われば関係も変わる。これまでも、かつての友達とは疎遠になり、新たな環境でまた仲間ができることを繰り返してきたのだからわかっている。連絡を取り続けている友達でも、会う機会は減っていく。沙也佳ともそんなふうになって、だんだん会えなくなっていくのだ。新しい出会いがあるなんて言う人もいるけれど、それもやがて古くなって途切れるのなら、寂しさは埋まらない。

連休ともなれば、沙也佳とふたりでよく旅行に出かけていたが、今回彼女は、大阪にある結婚相手の実家を訪ねるとのことで、つぐみはひとりぼっちだ。これといって予定もないから、実家へ帰るしかない。

これからは、風邪を引いたときに心配してくれる人がいない。夜遅くに相手の部屋へ入り浸って、愚痴を言うこともできない。なんて、そんな情けないことは言っていられない。

迎えた連休初日、つぐみはひとり、家族連れやカップルでにぎわう電車に乗った。

四畳半の子供部屋は、かつてはどこよりも心地のいい場所だった。窓際に学習机と本棚、壁際にはベッドと洋服ダンス。友達とケンカしても、失恋しても、ここで好きな本を読みふけり、好きな音楽を聴いて、一晩寝れば元気になれた。

慣れ親しんだ自分の部屋だから、帰るとほっとする。一方で、今ここで暮らせるかというと微妙だ。あらためて眺めると、小花柄のベッドカバーやカーテンは野暮ったい。昔はこんなものが好きだったのかと意外に思える。畳の上に敷いたラグは淡いグリーンだったのに、それがすっかり日焼けしているせいか、きちんと入れ替えられているはずの空気も、なんとなく古びてカサカサしている。

ぐるりと見回してみるが、これといって必要なものもない。参考書も教科書も、昔の服もカバンももういらない。かつては大好きだったぬいぐるみも、キラキラして安っぽいアクセサリーも、大人になったつぐみには意味のないものだ。けれども部屋がなくなってしまうとしたら、記憶の居場所を失うような、寄る辺ない気持ちになるのだった。

たまに帰省していたときは、何も考えずに寝起きするだけだった部屋が、急に饒舌になって語りかけてくる。オルゴールの箱にはあのころ一番気に入っていたビーズのブレスレット、鍵付きの引き出しには日記帳、写真立てにはファンだったタレントの切り抜き。ここには紛れもなく、過去の自分がいる。

だけど、もういらないんだから。つぐみは本棚に歩み寄る。教科書や参考書とともに、コミックや雑誌や小説が雑多に並んでいる。背表紙を眺めていると、かつての自分が好きだったもの、興味のあったことが次々と浮かびあがってくる。捨てるのは忍びなくなってくるけれど、持ち込める部屋もない。それにたぶん、生家に置いたままになっているものは、ここを出たときにつぐみが自分から切り離したものなのだ。高校を出てから、一度も手に取ろうとしていないのだから。

しかしふと、つぐみは目にとまった本に手をのばしていた。背表紙に『小公女』とある古びた本だ。函《はこ》入りの児童書なんて持っていただろうかと、本棚から取り出してみるが、祈るように手を組んだ少女の装画には見覚えがない。函の中の表紙も同じ絵だ。

つぐみの記憶にある『小公女』は、もう少し小さいサイズで、たぶん、岩波少年文庫だったのではないか。少なくとも、こんなハードカバーの本ではなかったはずなのだ。

自分の『小公女』はどうしたのだろう。小学生のころ夢中になって読んで、大好きだったけれど、あのころの本はみんな、年下のいとこにあげたのではなかったか。

それにしても、どうしてつぐみの部屋の本棚に、見たことのない本が紛れ込んだのだろうか。いつからここにあるのかもわからない。帰省しても、本棚を意識して見たことがないからだ。

ぱらぱらとめくってみると、紙切れが一枚はさまっていた。折りたたんだ便せんで、下の方に〝ホテルのはな〟とロゴの印刷が入っている。ホテルの客室に置いているものだ。そこにボールペンで書かれているのは、手紙ではなく、料理のレシピのようだった。

バター、タマゴ、砂糖に小麦粉、レーズン、蜂蜜……、そのあとには作り方がきちんと整った細かな字で綴られている。なんとなく目を走らせて、甘いお菓子の作り方だろうと想像する。けれど、どうしてこんなものが『小公女』にはさんであるのだろうか。

「ねえねえ、つぐみさん、お昼までしょ？　いっしょに食べない？」

部屋の外から声がかかり、つぐみは顔を上げた。振り返ると、兄の妻の千枝が開けっぱなしのドア際からこちらを覗き込んでいる。

「うん、ありがと。今日はみんな忙しそうだね」

「まあねえ、ビジネス客が少ない連休なのに、意外にも満室。港で音楽のイベントがあるみたい」

　全二十室の小さなホテルだ。観光地ではないが、いちおう県庁所在地なので、平日は仕事での利用者も途切れない。海が近いので夏場は忙しいし、イベントやコンサートがあるときも予約が入る。都会でもなく、かといって温泉も名所もない中途半端さに、大手のホテルが進出してこないからか、〝ホテルのはな〟は、この場所で細々と経営を続けている。

「大変だね。世の中が休日なのに休めないでしょ？」

「平気。楽しくやらせてもらってるから。あたしの生け花、わりと評判いいんだよ。見た？」

「ロビーのやつ？　見た見た。あれ、豪華だったね」

「最近習ってるの。お客さんもほめてくれるのがうれしくって」

　千枝は生き生きした笑顔を見せる。五歳年下の義姉だが、誰に対しても垣根がなく、屈託なく打ち解ける女性だ。まとめた髪が少し茶色いのも、つけまつげがびっしりなのも愛嬌で、結婚前の彼女はもっとギャルっぽかった。

「そうだ、これ、もしかして千枝さんの？　わたしの部屋にあったんだけど」

　思いついて、つぐみは『小公女』の本を見せる。少なくとも兄のものではないはずだ。

「ん？　違うよ。あたし、本なんて読まないし」

　彼女はあっさり首を横に振った。

「じゃあ、誰のだろ」

「つぐみさんの部屋へ入るのは、お義母《かあ》さんくらいじゃない？」

　つぐみの本だと母が勘違いして、本棚に入れたのだろうか。お客さんの忘れ物なのかもしれない。あとで母に訊いてみようと、学習机に置き、つぐみは千枝といっしょに階下へ行く。ダイニングルームの窓の外には、ホテルの建物がせまっている。

プリンみたいな建物だと誰もが言う。クリームイエローの外壁を持つ三階建てのビルで、屋上を囲む部分がカラメルソースみたいな焦げ茶色だからだ。ホテルの裏にある住居からは、外の景色がほとんどホテルにさえぎられていて、見晴らしがいいとは言えないが、見慣れたプリン色の建物がそこになかったら、むしろ落ち着けないだろう。

「今日のまかないは、焼きそば、目玉焼き付きだよ。あたしの得意料理」

テーブルには、ふたり分の焼きそばが置いてある。今日のまかないは千枝の担当だったようだ。ホテルが提供するのは朝食のみで、それは母がつくっているはずだが、いずれは千枝が任されるのだろう。

六人用のダイニングテーブルに、向かい合って座る。広いテーブルだが、家族がそろったことはない。子供のころからそんなふうだったので、不思議に思ったこともなく、いつも少人数で食事をしていた。つぐみと兄は祖母といっしょになることが多かったが、思えば子供たちだけになることもほとんどなかった。忙しい一家でも、つぐみは大切にされていた。

祖母は十年前に亡くなった。その後の帰省では、食事はどうしていたのだろう。友達と会ったりと、落ち着いて家で過ごすことが少なかったのか、あまり思い出せない。

家族で守ってきたこのホテルから、つぐみはとっくに巣立った、のだろうか。

「つぐみさんの部屋、残しておくって話もあったんだけど」

食べながら、ちょっと申し訳なさそうに千枝が言った。

「それじゃあ結婚あきらめたみたいだって、お母さんが言ったんでしょ？」

二世帯住宅にリフォームするのに小姑《こじゅうと》の部屋を用意するなんて、つぐみ自身もどうかと思う。

「でも、本当にいいの？」

千枝の焼きそばは、母のと同じ味がする。

「ここはもう、お兄ちゃんと千枝さんの家でもあるんだから。わたしに遠慮はいらないって」

「じゃあ、つぐみさんも、遠慮せずに好きなときに来てね」

「うん、図々しく来て客間に泊まるから」

結婚すると、家族の意味が変わる。家族の誰かが結婚することでも、つぐみの居場所は変わっていく。友達の結婚も、けっして小さな出来事じゃない。お互いに、これまでと同じではいられなくなるのだろう。

見慣れたダイニングルームに、見慣れないものがある。つぐみがふと目をとめたのは、古びた革製のキャリーバッグだった。煮染《にし》めたような色になっているが、何十年と使い込まれたのだろう。傷だらけでも変形しておらず、二本のベルトをしっかり巻き付けて胸を張っている。頑丈そうで存在感がある。

じっと見ているうち、つぐみはそのキャリーバッグに見覚えがあることを思い出していた。

「あれ？　メアリさんの遺品」

つぐみの視線に気づき、千枝が言った。そうだ、メアリさんはいつもあれを引きずって、〝ホテルのはな〟に現れた。つぐみが物心ついたときにはもう、メアリさんは常連客だった。ときどきやってきては、数週間ほど宿泊し、去っていく。そんなことが何度かあったから、つぐみも彼女のことはよくおぼえている。メアリさんが本格的に長期滞在をするようになったのは十年ほど前からで、つぐみはもう働き始めていたために、休暇で帰ったときに顔を合わせるくらいだったが、どこにいても目立っていた彼女の姿は、今でもはっきり目に浮かんだ。

夏でも冬でも、ピンクの服を着ていた。ブラウスもコートも、麦わら帽子を飾るリボンもピンクで、やはりピンクのスカートは、たいていギャザーたっぷりに膨らんでいたからか、つぐみは古い少女漫画みたいだと思っていた。

「あのキャリー、商店街の喫茶店に置いたままになってたみたい。メアリさんがときどき行ってたところ。お店の人は、また来たときに返そうと思ってあずかってたらしいんだ。でも、亡くなったって知らなかったみたいで、なかなか現れないし、どうしようってことで、うちへ持ってきたの。あとで役所に届けなきゃ」

「メアリさんの身内が市役所にいるの？」

「つぐみさん、聞いてない？　メアリさんは行旅死亡人《こうりょしぼうにん》なんだって」

聞き慣れない言葉で、すぐには理解できなかった。

「こう……りょ？」

「身元不明で、役所が遺骨をあずかってる人のこと。あたし、おばあさんの知り合いだったのかなって思ってたんだけど、ずっと昔からのお客さんだって、お義父《と》さんが言ってた。おばあさんも、どこの誰か知らなかったはずだって。宿帳の住所は、何十年も前から同じだけど、架空の住所なんだって」

メアリさんは、十年ほど〝ホテルのはな〟で暮らし、そのまま亡くなった。どこの誰なのか、まるでわからないなんて、風に乗って消えてしまったかのようではないか。遺骨が市役所にあるだなんて、そちらのほうがつぐみには現実的な感覚がない。

まだつぐみが実家にいたころ、健在だった祖母とメアリさんが、笑顔でよく話をしていたのを思い出す。つぐみはなんとなく、祖母とメアリさんは子供のころから友達なのではないかと思っていた。けれど祖母も、メアリさんのことはお客さんとして知っていただけだということだ。つぐみのありふれた日常に、急にミステリアスな物語が紛れ込む。

「メアリさん、いつものように出かけて、喫茶店へ寄ったのかな。キャリーを忘れていったのは、もしかしたら頭がぼんやりしてたのかも。そのあと、道ばたで急に倒れたみたい。通りかかった人が救急車を呼んだけど、そのまま……。誰かが、うちに泊まってるメアリさんだって気づいたみたいで、報せてくれたのよね。お義母さんが病院へ駆けつけたけど、家族じゃないし、面会はできなかったって。結局身分証とか何もなくて、野花家が火葬に立ち会っただけ。町田メアリってのも、どう考えても本名っぽくないよね」

メアリさんには、身内も親しい人も、もういなかったのだろうか。七十五歳だった、と母は言っていたけれど、それも本当の年齢かどうかわからない。

「自分のこと、誰にも言えないような過去があったのかな」

つぐみのしんみりしたため息に、千枝は頷く。

「そうだねえ、過去に何か、事件に巻き込まれたとか……？　でも、犯罪がらみってことはない気がするんだ」

千枝の言うことは、なんとなくつぐみもわかる。悪いことを隠しているような、不穏な印象がなかったからだ。メアリさんにまとわりついていたのは、孤独の向こう側にある、晴れた空に似た凜々しさだった。透明な水色の、明るいのに泣きたいような気配だった。

「それに、メアリさんはメアリさんだから。あたしたちにとっては、このホテルを好きになってくれた人」

彼女は、ここを終《つい》の住処《すみか》に選んだのだ。そう思うとつぐみは、自分自身のことを考えずにはいられなかった。これからの人生、どこに居を定めるのだろう。想像もつかない。

もしかすると、家がないのはそんなに特殊なことではないのかもしれない。つぐみだって、沙也佳とシェアしている部屋は近々出るしかないし、どこかに安いワンルームを借りるとしても、ずっと住んでいられるわけじゃない。メアリさんと何が違うというのだろう。

「わたしも、老後はこのホテルに宿泊し続けようかな」

「じゃあここ、ちゃんと続けていかなきゃね」

千枝は頼もしくも言う。兄が結婚すると聞いたとき、今どき、こんな小さなホテルの跡継ぎと結婚して、仕事を手伝ってくれる人がいるなんてと、不思議だったつぐみだが、彼女は当初バイトで入り、正式に雇われることになったくらいだから、ここの仕事にやりがいを感じているのだ。だからきちんと、〝ホテルのはな〟を住処にし、将来に責任を持とうとしている。千枝のいない野花家はあり得ない。家業に興味もなく、出ていったつぐみも、自分の家は自分で選ぶしかない。

「そうだ、わたしあれ、届けてこようか？　みんな忙しいでしょ？」

食べ終えた千枝が立ち上がるタイミングで、つぐみは言った。食べるのが速いのも、千枝にとってはもう身に染みついた習慣なのだ。つぐみはまだ、半分しか食べていない。

「え、いいの？」

「うん、部屋の片付けは急がないみたいだし。リフォームって、まだ先だって言うじゃない。うちの繁忙期を避けて、六月くらいからって。なのに、お母さんってせっかちなんだから」

「つぐみさんにもいろいろ予定があるだろうからさ。それにまず、リフォームのことちゃんと会って話したかったんじゃない？」

娘を生家から追い出すようで、いちおうは気を遣っているのだろうか。それにしては、決定事項みたいだったけれど。

「今ごろから片付けたら、寝るところがなくなっちゃう」

「だね。だったらお願いしようかな。助かるよ」


キャリーバッグを引きずって、つぐみは家を出る。空っぽなので軽すぎて、かえって引きずりにくい。それにしても、どうして空なのだろう。メアリさんが喫茶店に置き忘れたというが、空のままのキャリーバッグを持って出かけたのか、それともどこかに中身を届けたあとだったのだろうか。

〝ホテルのはな〟は駅前といっていい立地だが、市役所は少し歩いたところにある。駅前から続く商店街の、反対側の出入口近くだが、市の中心部が駅から離れているのは、かつて市電が走っていたころの繁華街がその辺りだったからだという。駅周辺も開発が進んで、ホールや会議場といった公共施設ができるとともに、真新しい集合住宅も建ったが、昔からのごみごみした市街地は、商店街の向こう側に集まっている。

つぐみは商店街を途中で抜け、近道をしようと狭い路地へ入っていく。そのとき、何かがこちらへ向かってくる気配を感じ、とっさに身構えた。視界に入ったものを、ピンクの物体としか認識できないままに突進され、尻餅をつく。生暖かい感触が重くのしかかり、鼻息を耳元に感じながらも、つぐみは必死でその正体を凝視していた。

ブタだ。なぜかブタが、うれしそうにつぐみにまとわりついている。何が何だかわからなくて、叫び声も出ない。

「ムシャムシャ、やめろ」

誰かがそう言って、つぐみからブタを引き剝がした。リードを引かれ、ブタはおとなしくお座りする。その隣で、灰色の人影が身をかがめてこちらを覗き込む。

「大丈夫か?」

丸っこい目がつぐみの前にある。くるくると勢いよくカールしたくせ毛も相まって、人なつっこいプードルみたいな男の人だと思いながら、つぐみは不作法にも、じっと観察してしまう。

「怪我してるじゃないか」

そう言われて視線を動かし、服のそでに血がついているのを見て、つぐみはあわてた。

「血、血が……、やだ、嚙まれた?」

「いや、それは嚙み傷じゃない。手当するからこっちへ」

有無を言わせず、彼はつぐみの腕をつかみ、キャリーバッグもつかんで、すぐそばの古い家へ入っていく。板塀に囲まれた平屋の民家だが、引き戸の内側は、壁際にベンチが作り付けられていて、なんとなく待合室みたいだった。そこにつぐみを座らせると、素早く手首の怪我を確認し、傷口を洗い流して絆創膏を貼った。

「転んだとき、どこかで切ったんだな。ま、これで大丈夫だろう」

ジャージの上下を着ている。まだまだ寒い日が多いのに、彼は裸足にビーチサンダルだ。

「お医者さんなんですか?」

まったく医者には見えないが、手当の手際良さと、待合室の雰囲気に、つぐみは問う。

「獣医」

「あー、そっちですか」

　まてよ、だとすると、医療器具は動物用ではないか。いやいや、ちゃんと消毒されているだろうし、小さな怪我なら人間でも動物でもそう違いはなさそうだ。ともかく、自分で手当するよりましだったはずだと、気を取り直す。しかしまだ、つぐみは安心しきれない。

「あのう、その子、もう暴れたりしません？」

　受付だと思われる、カウンターのそばの金具につながれて、ブタはキャリーバッグに寄り添いながらおとなしくしていたが、体重だって七、八十キロはありそうだし、たぶんミニブタなのだろうけれど、それなりに迫力がある。襲いかかられたのだから、さすがに怖かった。

「ムシャムシャは人に噛みついたことはないんだが、申し訳なかった」

　彼は深々と頭を下げる。強引でぶっきらぼうな人、というわけでもなさそうだ。

「たぶん、キャリーに反応したんだ。あれ、メアリさんのじゃないか？」

「メアリさんを知ってるんですか？」

「ムシャムシャは、メアリさんのミニブタなんだ。彼女はホテル暮らしだったから、おれがあずかってた。何かあったら引き取るって約束もしてた」

「何かって……、メアリさんは病気だったんでしょうか」

　彼は小さく頭を傾げた。

「さあ、でも、ひとりで生きてたら、万が一のことは考えるだろ。ムシャムシャは、捨てられたのか弱り切って、浜辺でうずくまってたのをメアリさんが拾ったそうだ。ミニブタって、子豚のころは小さくてかわいらしいけど、想像するより大きくなるからな。かわいそうに、ここへ連れて来られたときは、衰弱して怯え切ってたけど、メアリさんは毎日世話をしにやってきて、かわいがってたらすっかり元気になってさ」

「じゃあ、この子は、メアリさんのことが大好きだったんですね」

「ああ、そのキャリーバッグを見て、引きずる音を聞いて、メアリさんだと思ったんだろうな。急に走り出したんだ」

ムシャムシャには、メアリさんが亡くなっただなんてわからない。ただ、来なくなったことはわかる。どうして来てくれないのかと、捨てられたかのように感じながら、それでも毎日待っていたのだろう。

つぐみは、そろりとムシャムシャに近づいた。ぴったりと体を寄せているメアリさんのキャリーバッグには、彼女の匂いが残っているのだろうか。

「ごめんね、メアリさんじゃなくて」

そばにしゃがみ、体をそっと撫でると、ムシャムシャは鼻をヒクヒク動かした。

「きみさ、〝ホテルのはな〟の景太の妹だろ?」

彼はまた、思いがけないことを言った。

「野花景太とは、小学校の同級生だったし、ホテルの裏の家にも遊びに行ったことがあるよ」

「えっ、それじゃあ、わたしとも会ってたんですか?」

「景太のおばあさんがお菓子を出してくれると、きみもいっしょに食べてたっけ」

兄の景太は三歳年上だが、せいぜい低学年だったつぐみにはおぼえがない。

「そんな小さいころに会っただけで、よくおぼえてますね」

「まったく変わってないから、すぐにわかった。まん丸い顔も、目尻が下がり気味なのも」

あんまりだが的確な指摘に、つぐみは何も言えない。それで最初から、なんとなく馴れ馴れしい話し方なのだとだけ納得する。少々不愉快なのが顔に出たからか、彼はクスッと笑ったようだった。

「景太に似てるし」

「えっ、絶対に似てません」

「似てるって。絶対悪い人じゃないって雰囲気」

目尻の下がったタヌキ顔、と兄妹そろってよく言われていたが、つぐみにはずっと不本意だった。

「ええと、名前、鳥みたいな？」

「つぐみです。野花つぐみ」

「ああそうそう、つぐみさんね。おれは皆川蒼《みながわそう》。小五の時よそへ引っ越して転校したし、こっちへ戻ってきたのが六年前だし、おぼえてなくても無理はないけどな」

その間、この家はずっとここにあったのだろう。昔から動物病院をやっていたのだろうか。待合室の雰囲気も、受付のカウンターも、診察室だろうドアも、古めかしい。

商店街へ来ることはあっても、路地裏にはめったに入らなかったから、つぐみの記憶にはない。駅前に大きなスーパーやファッションビルができてからは、なおさら来なくなったため、動物病院があったかどうかもわからなかった。

「キャリーバッグ、しばらくうちであずからせてくれないか。メアリさんの遺品だから、市役所へ持っていくところだったんだろ？　役所にいる知り合いに、おれから話しておくから」

ムシャムシャからキャリーバッグを取り上げるのは難しそうだ。離れたくなさそうに、のしかかっている。

「はい。それじゃあ、お願いします」

ちらりとつぐみに目を向けたムシャムシャは、安心したかのように見えた。

「中身、どうしたんだろうな。これ、空っぽだよな」

彼も、持ったときに気づいたのだろう。中身のことは、つぐみも気になっていた。

「もともと空っぽってことはないですよね？」

「いつも重そうに引きずってたからなあ。それにメアリさん、ここには過去のすべてが詰まってるって言ってたんだ」

けっして大きくはないキャリーバッグの中身が、メアリさんの過去、七十五年の人生のすべてだったのだろうか。家を持たない彼女にとっては、思い出の品だって持ち歩けるぶんだけだったことだろう。

「きみは、見たことない？」

「いえ、見たことないです」

「そっか」

彼は考え込んだのかどうか、ともかく会話が途切れたので、つぐみは帰ろうとお辞儀をした。それじゃあ、と引き戸を開けたところで、彼の声が背後に届いた。

「本が入ってたんだ。一度だけ、ちらっと見えたことがあって。本がいっぱい入ってたのにな」

メアリさんにとっての過去が、本だったというのだろうか。それらの本は、なつかしい思い出のこもった本なのか。けれど、思い出の品が本ばかりだというのも不思議だ。いつの間にかつぐみは、メアリさんのことが気になって、ついつい考えてしまっている。

身元のわからない行旅死亡人。いつも持ち歩いていたキャリーバッグの中身は、本だというけれど、どういうわけか空っぽだ。それに、ミニブタを拾って飼っていたとか、メアリさんは謎だらけだ。

つぐみにとって、長期滞在のお客さんという認識しかなかった人が、どんどんミステリアスになっていく。けれどもともと、メアリさんは不思議な人だった。仕事をしている様子はなかったのに、お金に困っているふうではなかった。これといった名所もない街の、小さなビジネスホテルをどうして気に入ったのか、十年以上も暮らしていた。晴れの日も雨の日も、ピンクの服に麦わら帽子、どこへ行くにも古びたキャリーバッグを引きずっていた。

彼女がどんなふうに生きてきて、何を考えながら日々を過ごしていたのか、想像したこともなかったが、今ごろになって、もっとメアリさんと話したかったような気がしている。

ずっと前に、まだつぐみが中学生くらいだったころ、メアリさんが言ったことがある。ありふれた日常に、奇跡はたくさん紛れているのだと。おぼえているくらいに印象的だったけれど、つぐみはいまだに、実感したことはない。

交差点で信号待ちをしながら、ふと向かい側に目をやると、コンビニから出てくる人影があった。高校を出て以来会っていない同級生だ。すぐにわかったのは、仲がよかったからだけれど、会いたくない相手だったから、つぐみは目をそらして、彼女と反対方向に歩き出す。遠回りだけれど、別の道を通って家へ帰ることにした。

彼女が急によそよそしくなったのは、高校三年の夏休みからだった。ケンカをしたわけでもないのに、わけがわからなかった。何か気に障ることをしたのかと問いかけても、べつに、と答えるだけで、状況は変わらず、そのまま卒業したのだ。

あとで人づてにきいたところによると、彼女とは進路が違ってしまったことが原因だったようだ。都市部の同じ大学へ行こうと話していて、つぐみもそのつもりで勉強をがんばっていたが、彼女は家の事情で進学をあきらめることになったという。

でも、そういうことをつぐみには言えなかったのだ。進路を変えざるを得なかったら、友達ではいられないのだろうか。つぐみに何かできるわけではなかったけれど、遠ざけたりせずに話してほしかった。

もし今声をかけたら、何もなかったようにふつうに話ができたかもしれないけれど、離れてしまった時間は埋められない。

ほんの少しの変化で、何もかも変わってしまう。変わらないものなんてない。

沙也佳のことが、どうしても思い浮かぶ。これまで彼女とは、同じように不安定な仕事をしながら、同じように節約し、同じように着回せる服を買って、貸し借りもしていた。立場が似ていて、だからお互いを理解し合えた。でもこれからは、何もかもが違ってしまう。

つぐみはただ、そんな不安を振り払うように足を速めた。

「おーい、つぐみ、どこ行くんだ？」

自転車が背後から近づいてくる。立ち止まったつぐみのそばで、自転車も止まる。兄の景太が、不思議そうに首を傾げる。一応は副社長だから、きちんとしたスーツ姿なのに、使いこんだ自転車を愛用している。

「メアリさんのキャリーバッグを届けて、帰るところ」

「市役所に？　おれ、さっきまでいたのに」

「キャリーは皆川蒼って人に預けた。お兄ちゃんの同級生だって？　その人、メアリさんのことよく知ってるみたいだったから」

景太は、ああ、とつぶやき、微妙に眉をひそめた。垂れ目が少しだけ厳しくなる。絶対に悪い人じゃない雰囲気、と蒼は言ったが、景太は穏やかそうに見えて、じつはわりと頑固でせっかちだ。しかしつぐみはというと、たぶん見かけ通りの、おっとりのんびりした性格だから、景太にはときどき眉をひそめられる。

「よく会うの？」

「いや、たまに顔合わせるけど、込み入った話はしないし」

自転車を降りて、景太はつぐみと並んで歩きだす。

「ふうん、うちへ遊びに来たことあるって言ってて、わたしのこともおぼえてたけど」

「うちは駐車場が広くて、クラスメイトのたまり場みたいになってたからな。でもあいつ、ずいぶん変わったよ。子供のころは明るくておもしろいやつだったけど、今はなんか、だらしない感じだし、毎日ぶらぶらしてるみたいだ」

「そうなの？」

「いつもジャージで徘徊してて、前に職質受けてるのを見たよ。あの家、おじいさんの家だろ？　いつこっちへ戻って来たのかもわからないくらい、長いこと引きこもってたって噂だ。あんまり近づかないほうがいいぞ」

つぐみが感じた印象と違いすぎて、混乱する。

「えっ、でも、ぶっきらぼうだけど悪い人には感じなかったよ」

「おまえは警戒心がなさ過ぎるんだよ。前に、何人か同級生のところに蒼から連絡があって、金の無心をされたらしいし、切羽詰まってるみたいで、やばいことやってるんじゃないかって噂にもなってたんだ。ちょっとだけ知り合いってのはやっかいだよ。気をつけないとつけ込まれるだけだ」

かつては友達だったとしても、景太と蒼は、お互いにもう、重なるところがなくなってしまったのだ。一から知り合うよりも、たぶん昔の関係を取り戻すほうが難しい。

「それはともかく……、皆川さんは、メアリさんとは本当に親しかったんでしょ?」

「ああ、メアリさんはドリトルさんって呼んでたらしいけど」

それを聞いてほっとした。ムシャムシャがメアリさんのミニブタだというのが間違いないなら、メアリさんのキャリーバッグを預けたのも間違っていないのだ。

「ドリトルさんかあ。獣医さんだからかな」

「え? あいつ獣医なの? おじいさんの動物病院、もうやってないよな?」

景太も知らなかったようだ。そういえば、中に誰もいなかったし、つぐみがいる間に患畜が来る様子もなかった。

「うん、だけど獣医だって」

「ホントかな。ドリトルさんって呼ぶのは獣医とは関係ないって、メアリさんに聞いたことあるけど」

おじいさんのだという動物病院を継いではいなくても、獣医の資格を持っているのだろうとつぐみは思う。ムシャムシャは健康そうだったし、大きくなったミニブタを何の知識もなく飼うのは難しいだろう。

それとは別に、メアリさんにとって、彼にはドリトルさんと呼びたくなるようなものがあったのだ。子供のころに読んだ『ドリトル先生』シリーズを思い出せば、つぐみの感覚ではどうしたって、ドリトルと呼ばれる人が悪い人だとは思えない。

きっとメアリさんは、孤独な人のそばにやってくる。ひとりで時間を持て余し、ぼんやりと過ごしている人のそばに。そう思うのは、つぐみもかつてそんなふうで、メアリさんの言葉に元気づけられたからだ。

あのときも、メアリさんは急に声をかけてきた。ステキな便せんのある店を知らないか、と訊かれたのだった。

高校生のつぐみが、急に友達に距離を置かれ、悩んでいるときだった。つぐみは、商店街からは少し外れた、お気に入りの雑貨店へメアリさんを案内した。

歩きながら、たわいもない話をし、どういうわけか悩みを打ち明けていた。つぐみの日常とは無関係な旅行者だから、話してしまえたのかもしれない。それにメアリさんは聞き上手だった。ふっくらした頬に笑みをたたえ、ゆったりと頷きながらつぐみの言葉を受け止める。おっとりした口調で促されると、何でも言いたくなってしまうのだ。

〝ひとりになるのも悪くないわ。自分にとって、自分が一番の友達だから、嫌わないで、仲良くすればいいことがあるはずだもの〟

そうして彼女の言葉は、何でも素直に聞けた。

「お兄ちゃん、メアリさんのことって、本当に何もわからないの？　カードとか通帳とか、部屋の金庫に置いてなかった？」

「そういうものは何もなかったんだ」

「でも、十年もうちにいて、毎週前払いしてくれてたんでしょ？」

働いている様子がなかったのだから、貯金があったということだ。

「それがさ、部屋に置いてた荷物の中に、大金があったんだ。この先も十年以上は泊まれるくらい。たぶん、全財産を現金で持ってて、うちに泊まってた。亡くなって、部屋を片付けて見つけたときは、不用心すぎるってびっくりしたけど、もしかしたらうちは、すごく信用されてたのかもな」

部屋を借りて暮らすことだってできただろうに、どうしてホテル暮らしを選んだのだろう。最低限のものしか持っていなかった彼女にとっては、ホテルのほうがずっと快適だったのか。

「誰も、メアリさんが亡くなったことを知らないのよね。どこかにいるのかもしれない家族も、友達も」

つぐみは、国道の先の方を見つめながら、彼女の長い旅に思いを馳せる。景太も、物思うように遠くを見ている。

「なんか、寂しいな。うちのみんな、家族みたいに接してきたつもりだけど、メアリさんにとってはどうだったんだろ。考えてみれば、自分のことはほとんど話さなかったなあ。たまにキッチンを借りに来て、お菓子を焼いてて、母さんやおれたちにもくれたんだ」

「ふうん。どんなお菓子？」

「クッキーとか、パイとか」

「プロみたいだった？　そういう仕事してたのかな」

「うーん、プロっぽくはないかな。おいしかったけど。なんだ？　メアリさんのこと気になるのか？　つぐみはたまに帰省したとき会うくらいだっただろ？」

「たまに会うだけでも、印象は強かったから」

ひとりきりで、自分につながるすべてを捨てて生きた人が気になる、なんて言ったら景太は笑うに違いない。

メアリさんは、その外見だけで目立っていた。汚れてもくたびれても、ピンクのリボンがついた麦わら帽子を手放さなかったし、ピンク色の服装も貫いていた。ただの変わり者だと思っていたけれど、メアリさんにとっては大切なことだったのかもしれない。

〝出会いがあれば、別れもあるものよ〟メアリさんは言っていた。〝でもね、自分とは別れられないから。ねえ、ケンカしたら大変でしょう？　だから、自分のことは見捨てないで、仲良くしなきゃ〟

メアリさんは、自分だけは見捨てなかったのだろうか。自分にとって大切なこだわりだけは。

〝そうしたらね、奇跡に気づけるんじゃないかって思うの〟

日常にいくらでもあるという奇跡に。

〝ねえつぐみちゃん、道ばたで何かが光って見えたら、あなたは拾う？　泥だらけで、誰もが見向きもしないものかもしれないけど、もしも心が動いて、拾ってみたら、それが奇跡の始まりかもしれないの〟

プリンのような色の、〝ホテルのはな〟が見えてくる。もしかして、メアリさんはお菓子が好きだから、このホテルが気に入ったのだろうか、なんてことを考えたつぐみは、もうひとつお菓子につながることを思い出していた。

自分の部屋にあった、『小公女』だ。本に、お菓子の作り方を書いた紙がはさんであった。もしかしたらあれは、メアリさんの本だったのではないか。

思いついたら、確かめたくてたまらなくなった。駐輪場へまわる景太から離れ、つぐみは自分の部屋へ急ぐ。学習机の上に置いたままになっていた本を手に取って、ページをめくる。〝ホテルのはな〟の便せんに、細かい字で材料や手順が書いてある。ざっと読むと、できあがるのはレーズンの入った菓子パンといったところだろうか。

それにしても、どうして本にお菓子のレシピがはさまっているのだろう。たまたま紛れ込んだのか、と思ったけれど、すぐに気がついた。レシピがはさまれたページの本文に、「ぶどうパン」の文字があったからだ。

前後を少し読めば、昔の記憶がよみがえってきた。主人公のセーラが、自分よりもっと恵まれない、ひもじい女の子にぶどうパンをあげる場面だ。

セーラの境遇にハラハラしながら、夢中になって読んだ物語だった。不幸が身に降りかかる前の、セーラのドレスや身の回りのキラキラした描写にうっとりしていたのに、突然何もかも奪われるのだ。そんな中、ぶどうパンは希望のようだった。

ほかほかの甘いパンがおいしそうで、食べてみたくてたまらなかった。セーラも空腹でつらいのに、かわいそうな女の子にほとんどあげてしまうのだから、つぐみもつらくなった。もっと自分の分を残しておけばいいのに、と真剣に思った。でも、そうしないからこそセーラは気高いのだと気づいてもいた。

メアリさんは、このぶどうパンを焼いたのだろうか。そうして誰かと分け合ったのか。子供のころは、なんとなくレーズン入りのバターロールみたいなのを想像していたけれど、レシピを見ただけではどんな味なのかよくわからない。

他のページを確かめるが、レシピがはさんであるのはここだけだ。そして、裏表紙を開いたところには、飾り文字ふうの書体で、小さくMと書かれていた。メアリさんのMだろうか。

「ねえお母さん、この『小公女』、誰のか知らない？」

休憩時間に住居へ戻ってきていた母に、本を見せる。母は首を傾げながら、本を裏返したりめくったりする。

「へえ、懐かしいわあ。これ、川端康成の訳ね。わたしが昔読んだのもそうだったな」

「ホント？　じゃあこれ、お母さんの本？」

「ううん、そんなのもうないわよ。表紙の女の子の絵にも見覚えがないし。わたしが持ってた本とも違うわね」

ポプラ社の、『世界の名著』というシリーズの一冊だ。奥付には、昭和四十二年初版、昭和五十二年十二版とある。四十年以上も前の本だ。

「メアリさんの本ってことはないかな？」

「メアリさんの？　どこにあったの？」

「わたしの部屋」

「メアリさんがそんなところへ入るわけないじゃない」

「誰かが間違えて、わたしの部屋へ置いたのかなって。これ、お菓子のレシピがはさんであるの」

「じゃあ、おばあちゃんね。お菓子づくりが得意だったでしょ」

「でもこれ、おばあちゃんの字じゃないような」

　レシピの書かれた便せんを見せると、母は大きく頷いた。

「うん、これはメアリさんの字ね。間違いないわ。メアリさんはおばあちゃんといっしょにお菓子をつくったこともあるし、本とレシピを、おばあちゃんがもらったんじゃないかしら」

　祖母が亡くなったとき、つぐみはもう社会人で、この家を出ていた。メアリさんはまだここに住んではいなかったが、常連のお客さんだったのだから、祖母に本を渡していたとしても不思議ではない。

「おばあちゃんは、つぐみがこの話好きだったから、つぐみの部屋に置いてたんじゃない？」

「好きだったって、小学校のころのことなのに」

「子供のころ好きだった本って、いつまでも忘れないし、大切なものでしょ？」

　最近のつぐみは、忙しい日々に追われ、まともに本を読んでいない。何度も読み返すほど好きな本を思い浮かべようとしても浮かばないのだ。けれど、子供のころに好きだった本はいくつも浮かぶ。

「好きだったのはおぼえてるけど、中身とか細かいこと忘れてるよ」

「忘れても、どっかには残ってるのよ。好きな本からはきっと、いろんな影響を受けて、成長期の心には深く刻まれてるんでしょうね」

　影響、なんて思いつかない。『小公女』のセーラは、正しくてやさしくて人気者で、どんな境遇でも誇り高い少女だった。魅力的な主人公だけれど、自分と近いところはどこにもない。

　ピンとこないつぐみには気づかず、母のほうが、『小公女』を懐かしみ、愛おしそうな目を向けている。

「大人になったからこそ、子供のころの本を読みたくなることもあるのよ。おばあちゃん、つぐみが大学の英文科を出たってことで、この本をまた読みたくなるかもって思ったんじゃない？」

英語を勉強して、翻訳家になりたいなんて夢をいだいたこともあった。それが、子供のころに読んだ本の影響だったかどうか、考えたこともない。学生のころ、どちらかというとつぐみは映画が好きで、映画やドラマの翻訳に興味があった。でも、映画よりもっと幼いころに触れた外国の本は、異文化の、まだ知らない世界を見せてくれた。キラキラした空想を広げてくれたのだ。

結局、『小公女』の出所はよくわからない。ただ、この本がメアリさんのものだったとしても、つぐみの部屋へ来て本棚に置いていったのは、祖母しかいないだろう。


大学を出たつぐみは、就職活動に苦戦し、かろうじて内定をもらった会社に就職したが、五年後に退職した。業績悪化で、希望退職に手を上げたのは、サービス残業が多くてきつかったのと、どうしてもやりたい仕事ではなかったからだ。しかし結局、今でも英語や翻訳とはまったく関係のない仕事をしている。おまけに契約社員だ。菓子パンメーカーの販売部で、それなりに役に立っているとは思うけれど、自分でなければできない仕事ではない。結婚も、適齢期になれば自然にできるものだと思っていたのに、まったく機会がないままだ。

かつては、人並みに生きていれば人並みのものは得られると、よほど高望みをしなければ努力だって報われると思っていたけれど、気がつけば、ごくありふれた望みさえ手に入らなくなっている。そもそも、人並みの幸せなんてものがあり得なかったのだ。望みは人それぞれで、今のつぐみだって、仕事があって、家族もいる。そう悪くはないのだから、これ以上を望むのは贅沢なのだろう。

セーラのような幸運は、物語の中にあるだけ。大人になればみんな知っているのだから、今さら子供の本を読んでも、つかの間の夢を見るくらいの意味しかないのではないか。

部屋の中のものを、少しずつ段ボール箱に詰めていく。リフォームまでに時間があるとはいえ、今のうちに少しでも不要品を片付けておいたほうがいい。沙也佳が出ていくなら、別の部屋を借りなければならないから、物件探しや引っ越しで忙しくなる。今よりずっと、家賃の負担は増すだろうし、たびたび帰省していては交通費もかかってしまう。

携帯電話が鳴ったのは、クローゼットの中身を一通り振り分けたときだった。

沙也佳からだ。交際相手の両親と会って、うまくいったのだろうか。気にはなっていたから急いで電話に出る。沙也佳は開口一番、近くの駅に来ていると言った。

駅前のカフェに入っていくと、いつになく清楚なワンピースを着た沙也佳が手を振った。

「前につぐみの実家へ遊びに行ったときは、このカフェなかったよね」

ふだんはデニムにニットと気取らない格好が多いのに、今日は胸元にリボンがついている。

「うん、最近できたんだって。駅前の雰囲気、少しにぎやかになったでしょ」

沙也佳は、彼の実家から帰る途中に寄ったのだと、早口に言った。彼は明日から仕事なので、実家の近くの駅で別れたらしい。

「どうだったの？　彼の実家は」

その話がしたかったのだろうと思ったから、つぐみは切り出す。

「うん、ご両親には前にも会ってたから、そんなに緊張しなかったけど、おじいさんとおばあさんに会って、老舗の立派な家だったからちょっと緊張したな」

「老舗の、和菓子屋さんだっけ」

「彼のお兄さんが継いでるから、わたしたちは結婚しても家業とは関係ないんだけど、やっぱ重みを感じるよ」

「歓迎してくれてるんでしょ？　大丈夫だよ」

「まあね、ご両親、いい人だし、わたしのことも気に入ってくれてて。だけどほら、彼はお母さんと仲がいいみたいで、いずれは近くに住んでとか、孫の顔がみたいとかどうとか、わりと言うのよ」

「そっか。でも、将来のことなんてわからないし、案外近くに住みたくなるかもしれないよ」

しかし沙也佳がここまで来て話したかったのは、そんなことではなかったのだろう。

「結婚すると、いろんなことが変わっちゃうんだね」

とため息をつく。変わりたい、と沙也佳はいつも言っていた。代わり映えのしない毎日がいやで、将来も不安だから、早く結婚したいと思っていたはずだ。

「変わるけど、いいほうに変わるんだから」

「そう思ってたけど、そうとも限らないのかなって。つぐみと旅行、行けなくなるし」

結婚したって、友達と旅行くらいできるのかもしれない。でも、沙也佳は彼と遠くに行ってしまうし、彼の仕事は土日祝日が休みではない。沙也佳もそれに合わせて、新しい土地でバイトをさがすという。いつかまた行こう、なんて、実現しそうにないとわかっていたから言えなかった。

「今の仕事、派遣だし、そんなに働きたいわけでもないし、早く結婚したかったけど、知らない土地へ行くことになるなんて想定外」

「住めば都っていうじゃない」

「彼しか話す人いないところで、耐えられるかな」

「沙也佳ならすぐに友達できるって」

「今さら新しい生活に馴染《なじ》むのって、難しそうで」

「まあ、新しいことって、たしかに、年々ハードル高くなるよね」

二十代なら、転職もあっさり行動に移せたけど、今はもう、契約社員でも会社にしがみつくしかない。新しい仕事なんてできそうにない。

「つぐみは？　今の仕事を続けるの？　留学したいって言ってたじゃない？」

「それね、お金も貯まらないし、会社やめたりしたら、もうあとがなさそうだし」

それだけでなく、かつての意欲が薄れているのも確かだ。努力すれば夢が叶うわけじゃないと、悟ってしまったからだろうか。

「だけど、旅行はいつかまた行きたいな。沙也佳と行ったイギリス、ホントに楽しかった」

これからのことよりも、過去がキラキラして見えてしまう。それでも、ネガティブになるよりいいと、沙也佳も思ったのかもしれない。つぐみの話題に乗って微笑んだ。

「うん、あのとき、めちゃくちゃ節約旅行だったけど楽しかったー」

「おぼえてる？　ロンドンで食べた名物のパンが、すっごく甘かったなあ」

「あったね。蜂蜜がたっぷりかかってて」

「でもあの甘さが意外とくせになりそうだったな。こっちにはない甘さで」

「干しぶどうみたいなのが入ってたよね」

「あれって、カランツじゃない？」

「カランツっていうの？　小粒の干しぶどうみたいな。つぐみ、菓子パンメーカーに勤めてるだけあって詳しいね」

最近は、ちょっとおしゃれなパン屋さんでカランツ入りのパンを見かけるようになったが、名前はまだあまり馴染みがないかもしれない。沙也佳は知らないようだった。つぐみの勤め先は、昔からの庶民的な菓子パンがほとんどなので、カランツを使った商品はないが、パン作りや素材については研修などで学んだからか、少しはわかるようになった。

「そういえばあのパン、沙也佳がガイドブックで見て、食べてみたいってことで買いに行ったんだったよね」

「そうそう、昔からの名物ってあったから。でもあのときのガイドブック、レーズン入りって書いてたような」

「まあ、カランツもレーズンの一種だから」

「そうなんだ。じゃあぶどうには違いないのね」

だからこっちでは、カランツを使っていても、レーズンと呼んでいることが多い。そのほうが、お客さんにはわかりやすいから。

「そっか、ぶどうパンだ！」

はっとして、つぐみは声に力を入れた。『小公女』のぶどうパンは、イギリスの食べ物だ。当然のこと、カランツのパンだったはずだ。

「え、どうしたの？　急に」

「あのね、部屋を片付けてたら、『小公女』の本があって、そこにぶどうパンの作り方を書いた紙がはさんであったの。セーラが買ったぶどうパン、もしかしたら、わたしたちが食べたあれなんじゃないかな」

　昔から名物のパンだというのだから、『小公女』が書かれた時代にもあったはずだし、舞台がロンドンなのだから、同じパンだった可能性がある。セーラが買った小さなパンも、あんなふうにとても甘かったのではないか。

　ぶどうパンが出てくるページにはさんであったのだから、レシピは、それを再現するものだったはずだ。あれを書いたのがメアリさんなら、彼女がイメージした『小公女』のぶどうパンをつくることができる。食べてみたいと、つぐみの気持ちは盛り上がる。

「ねえ、沙也佳。つくってみない？　あのときのパン」

いきなり『小公女』の話をされても、わけがわからないだろう沙也佳は、目をぱちくりさせている。つぐみは一方的に前のめりになる。

「今から？」

「急がないでしょう？　明日も休みだし、何なら今日、泊まっていかない？」

　家のすぐ近くのスーパーで、材料を買った。カランツはなかったから、一般的なレーズンだ。手書きのレシピにも、レーズンとしか書いてなかったから、手近なものでつくればいいのではないだろうか。昔のイギリスのお菓子だから、本当のところ小麦粉や砂糖の種類も違うのだろうけれど、そんなことを考えてもしかたがない。

家のキッチンには、祖母が使っていたお菓子づくりの道具がそろっていたし、輸入品の立派なガスオーブンもある。つぐみと沙也佳は、早速ぶどうパン作りに取りかかることにした。

「パンなんて、自分でつくったことないよ」

「レシピ通りにつくれば大丈夫。たぶん」

つぐみは材料を量り、手順を確認する。手書きのレシピは、汚れないようにビニールの袋に入れた。

「メイフェア？　違うな、ピカデリーでもないし、ケンジントンでもないし」

パン生地をこねながら沙也佳が言う。

「何の話？」

「ロンドンで食べたパンの名前。ほら、地名が入ってたでしょ？」

「あー、えっと、たしか……」

「チェルシー！」

ふたり同時に思い出し、ふたりで笑う。

「チェルシーバンズだったね」

「それそれ」

発酵を待つ間も、おしゃべりは止まらない。お互いに、しゃべり溜めをしようとするかのようだ。

タイマーが鳴ると、パン生地は二倍くらいに膨らんでいた。今のところ、うまくいっている。めん棒で生地を大きくのばし、砂糖とレーズンをちりばめる。端からくるくると巻いて、棒状になったものを切っていくと、切り口が渦巻き状になっている。レーズンと砂糖が詰まった渦巻きだ。

「渦巻きのパンって、こうやってつくるんだね」

「シナモンロールとかね」

「そういえば正輝《まさき》、シナモンロールが好きなんだ。つきあい始めたころ、待ち合わせのカフェでよく食べてた」

和菓子屋の息子なのに、洋風のほうが好きみたい、と前にも沙也佳は言っていた。

「つきあって半年だっけ？」

「うん、たった半年で結婚決めるって、早すぎたかな」

「だけど、年齢からしたら早いほうがいいじゃない。ちゃんと結婚考えてくれて、正輝さん、誠実だよ」

「わたしとつきあう半年前に、前の彼女と別れてるんだよ。その人と結婚も考えてたみたいだし、とりあえず結婚したかったのかもって思えてきて」

その話も聞いていた。以前はそんなこと少しも気にしていなかったのに、沙也佳はマリッジブルーなのだ。

「前の彼女と沙也佳のことは別だって。沙也佳と結婚したいから、プロポーズしてくれたんでしょう？」

「お互い、知らないことがまだあるのに」

「何年つきあってても、知らないことはあるもんじゃない？　沙也佳、言ってたじゃない。正輝さんとは、思ってることを伝え合えるところがいいんだって」

「これからもそうできるのかな……」

ふだんはキッパリはっきりしている沙也佳が、ナーバスになっている。つぐみのほうがいつも、悩みや愚痴が多いのに、彼女を元気づけることになるなんて意外だった。

けれど、悩みまくっている沙也佳は、案外かわいらしい。つぐみはついニヤけてしまう。

「ねえねえ、これ、シナモン入れてもおいしいんじゃない？　ふたりでつくってみたら？　正輝さん、料理はするほうなんでしょう？」

「うーん、お菓子とかはさすがに、つくったことないと思うけど、好きなものならつくってみたくなるかなあ」

食事の支度とはまた違い、なぜかお菓子をつくるのはウキウキする。思い出のチェルシーバンズを沙也佳といっしょにつくっているからか、つぐみはますます楽しく感じている。沙也佳と彼も、好きなものをふたりでつくるなら、きっと楽しい時間になるだろう。

「いいなあ、沙也佳は。これからはひとりじゃないんだね」

オーブンがあたたまる。バンズもほどよく発酵している。あとは焼くだけだ。

「何をするにもひとりじゃなくなるって、うらやましいよ」

沙也佳と覗き込んだオーブンを前に、つぐみは素直に本音を口にしている。オーブンの中には、ワクワクが詰まっている。うまく焼けるだろうか。おいしいだろうか。不思議と失敗は頭にない、期待感でいっぱいだ。結婚への不安も、取り残される寂しさも、新しい自分への始まりなのだ。沙也佳が新しい世界に飛び込むように、きっとつぐみも自分を変えていける。

「なんか、うれしいな。つぐみと話してると、いつもうれしくなれる。いろんなところで愚痴言ってると、結婚って大変なんだねって言われちゃったりするけど、つぐみがうらやましがってくれたら、すごくいいことなんだって思えてきた」

「そりゃあ、いいことに決まってるじゃん」

　ほっとしたように沙也佳が微笑むと、つぐみもうれしくなる。彼女が結婚することになり、置いてけぼりにされるかのようで心からいっしょに喜べなかったのがうそみたいに、今はうれしい。

「おめでとう。って、まだちゃんと言ってなかったね。これからもずっと、わたしをうらやましがらせてよ」

　焼き上がったチェルシーバンズは、ホカホカふんわりした幸せの香りでキッチンを満たした。トレーの隙間を埋めて、はみ出すほどに膨らんで、ツヤツヤした小麦色の渦巻きはまるで花束みたいだ。

　早速、焼きたてを食べることにする。奇跡的にも、ロンドンで食べたものと同じくらい甘かった。もっとパンがしっとりしていたとか、レーズンの風味も小麦粉の香りも当然違うのだけれど、繊細な違いなんて甘さのインパクトにはかき消されてしまう。蜂蜜をたっぷり塗った菓子パンに、あのときと同じように、甘すぎと文句を言いながら笑いながら、紅茶とともに楽しむ。ぶどう入りの菓子パンは、昔も今も、沙也佳とのたわいもない会話をにぎやかに彩ってくれる。

「『小公女』のセーラは、拾った銀貨でこれを六個手に入れて、五個もあげちゃったんだね。五個も食べられる？」

　なつかしい児童書を、パラパラとめくりながら、沙也佳も少しずつ中身を思い出したようだ。

「昔のは、こんなに蜂蜜がかかってなかったとか？　ジャムを塗ったりってパターンもあるみたいだし、店によって違うのかも」

「他店を出し抜こうとして、トッピングが増えるみたいなものか」

「自分には一個だけ、か。よくできた子だ」

「ひもじい少女にあげたとき、セーラは本物の高貴な心の持ち主になったのかも」

だから、その魂にふさわしいものを取り戻せた。

「神様に試されてたみたい」

神様、かどうかはわからないけれど、つぐみはメアリさんの言葉を思い出していた。日常に、奇跡はたくさん紛れているけれど、気づくことこそが本当の奇跡なんだと、彼女は言った。

何も変わらないと嘆き、望まない変化に戸惑ってきたけれど、幸運を招く転機は、本当はごく身近なところにあるのだろう。

「これって、あったかいのがおいしいよね」

「ロンドンでも、あったかいのを食べたね」

未来のことはわからない。でも、過去も今も消えてなくなってしまうわけじゃないなら、この、楽しかったりうれしかったりした気持ちが、なくなってしまうことはないはずだ。

「またいつか、行きたいね」

つぐみは思ったままに口にしている。

「うん、行こう」

「おばあさんになってから、とかさ」

「おばあさんに？　それまで行けないの？」

「ずっと先に楽しみがあるのもいいじゃない」

環境が変わって、遠く離れたら、心の距離も遠くなってしまう。約束はどんどん先延ばしになって、時間とともに薄れ、消えてしまうような気がしていた。だけどもし、ずっと先の約束なら？　時間が経つほどに近づいてくる。忘れずにいられるなら、きっと叶うことだろう。

チェルシーバンズをラップで包み、紙袋に入れて、つぐみは蒼の家へ向かう。商店街を抜け、路地へ入っていくと、板塀に囲まれた平屋の建物が見えてくる。動物病院の看板はどこにも出ていないし、やはり病院はやっていないようだ。

ムシャムシャがいる。玄関の引き戸の前にでんと寝そべっている。メアリさんのキャリーバッグに頭を寄せて、うっとりするように目を閉じていたが、つぐみが近づいていくと、うっすらとまぶたを開いてこちらを見る。

「ムシャムシャ、元気？」

のそりと、ムシャムシャは立ちあがった。つぐみが、手提げの紙袋からチェルシーバンズを取り出すのを、ムシャムシャは期待のこもった目で見つめる。

「おい、勝手に餌をやるなよ」

開けっぱなしだった窓から声がして、蒼が顔を出した。つぐみに気づき、前髪の隙間からでもくっきり目立つ大きな目をさらに見開く。

「あ……、悪い、近所の子供かと思った。いつも勝手に食べさせようとするんだ」

彼はプードルみたいなモコモコしたくせ毛をかき回す。やはりというかグレーのジャージ姿なのは、景太が言うようにいつもその格好なのだろう。

「いえ、いきなり来てすみません。これはちょっと、ムシャムシャにも見せたくなって。メアリさんが書いたレシピでつくったんです」

「メアリさんの？」

「はい、うちにあったんですけど、『小公女』の本にはさまってて。たぶんメアリさんの本で、物語に出てくるお菓子のレシピを書いたみたいです。それを、うちの祖母がもらったんじゃないかと思うんですよね」

つぐみは窓辺へ歩み寄って、『小公女』を蒼に見せる。

「裏表紙を開いたところに、Mの文字が。メアリさんのイニシャルかなと」

「ああ、この文字、ムシャムシャの首輪にもある」

「本当ですか？」

急いでムシャムシャの首輪を覗き込む。同じ飾り文字ふうの書体で、Mと彫った金属のタグがついている。

「メアリさんの本に間違いないですね。何冊かあった中のひとつがこれだとすると、メアリさんは、キャリーバッグの中身を全部、誰かにあげてしまったってことでしょうか」

「そうかもしれない。それにしても、自分の過去だってものを配ったとしたら、どういう気持ちだったのか……」

蒼は腕組みした。メアリさんの意図は、たしかによくわからない。それでも、祖母は受け取った。そうしてきっと、なくしてしまわないようにと、つぐみの部屋へ置いたのだ。

本をいつ受け取ったのかもわからないけれど、つぐみの部屋へ置いたのは、祖母が急遽入院することになったころではないかと思う。祖母の病気は、見つかったときにはもう手遅れで、たぶんメアリさんに本を返す機会は得られなかっただろう。

だから、つぐみの本棚に入れた。つぐみなら、この古びた『小公女』を捨てたりしないと思ったのだ。

「あと、本当はこれ、ドリトルさんにと思って持ってきたんです。メアリさんのこと知ってる人に、食べてもらいたくて」

つぐみはチェルシーバンズを差し出す。

「ドリトル？」

「あ、すみません、つい。えっと……皆川さん」

「蒼でいいよ。ドリトルってのは、メアリさんが勝手に呼んでたんだ。恥ずかしいって言っても直してくれなかった」

ため息交じりだけれど、ちょっと微笑んでいたから、けっして不愉快だったわけではないのだ。

「これ、うまそうだな」

袋の中を覗き込んで言う。お世辞には聞こえなかったから、つぐみは胸を張る。

「はい、なかなかの出来栄えですよ。メアリさんのレシピのおかげで」

ムシャムシャは、やはりチェルシーバンズが気になるのか、鼻を突き出して匂いを嗅ぐ。

「そうか。手首の怪我は？　もう問題なさそうだな。それに、今日は元気そうだ」

蒼はおかしそうにつぐみを見る。口調はやけに、やわらかくてやさしい。もしかしたら、治療した動物を観察するような心境なのか。

「この前は元気なかったですか？」

「うん、なんか寂しそうだった」

『小公女』のぶどうパンをつくって食べた、それだけで元気になるのだから単純だ。つぐみの現実は何も変わっていないのに、何かが変わり始めている。

「メアリさんの奇跡かな」

つぐみが考えていたのと同じことを、蒼が本をじっと見つめながらつぶやく。彼も、メアリさんの奇跡に遭遇したことがあるのだろうか。

奇跡は、きっとどこにでもある。

〝道ばたで何かが光って見えたら、あなたは拾う？　泥だらけで、誰もが見向きもしないものかもしれないけど、もしも心が動いて、拾ってみたら、それが奇跡の始まりかもしれないの〟

あのときはわからなかったメアリさんの言葉が、つぐみの胸にすっと納まっていく。

〝ほら、セーラが拾った四ペンス銀貨みたいにね〟

チェルシーバンズ

Chelsea Buns

材料：直径5cm（7個分）

A
- ドライイースト…大さじ1
- グラニュー糖…5g
- 牛乳（人肌に温めておく）…55mℓ

B
- 強力粉…175g
- 塩…小さじ1/2
- グラニュー糖…25g

卵…1個
バター…25g

フィリング

C
- カランツ…50g（レーズンでもOK）
- 三温糖…20g
- シナモン…小さじ1/2

バター…20g（湯せんで溶かしておく）
打ち粉…適量

1. Aを合わせて10分ほど置いておく。
2. Bを合わせてボウルにふるい、溶いた卵を加え、さらに***1***を加えて木べらで混ぜる。
3. バターを加え混ぜひとまとまりになったら、台に打ち粉を打ちながらこね上げる。
4. ボウルに生地を入れラップして、30〜40℃の場所へ30分置いておく。
5. フィリングのCをボウルに合わせて混ぜる。
6. 打ち粉をした台に***4***の生地を25×25cmにのばし、溶かしたバターをぬり、***5***のフィリングをちらす。
7. 手前から巻いていき、巻き終わりを軽くつまんで下にする。7つにカットして耐熱容器に並べる。
8. 180℃のオーブンで10〜15分焼成する。

Hotel NOHANA

2 ✦ 最高のつまらないもの

『トムは真夜中の庭で』

フィリパ・ピアス　作

トムは弟の病気のため、親戚の家に預けられることに。友達もおらず退屈しきった彼は、真夜中に十三回も時を打つ大時計の真相を探るうち、庭園へと誘い出されていく。そこにはヴィクトリア朝時代を生きる少女がいた。

理菜《りな》がはじめてメアリさんに会ったのは、風邪で学校を休んだクラスメイトにプリントを届けに行った帰りだった。一年半ほど前、小学校最後の秋だった。

クラスメイトの家は、みどり丘団地という大きな団地にあって、理菜にとっては初めて訪れた場所だ。もうひとり、同じ係の子といっしょに来たものの、その子は、近くで習い事があるということで、理菜はひとりで帰らなければならなかった。そうしてすぐに、道に迷った。

整然と並ぶ四角い建物は、どれもこれも同じに見えて、クラスメイトの家さえどこだったかわからなくなる。縦横にのびる道は、街路樹や植え込みの緑で見栄えよく整えられているが、それもまた、どこにいても同じ場所に思えてしまう。大勢が住んでいるはずの団地なのに、まったく人気《ひとけ》がなく、どの窓もピタリと閉じられていて、暗い内側に何の気配も感じられない。

思えばクラスメイトの家も応答がなく、理菜たちはプリントを郵便受けへ入れたのだった。寝ているのだろうと推測したが、本当にクラスメイトはあのドアの内側にいたのだろうか。

あたりは静まりかえっている。同じ場所をぐるぐる回っているようで、永遠にここから出られないのではと不安になりかけたとき、急に鐘の音が聞こえ、理菜はびっくりして立ち止まった。学校で聞くチャイムみたいな音だ。どこから聞こえるのだろうと見回すと、植え込みの向こうに時計が見える。背の高いポールの上にまるい時計がついていて、針は五時を示していた。今のチャイムは、午後五時の時報だろう。小学校でも、五時になると音楽が鳴って、居残っている児童に帰宅を促す。日が暮れる前に帰らなければならない。

理菜はあせるが、そのとき、あの時計に見覚えがあることを思い出した。たしか、バス停からも見えていたはずだ。あそこへ行けば、バス停がどちらかわかるのではないか。

時計へ向かって駆け出すと、そこは小さな児童公園だった。団地内の遊び場なのだろう。滑り台とジャングルジムがあるだけのちょっとした空き地で、ふと見ると、ベンチにおばあさんがひとり座っていた。

つばの広い麦わら帽子をかぶり、顎のところでピンクのリボンを結んでいる。服装も、上から下までピンクだ。それだけでも目につくが、何よりも理菜の目を引いたのは、おばあさんの足元に寝そべっているピンク色のブタだった。目は閉じているが、小刻みに鼻が動いている。めずらしくて、つい見入ってしまう。おばあさんは本を読んでいたので、理菜には気づいていないようだった。

「ムシャムシャは怖くないよ、近づいても平気だから」

声をかけられ、はっとして振り返ると、短い髪の女の子が立っていた。背丈は理菜より小さくて、ちょっとふっくらしている。年下にも見えたけれど、少女のほうは理菜に対し、対等か、むしろ上からの目線だ。

「ま、びっくりするよね。ミニブタだけど大きいから」

「べつに怖がってないけど」

「じゃ、撫でてみる？」

少女は、おばあさんとそのペットらしいミニブタに駆け寄っていった。

「メアリさん、こんにちは」

老婦人は顔を上げ、少女と、その後ろからノロノロとやってくる理菜を交互に見て、微笑んだ。メアリという名前から来る、西洋風のイメージとは違う、純和風の顔立ちだ。

「こんにちは、ユミちゃん。今日はお友達といっしょなのね？」

「うん。この子もムシャムシャを撫でたいんだって。いい？」

「ええどうぞ。やさしくね」

しゃがみ込んだ少女に促され、理菜もしゃがむ。おそるおそる手をのばし、背中に触れると、ピンクの耳がピクピクと動く。短い毛は硬いけれどすべすべだ。血の通った体はあたたかく、理菜は自然と微笑んでいる。

ミニブタは、つぶらな瞳でこちらを見る。気持ちよさそうに目を細める。大きくてやわらかい生き物に受け入れられていることは、それだけで理菜をやわらかくする。

「ね、おとなしいでしょ？」

ユミ、と呼ばれた少女が言う。やっぱり、理菜のことを年下だと思っているかのような、お姉さんぶった態度だ。しかし年齢に関係なく、初めての場所にいる理菜は、公園をよく知っている様子のユミより新入りなのは間違いないだろう。

「おばあさんが飼ってるの？　ムシャムシャって名前？」

「そうよ。この子はね、何でも食べちゃうの。あたしの過去もね」

過去なんて食べられない。夢を食べるのは、たしかバクで、ブタじゃないなと理菜は疑問に思ったけれど、メアリさんの古風な帽子や服装を見ているると、ムシャムシャも現実離れしたブタなんだろうとぼんやり考えていた。

「そろそろ行かなきゃ。お茶の時間だわ。それじゃあユミちゃんたち、またね」

メアリさんが立ちあがると、ムシャムシャもすっくと立ちあがる。使い込んだ革のキャリーバッグとリードとを両手に持って、彼女は意外なほど軽い足取りで、公園から出て行った。

「お茶の時間って、おやつの時間ってこと？　でも、もう三時はとっくに過ぎたのに」

理菜のつぶやきに、ユミが答える。

「メアリさんのお茶の時間は、夕方みたい。それで、お菓子がテーブルいっぱいに並ぶんだって」

「いっぱいって、どのくらい？」

「ケーキやクッキーや、菓子パンとかパイとか、いろいろ」

「そんなに？　晩ご飯食べられなくなるよ」

お母さんには、よくそんなふうに叱られるのだ。

「晩ご飯は食べないんじゃない？」

「じゃあそれ、おやつじゃなくて晩ご飯じゃないの？」

「ううん、違うよ。お茶はお茶。おやつとも違うのかもね」

理菜には、わかったようなわからないような話だった。

ユミは、まだ帰るつもりはないらしく、ふいと滑り台へ駆け上がる。

「ねえ、トライフルって知ってる？」

下にいる理菜に向かって言う。

「知らない」

「うっとりするような、すっごくおいしいお菓子なんだって。メアリさんのお茶の時間に、トライフルもあるのかなあ」

「どんなの？」

「わからない」

「あのおばあさんに訊いてみた？」

「どんなのだと思う？　って逆に訊かれた。わからないから答えられなくて、話が進まないんだ」

「だったら、好きなだけ想像できるね」

「想像？」

とユミは首を傾げる。

「うん、たとえば、魔法がかかった、花束みたいなお菓子とか」

理菜が言うと、ユミは滑り台から滑り降りる。そうして満足したようににっこり笑う。

「花束かあ。なんかそんなのだって気がしてきた。そうだ、メアリさんに手紙書いておこうっと」

サコッシュからメモ帳を取り出し、一枚ちぎって、ベンチをテーブル代わりに何か書く。それを彼女は、ベンチのすぐ後ろにある木の穴へ入れるのだという。太い幹に、握りこぶしが入るくらいの穴が空いているのだ。

「それでおばあさん……、メアリさんに届くの？」

「そう。わたしも毎日来られるわけじゃないし、メアリさんもいつ来るかわからないし。会えなかったときとか、こうして手紙をやりとりするの」

　一生懸命にユミが書いている手紙を、理菜も覗き込んだ。

「魔法のお菓子だから、いろんな味がするんだろうな」

「じゃあ、イチゴ味とかメロン味とか？」

「それに、蜂蜜とかマーマレードとかバターとか」

「ロールケーキの端っことか」

　つい頭に浮かんだのは、母がよく、お得な切れ端を買ってくるからだ。

「あ、それ、茶色いところが多くて好き」

　ユミが賛同してくれてうれしくなる。

「じゃあね、パンの耳を揚げたのは？」

　そして彼女の提案も、理菜の母がよくつくってくれたものだった。

「いいね。チョコレートとグラニュー糖つけて」

「もちろん」

　ふたりして、思いつくままに書いていく。

「でもそんなに混ざって、おいしいのかな」

　ユミは首を傾げるが、理菜は細かいことは考えない。

「大丈夫。おいしくなるように、有名パティシエが考えたんだから」

「じゃあそう書いておくね。メアリさんが返事をくれますように」

　折りたたんで、ユミは少し背伸びしながら木の穴へ手紙を入れた。

　辺りがオレンジ色の光に染まりつつある。そろそろ帰らなければ、家に着くまでに暗くなってしまう。

「ねえ、わたし道がわからなくて。バス停へ行きたいんだけど」

自分が道に迷っていたことを思い出し、理菜は急いで訊いた。

「このまままっすぐ行けば、大通りに出るよ。左がバス停」

「ありがと。じゃあね」

「ねえ、またここへ来る？　トライフルがどんなお菓子か、わかったら教えてあげるからさ」

トライフルのことを知りたいのはユミなのに、彼女の中ではもう、理菜も知りたがっていることになっているようだった。それともユミは、また理菜に会いたいと思っていたのだろうか。少し名残惜しそうにも見えた。だとしたら、理菜も同じだ。

「うん、来ようかな」

ユミの笑顔は、ふっくらした頰がはち切れそうだった。

理菜がバス停まで戻ると、チャイムが聞こえてきた。さっき聞いたのと同じ音につられ、団地のほうを振り向くと、街路樹の向こうに時計がちらりと見える。あれ？　と理菜は首を傾げる。時計の針は五時のままだ。

きっとあの時計は壊れているのだろう。何度も五時のチャイムが鳴るに違いない。


結局理菜は、ユミとはその後会うことはなかった。忘れたわけではなかったけれど、小学校最後の半年間はあわただしかった。明日は行こう、来週は行こう、と引き延ばしているうちに、足が遠のいてしまう。気がつけば、卒業式が終わり、春休みになっていた。

理菜が二度目に団地を訪れたのは、その春休みで、友達の家へ遊びに行った帰りだった。団地の近くを通りかかり、寄ってみることにしたのだ。以前とは違い、バス停から時計が見えなかったのを少し不思議に思いながら、敷地へ入っていく。ほとんど変わりはないように見えたが、そのぶん記憶にあったはずの公園への道は、どれも同じに見えて、理菜はまた迷ってしまったのだ。

相変わらず人影がなかったが、ひとりだけ、散歩していた老人を見つけ、道を尋ねた。

「公園？　何年も前になくなったよ。災害時の備品倉庫が建ったんだ」

理菜はおどろいて、言葉も出なかった。老人が立ち去っても、その場で考え込んでいた。何年も前から公園がないなんて、そんなはずはない。半年ほど前に、理菜はたしかに訪れた。メアリさんとムシャムシャがいて、ユミに会ったのだ。

呆然としながら、とぼとぼと歩き出す。歩いても、やはり公園は現れない。五時を過ぎたはずだけれど、そういえばチャイムも鳴らない。少し離れても見える高さだった、あの時計も見当たらない。

ユミは、本当にいたのだろうか。怖くなって走り出す。団地から出ようとあせる。出られなかったらどうしよう、なんて頭をよぎったそのとき、理菜ははっとして足を止めた。

メアリさんだ。植え込みの石垣に腰かけている。顎のところでリボン結びにした麦わら帽子に全身ピンク色の服、足元でムシャムシャがもぞもぞと動いている。声をかけるのをためらったのは、あの日の公園と同じように、メアリさんもまぼろしだったらどうしようと、不安になったからだ。

迷っているうちに、メアリさんは立ち上がり、行ってしまう。結局動けなかった理菜は、メアリさんのいた場所に、何かがあるのに気づき、やっとのことで足を動かした。

石垣には、本が置いてあった。メアリさんがうっかり忘れていったようだ。

使い古された感じのする本だった。何度も読んだのか、ページの端がよれて、表紙は少し色あせている。印刷されている装画は、濃い緑の草むらの中、少年と少女が何かをじっと見ている場面だ。小さな弓矢を手にした少年は、小鳥でも狙っているのだろうか。背後には家らしき建物がある。ふたりがいるのは広々とした庭だと思われた。

タイトルは、『トムは真夜中の庭で』。どんな物語なのか理菜は知らないが、外国の児童文学のようだ。表紙に描かれている、少年と少女が主人公の話に違いない。とはいえ、幼い子供が読むには、文字が多くてしっかりと厚みのある本だったから、理菜くらいの、十代のための本だろう。もしかしたら、メアリさんがユミに渡すつもりで持ってきたものかもしれない。

少しだけ悩んで、理菜は本を手提げカバンに入れた。ここに置いたままだったら、ゴミだと思われて捨てられるかもしれないと思ったから。それとも、メアリさんやユミがまぼろしではないという、手がかりみたいなものがほしかったのかもしれない。


空想が好きな子供だった理菜は、中学へ入ってから、急にそういうことをバカバカしく思うようになった。授業は難しくなるし、行動範囲は広がり、やるべきことも考えることも格段に増えた。のんびりと物思いにふける時間なんてない。クラスメイトとの話題についていくには、いろんな情報を取り入れなければならないし、周囲に合わせることも必要だとわかってきた。

一方で、親や先生とは合わなくて、苛立ってしまう。

自分でも自分のことがわからなくて、戸惑う中、理菜は団地の公園のことも、メアリさんやユミのことも、拾った本のこともほとんど忘れていた。

あの春休みから一年と少し、中学二年になったばかりの理菜が、久しぶりに当時のことを思い出したのは、メアリさんが死んだという噂が耳に飛び込んできたからだ。正確には、いつもブタを連れて散歩していたおばあさんが死んだらしい、という話だった。

理菜は知らなかったが、メアリさんはわりと有名人だった。中学に入って、校区の違う小学校から来たクラスメイトと知り合うと、メアリさんを見かけたことがあるという子が少なくなかったのだ。

いつもピンク色の服を着て、ミニブタを連れて散歩しているから、目立っていたようだ。メアリ、という名前は誰も知らず、本当にそんな名前なのかと理菜の話は信じてもらえなかった。たぶん、クラスで人気者の芽亜利《めあり》ちゃんが、奇妙なおばあさんと同じ名前だなんて不愉快だとばかりに顔をしかめていたからだろう。結局誰も、彼女がどこの誰かは知らないし、死んだというのもあくまで噂だ。

「あのおばあさんはホームレスだったんだよね？　お母さんがそう言ってた」

輪の中のひとりがそう言う。本当だろうか。メアリさんは、帽子もキャリーバッグも古く使い込んだ印象で、服装も古めかしいものだったけれど、汚れたりはしていなかったように思う。

「ホームレスなんだ？　じゃあゴミ箱をあさってたかもね。ブタと同じもの食べてたんだよ」

「えー、汚い」

みんなして笑うが、理菜はおもしろいとは思えなかった。メアリさんは上品で穏やかな雰囲気だったし、ムシャムシャはきれいなピンク色で、とてもやさしい子だった。メアリさんもムシャムシャも、ゴミ箱をあさったりなんてするはずがない。

「本当のことがわからないのに、そんな言い方よくないよ」

理菜が反論すると、それまで黙って聞いていた愛結《あゆ》が苛立ったようだった。

「理菜も残り物、好きだよねえ」

急にそんなことを言い出すのだ。

「え、なになに？　そうなの理菜？」

「小学校のとき、給食で余ったパンとか持って帰ってたらしいじゃん？」

愛結とは小学校が違うのに、誰から聞いたのか。もったいないから、と思っていたけれど、今となってはそんな自分が恥ずかしい。けれど事実だから言い返せない。

母のせいだ。商店街のクリーニング店で働いている母は、近所の店で売れ残ったものを安く買ってきたりするから、理菜はそれがふつうのことだと思っていた。食べ物を粗末にしてはいけないと、いつも言い聞かされていた。理菜の家は父親がいないから、けっして余裕のある生活ではない。スーパーの惣菜も値下がりしたものを買うし、母は働きながらも料理を作り置きしたりして、節約していた。給食のパンだって、誰も手をつけていないものだからもったいないと、先生も進んで分けてくれたし、ハムやチーズをはさめば立派な朝ご飯になった。小学生だった理菜にもつくれたし、母も喜んでくれていた。

でも、クラスの子は誰もパンをもらって帰ったりしない。恥ずかしいと思うようになって、とっくにやめたのに、蒸し返すなんてひどいではないか。

「理菜って、ブタみたいに残飯食べるの？」

別の友達が、愛結に同調する。

「やめてよ」

理菜がいやがるほど愛結はしてやったりと得意げになり、周囲の空気も愛結に染まっていく。

「残り物がおいしいとか言ってたじゃん」

グループの中心にいる愛結は、大人っぽい雰囲気で、つやつやの長い髪も、すらりとした足も羨望の的だ。たしかに外見はかわいいのだけれど、性格は、あんまりかわいくない。

「だって、一晩置いたカレーとか、みんなも食べるでしょ？」

「そういうのは残り物って言わないよ。理菜のは、黒くなりかけたバナナとか、パンの耳とかでしょ？」

熟したバナナのほうがやわらかくて甘いし、パンの耳は、揚げて砂糖をまぶすとおいしいおやつになる。でも、そんなものが好きだなんて、貧乏くさい。結局何も言えずに理菜が黙ると、愛結は満足したのか、理菜のことから話を変えた。

愛結とは、二年生になって同じクラスになり、前のクラスからの友達の友達といったつながりでできた同じグループにいるけれど、なんとなく合わないと理菜は思っている。愛結のほうも同じかもしれない。だから彼女は、理菜にはときどき意地悪なことを言う。そういうとき、仲のいい子があとで理菜をなぐさめてくれたりするけれど、誰も愛結に意見することはない。今のクラスは、あんまり好きじゃない。

今の自分も、好きじゃない。


「もう、お母さん、どうして残り物ばっかりもらってくるわけ？」

つい理菜は、母に八つ当たりしてしまう。おつとめ品の焼き鮭に春巻きが、今夜のおかずだ。それに、少々傷んで値下がりしたイチゴのパックもある。

「もらってないよ、格安で買ったんだよ。売れ残って捨てられるってもったいないよね。まだ十分おいしく食べられるのに」

「ケチくさい家って思われてるよ」

「うちはケチだもん」

母は開き直る。節約して、お金を貯めたいのは理菜もわかっている。母はそうやって、たまに旅行へ連れていってくれたり、習い事をさせてくれたりした。それに、これから理菜が高校へ行くのにもお金はいる。わかっているのに、今感じている不満を、理菜は我慢できない。

「スーパーの春巻き、まずいから嫌い」

仕事から帰ってすぐ、晩ご飯の支度をする母に、つい生意気なことを言い、理菜は冷蔵庫を覗き込む。

「あーもう、何もないじゃん。今日の夜食」

「夜食、いるの？　この前焼いたホットケーキが残ってるけど」

冷凍庫にもう一月くらい入れたままになっているが、レンジであたためて、バターとメープルシロップをかければおいしく食べられる。焼きたてよりしっとりしたところが理菜は好きで、母があえて多めに焼いて、冷凍保存してあるのだけれど、今はそれをありがたがる気になれなかった。

「飽きた」

「じゃあ、そうだ、久しぶりにあれにしよっか。イチゴもプリンもあるし」

硬くなってしまったホットケーキや、しけったビスケット、傷んだところを切り取ったイチゴも見栄えを気にせず使える、究極の残り物おやつ。

小さかったころはよく食べた。なんとなく豪華に思えたが、考えてみれば、残り物を寄せ集めただけのひどい食べ物だ。

「いらない。あれはやめてよ」

「好きだったじゃない」

「大嫌いっ」

吐き捨てるように言うと、母はちょっと傷ついたような顔をした。取り繕いたくて口を開いてみたが、出てきた言葉は正反対のものだ。

「もういいよ、夜食は。それよりさ、お小遣いほしいんだけど」

母はため息をついた。このごろ、理菜はすぐに怒鳴ってしまうし、母はため息ばかりついている。

「何に使うの？」

週末に、友達とパフェを食べにいく約束をしている。華やかな飾り付けで話題のパフェだ。この前はパンケーキに誘われたが、行けなかった。トッピングが目を引くパンケーキは、理菜がお小遣いで食べるには高すぎたのだ。パフェもたぶん、高いのだろう。

「何でもいいでしょ」

「いいわけないでしょ。使い道がわからないものに、お金は出せないわ」

「なによ、いつもそう。わたしだけだよ、こんな貧乏くさいの。いつも、残り物ばっかり。ブタの餌と同じじゃん！」

母の驚いた顔を見て、理菜はショックを受けた。愛結の言葉にすごく傷ついたのに、同じことを母に言ってしまった。どうしていいかわからず、逃げるように自分の部屋へ駆け込む。宿題も手につかず、理菜はごろりとベッドに寝転んだ。枕元のスマホに手をのばそうとし、積み上げた漫画の下に埋もれかけている本が目についた。置きっぱなしにしていた、『トムは真夜中の庭で』だった。

あれから、メアリさんにもユミにも会うことがなく、拾った本は、とりあえずと置かれた場所でそのままになってしまった。

引っこ抜いて、寝転んだまま表紙を開く。中学に入ってからはめったに本なんて読まなくなっていたのに、母とのケンカから逃避したかったのか、理菜は文字を目で追い始めていた。

いつの間にか、物語に引き込まれていた。真夜中に時計が十三回鳴る、という奇妙な出来事とともに、アパートの裏口が、あるはずのない場所につながる。不思議な場所を、トムといっしょに散策していくうち、そこは時間を超えた過去なのだと、理菜にもだんだんわかってくる。ページを繰る手がなかなか止まらなかったけれど、途中でものすごくお腹がすいていることに気づき、理菜はそっとキッチンの様子を見に行った。理菜の夕食がテーブルの上に置いてある。母はお風呂に入っているようだ。

自分でご飯をよそい、食べはじめたが、鮭も春巻きもおいしくて、お腹いっぱいになると、ますます母にひどいことを言った自分が情けなくなった。おいしいと思うのは、自分が残り物ばかり食べてきたからだ。もっといいものを食べていたら、こんなおかずに見向きもしないのに、なんて自分に言い訳している。

食器を流しへ置いて、母がお風呂から出てくる前にと急いで部屋へ戻る。本の続きを読み始める。

読み終えたときは、冒険を終えて家へ戻ってきたかのような満足感と安心感に包まれて、理菜はほっと息をついた。主人公のトムが、不思議な庭から自分の部屋へ戻ったときもこんな感じだったのではないかと想像しながら、自分のベッドで庭のことをあれこれ思い起こしていた。

体を起こすと、何かがベッドのそばに落ちている。折りたたんだ便せんだ。見おぼえのないものだったから、本にはさんであったのが落ちたのではないだろうか。便せんを開くと、料理のレシピみたいなものが書いてあった。

お菓子の作り方なのか、スポンジやカスタードクリームといった文字がある。

どうしてこの本に、お菓子のレシピがはさんであるのだろう。メアリさんならわかるだろうけれど、もういない。ユミはどうだろう。この本は、メアリさんがユミに渡すつもりだったのかもしれないのだ。

団地へ行きさえすれば、そうだ、ユミが言っていた、公園の木の穴に手紙を入れれば、ユミが読んでくれるのではないか。

公園はなくなったという話もおぼえていたけれど、たった今読んでいた物語のせいか、過去にあった公園へ、もしかしたら行けそうな気がしたのだ。

五時のチャイムが二度鳴る、その間の時間にだけ、公園が現れる、なんてことはないだろうか。

翌日、学校帰りに理菜は、あの団地へ向かった。道順を意識して、建物が並ぶ奥のほうへ入っていくが、以前とは違う雰囲気に、また自分がどこにいるのかわからなくなった。

ちゃんと人がいる。通路を歩いている人、立ち話している人、ベランダで布団をたたいている人もいれば、階段を掃除している人もいる。以前の静けさは何だったのだろう。あのときと同じ団地だろうか。

ちょっと不安になりながら、耳を澄ます。そろそろだと思っていたところに、団地内のどこかから、午後五時を報せるチャイムが流れてくる。

理菜は音に向かって駆け出していた。

時計が見える。公園がある。間違いなくあのときの公園だ。滑り台とジャングルジムの間に、木のベンチがぽつんとある。その下に寝そべっているのは、ピンク色のミニブタだ。

「ムシャムシャ!」

理菜は駆け寄りつつも、ムシャムシャを驚かさないよう、注意深く手前で立ち止まり、そっと手をのばした。ムシャムシャは理菜をおぼえているのかどうか、おとなしくじっとしている。短い毛の下に地肌のあたたかさと弾力を感じながら、理菜はムシャムシャを撫でる。そうしていると、自分のいろんなところがゆるんでいく。

中学に入って、急に授業が難しくなったように感じることや、親や先生に苛立つことが増え、友達とギクシャクするだけでこの世の終わりみたいに落ち込んでしまう。毎日がそんなふうで、ずっと張り詰めていたのではないか。全力疾走に息切れしていたのに、自覚していなかったのか、のんびりしたミニブタに触れて、つながって、自分のスピードも落ちる。息苦しかった呼吸も穏やかになっていく。

「こんにちは。この子のお友達?」

声をかけられて、理菜はやっと、リードをつかんでいるのが知らない人だということに気がついた。メアリさんではない、まるい顔のやさしそうな女の人は、肩の辺りで髪がゆるくウエーブしていて、ちょっとおっとりした雰囲気だ。年齢は、少なくとも理菜よりはずっと大人で、母よりはずっと若い人だった。

「あの、この子の名前って、ムシャムシャですか？」

もしかしたら違うミニブタかもしれない。と思ったが、やっぱりムシャムシャだったらしく、女の人は頷いた。

「飼い主のおばあさんは……？」

おそるおそる訊くと、彼女は祈るような間を置いた。

「メアリさんね、亡くなったの」

一月ほど前だと、付け足す。噂は本当だったようだと、理菜は肩を落とす。

「それで、ムシャムシャを引き取ったのがドリトルさんって人で、わたしはたまに散歩を手伝ってるんだけど、あなたはメアリさんとも友達だったの？」

「わたしは、一度会っただけで。このへんに住んでる女の子がメアリさんと友達だったんで、いっしょにムシャムシャを撫でたんです」

そっか、と女の人は微笑み、物思うように団地を眺めた。

「じゃあメアリさん、このあたりにはよく散歩に来てたんだね。ねえ、メアリさんはどんな毎日を過ごしてたと思う？　ムシャムシャを連れてると、メアリさんをよく見かけるって人が声をかけてくれることがあって、でもメアリさんのことは、誰もよく知らないんだ」

たしかに、現実離れした雰囲気だった。

「メアリさんって、本当の名前なんですか?」

「さあ、わからないの。亡くなったけど、身元不明のままなんだって」

ホームレスだとクラスの子が言っていた。それも本当だったのだろうか。

「ユミちゃんなら、もっとメアリさんのこと知ってるかもしれません。ここで会った女の子。あ、でも名字はわからなくて。わたし、その子に本を渡したくて。メアリさんが置き忘れた本なんですけど、彼女に渡したかったものかもしれないから、ここへ来てみたんです」

理菜は、カバンから本を取り出す。

「これにお菓子のレシピを書いた紙がはさまってて、どんなお菓子なのか気になったから」

手に取った女の人は、本とレシピの便せんを、驚いた様子であちこち確かめていた。

「このレシピ、メアリさんが書いたのに間違いないよ。わたしが持ってる『小公女』も、同じようにお菓子のレシピがはさんであって、彼女の字に間違いなさそうだったの。それに、ああほら、見返しっていうの? ここの隅にMの文字。これも『小公女』と同じ、メアリさんの本ね」

「じゃあ、どうしてお菓子の作り方をはさんでおいたんでしょう。何か意味があるんでしょうか」

「便せんは、このページにはさんであったの?」

「いいえ、たぶん別のページに。知らないうちに落ちてしまったので」

「『小公女』のときは、お菓子が出てくるページにレシピがあったの。この本もそうなのかも」

なるほど、それなら本とお菓子が結びつく。

「本、一気に読んだから、細かいところは読み飛ばしてたかもしれないです。お菓子、どこに出てきたのかな」

「うーん、知りたいね」

知りたい。きっとステキなお菓子に違いない。

「もう一回読んでみようかな」

「わたしも読んでみるよ。この本なら、今も書店で買えるだろうし」

「ホントですか？」

この人もきっとお菓子が好きなのだろう。ふんわりした髪のせいか、やわらかい笑顔も綿菓子のようだ。人なつっこいムシャムシャをきっかけに話をしているせいなのか、理菜もいつになく、相手に親しみを持ってしまうようだった。

ふだんはなかなか打ち解けられないのに、クラスメイトが相手でも、気を許せるまで時間がかかるのに、ユミも目の前の女性も、メアリさんも、一度会っただけなのに、気楽に話せていた。

「あ、わたし野花つぐみ。駅前の〝ホテルのはな〟って知ってる？　そこが家なの。ちょっと今、一人暮らしの部屋をさがしてて、見つかるまでの間、実家暮らしなんだ」

都会の会社に勤めているが、いい条件の部屋がなかなか見つからないのだと彼女は言った。かといって、実家から通い続けることはできないらしい。近々二世帯住宅になり、彼女の部屋がなくなるのだそうだ。

「〝ホテルのはな〟って、プリンのビルですよね？」

「そうそう、ここ。メアリさん、ずっとうちのホテルに泊まってたの」

レシピが書かれた便せんの、隅っこを彼女は指さす。〝ホテルのはな〟と印刷されている。

ホテルが家代わりだったなら、そこの人がメアリさんのミニブタを散歩させているのも不思議ではない。

「よかったら土曜日、うちへ来てそのお菓子をつくらない？　それまでに、本を調べておくから」

そのとき、また五時のチャイムが聞こえてきた。二度目のチャイムだ。

「あれ？　さっきも鳴ったよね。時間、合ってないのかな」

女の人も首を傾げる。公園に立っている時計は、さっきと同じ五時を指したままだ。理菜は自分のスマホを確かめるが、やはり五時だ。さっきのチャイムが間違っていたのだろうか。

「この時計、壊れてるのかもね。じゃあね、気をつけて帰ってね。ええと……」

「あ、田代理菜です」

「理菜ちゃん、ね。土曜日にわたし、朝はムシャムシャとここへ来るけど、理菜ちゃんが好きなときに〝ホテルのはな〟へ来てくれてもいいよ。じゃあまたね」

手を振りつつ、彼女とムシャムシャが立ち去るのを見送った。チャイムが二度鳴っても、公園は消えなかった。当たり前だ。だったらユミも、ちゃんと実在しているのだろう。

本とレシピを、なくさないようカバンに入れて、理菜は深呼吸し、ベンチの後ろにある木に注目する。

メアリさんがいなくなったなら、ユミはもう、木の穴を確かめることはないだろうか。でも、近くへ来たら気になって、穴を覗くのではないか。

理菜はノートを破り、ベンチをテーブル代わりにして、ユミに手紙を書く。メアリさんの本を持っているから、今度の土曜日にここへ来てほしい、と。

手紙を入れようと手を突っ込んだとき、何かが触れた。手紙だ。直感して取り出してみる。二つに折っただけの紙切れは、開きかけていて、中の文字がちらりと見える。

「メアリさん、ありがとう。さようなら」

それだけが書いてある。これはきっと、ユミからメアリさんへの手紙だ。亡くなったことを知り、お別れの手紙を書いたのだ。ここに入れれば届くと思えたに違いない。

理菜は、『トムは真夜中の庭で』の一場面を思い浮かべる。過去の時代にいる少女が、床下にスケート靴を入れ、未来でトムが同じ床下を開けて受け取るのだ。木の穴に入れた手紙が、そんなふうに時空を超えて届くかのように感じていた。


「理菜はやっぱり行かないの？　明日、パフェのお店」

そそくさと帰り支度をしている理菜に、クラスメイトが言う。結局お小遣いをもらえなかったから、今月はもう余裕がない。

「うん、虫歯が痛くて。明日は歯医者に行かなきゃならないから」

愛結がこちらを見ている。隣にいる子に何か耳打ちする。理菜が本当はお金がないのだと気づいているのだろう。見下されていると感じ、理菜は目をそらす。じゃあね、と逃げるように教室を出る。

ユミは理菜からの手紙に気づいてくれただろうか。明日は土曜日だ。あの公園に来てくれるようにと願う。

学校を出た理菜は、寄り道しようと駅前の図書館へ向かった。『トムは真夜中の庭で』に出てくるお菓子を、自分でもちゃんと見つけたい。自宅でも本は読めるけれど、テレビやゲームにすぐ手が届くので、気が散ってしまいそうだ。それに、ひとりぼっちの家より安心できるから、図書館は宿題をするためにもよく立ち寄っていた。

慣れた場所だから、空いている席もすぐに見つけられた。カバンから本を取り出し、読み始める。なるべく丹念に文字を目で追う。こんなに一生懸命になっている自分が不思議だ。お菓子に惹かれただけかもしれないけれど、たぶん何より、この本を好きになったからだろう。

お菓子が出てくるのは、食べる場面だと思っていた。しかしふと、ページをめくる手が止まったのは、トムが食料品貯蔵室に迷い込んだシーンだった。なにしろそこには、いろんな食べ物が置いてあるのだ。もしかしたらと思いながら、ゆっくり視線を動かしたとき、目に飛び込んできたのは、トライフル、という文字だった。

えっ、トライフル？

もう一度確かめるが、たしかにトライフルと書いてある。すっごくおいしいお菓子だって、とユミが言っていたトライフルだ。本の中では、それはあっさりと、食料品貯蔵室の中にあるものとしてだけ記述されている。物語に直接は関係ない場面だから、なかなか見つけられなかったようだ。

でも、こんなふうにさらりと出てくるのだから、イギリスではどこの家にでもあるような、よく知られたお菓子なのだろう。

ユミがトライフルのことを知りたがっていたから、メアリさんはこの本とレシピを彼女に渡そうとしたのだろうか。

よく見ると、トライフルの横には蟻みたいな小さな文字がくっついている。番号だ。理菜はそれが何なのか知らなかったが、他にもトライフルが出てくるシーンがないかと思いながらページをめくっていて気がついた。

章の終わりに、トライフルの説明が書かれていたのだ。

〝トライフル――ぶどう酒にひたしたカステラの上にアーマンドをいちめんにいれ、あわだてたクリームを塗った菓子〟

お酒の味のお菓子だろうか。だとしたら食べられない。それに、アーマンドって何だろう。もしかしたらアーモンドかなと思いながらも、それとクリームの組み合わせも、理菜にはうまくイメージできなかった。

そもそも、どんな色や形なのか。カステラといえば理菜には、四角く切ったあれだけれど、シンプルすぎて、かつてユミに聞いた、うっとりするようなお菓子とは結びつかない。それにカステラは、理菜にとっては日本のお菓子だ。もとはポルトガルから来たとか聞いたことがあるが、イギリスにもあるのだろうか。

理菜はレシピが書かれた便せんを開く。パンケーキやクッキーなら、理菜にも作り方は理解できそうだけれど、もっと複雑なことが書いてある。これがトライフルなのかどうか、判断できない。レシピの材料にアーモンドはあるが、ブドウ酒はない。バナナ、イチゴ、ブルーベリー、と華やかだ。しかしやはり、文字だけだと今ひとつイメージがわかないのだ。

〝ホテルのはな〟のつぐみさんならわかるのだろうか。このレシピがトライフルではなくても、トライフルがどんなお菓子か知っているかもしれない。もしかしたら、作り方を教えてもらえるのではないか。そう考えるとワクワクした。

朝から理菜は、母とは口をきかなかった。母の勤めるクリーニング店は、土日が休みではないから、理菜とはまったく休みが合わない。小学生のときは、休みの日は隣町の祖父母に預けられていた。今もたまには祖父母の家へ行くけれど、もう休みの日だってひとりで過ごせるし、祖父母のところへ行くと友達と遊べないから、自宅にいることが多い。それにこのごろ理菜は、祖父母を口うるさいと思ってしまうことが増えていた。

ああしろこうしろと、指図されると苛立つ。祖父母はもちろん大好きだけれど、つい口答えして、言い合いになってしまうから、向こうも理菜が来なくなってほっとしているのではないだろうか。

母だって、理菜にはあきれているだろう。朝食には、マーマレードパンがテーブルに置いてあった。理菜は自分でマグカップに牛乳を注ぎ、冷蔵庫に入っているハムサラダを出して食べたが、マーマレードパンは食べなかった。半額のシールが目に入ったからだ。やっぱり残り物だ、と思うとうんざりした。

残り物ばかり食べてきた自分は、まともに育っていないような気がする。だから、母や祖父母にとって嫌な子になってしまうのではないだろうか。愛結にバカにされるのも、理菜が出来損ないだからなのだ。みんなと同じように、パフェを食べに行くこともできなかった。

だけど、理菜にはトライフルがある。ユミとメアリさんが、まだ知らないお菓子があることを教えてくれた。不思議な物語に出てきた、イギリスのお菓子を食べたなら、これまでの理菜とは違う自分になれそうな気がするのだ。

パンを残したからお腹いっぱいにはならなかったけれど、トライフルを想像して気を紛らわせる。理菜は身支度をして家を出る。

団地へ向かい、公園をさがす。曲がり角の数を確かめておいたからか、今度は間違えずに公園へたどり着く。これまでとは違い、公園内には遊びに来た親子がいて、理菜をチラチラと見た。たぶん、見慣れない子だと思われたのだろう。

ユミの姿はない。手紙はちゃんと届いたのだろうかと、理菜はベンチのそばの木に歩み寄る。穴を覗き込もうとしたとき、後ろから声がした。

「理菜じゃん。どうしてここにいるの？」

振り返ると、愛結が立っている。理菜は驚くと同時に嫌な予感がした。

「そっちこそ、どうしてここに……」

「家が近くだもん。ねえ、もしかして、これって理菜が書いたの？　それでユミって子と待ち合わせしてる？」

愛結が手に持っているのは、理菜が書いた手紙だ。木の穴に入れたのを、愛結が見つけたのだ。

「勝手に取ったの？　ひどいじゃない」

学校でなら、周囲の空気もあって愛結に強くは言えない。でも今の理菜は、腹が立つのを隠せずに愛結をにらみつけていた。

「だって、誰に宛てたのかわかんないし。そんなところに置いたら誰でも見られるでしょ。だから、どんな人が書いたのかって興味本位で来てみたわけ」

がっかりして、理菜はベンチに座り込んだ。愛結は意外にも、理菜をからかっているつもりではなかったのか、少し申し訳なさそうに口調をゆるめた。

「ユミにはどうせ届かないよ。引っ越しちゃったから」

はっと、理菜は顔を上げる。

「え、本当？　ユミを知ってるの？」

「隣に住んでたの。あの子、よくこの公園へ行くって話してたし、メアリさんってておばあさんにも会ってたみたいだね」

引っ越したから、メアリさんにお別れの手紙を置いていったのだろうか。

「いつ、引っ越しちゃったの？」

「ずっと前」

「ずっとって、どのくらい？　どこへ？」

「えー、おぼえてないよ。一年とか、もっとかも。それにたぶん、遠いところ」

メアリさんが亡くなるより前に引っ越したようだ。とすると、あの手紙は、ユミが引っ越すからと別れを告げたものだったのだろうか。メアリさんは、どうして受け取らなかったのか。

「わたしの手紙の他に、手紙が入ってたでしょ？」

しかし愛結は、首を横に振る。

「それだけ」

「うそ、入ってたよ」

「わたしは知らないもん」

わざわざそんな嘘を、愛結が言う理由はないだろう。片方だけ風で飛んでしまったとか、誰かが持っていったとか、考えにくいけれど可能性がないわけではない。そう思うけれど、彼女が現れたことで、理菜はメアリさんとユミとの、とくべつな時間に割り込まれたような気がするのだった。

　チャイムが二回鳴る間の、自分たちだけの時間に。

　愛結が言う。ムシャムシャを連れた女の人が、公園へ入ってくる。

「あ、ブタだ」

「つぐみさん、ムシャムシャ！」

　これ以上、愛結に割り込まれたくない。理菜は急いでつぐみに駆け寄る。ムシャムシャは、少し離れたところでこちらを見ている愛結が気になったらしく、リードを引っ張っていたが、理菜が撫でるとすぐうれしそうにすり寄ってきた。

「理菜ちゃん、よかった、来てくれたんだ。本のお菓子のこと、わかったよ」

「本当ですか？　わたし、トライフルってお菓子が出てくるのは見つけたんですけど、レシピのお菓子とはちょっと違うみたいで」

「それ、レシピもトライフルなの。日本ではあんまり馴染みがない名前よね？　お菓子かどうかも、ぱっと読んだだけではわからないし。理菜ちゃん、よく見つけたね」

　ユミから、おいしいお菓子だと聞いていなければ、「トライフルが半分」と書かれた場面で、お菓子を想像することはなかっただろう。

「やっぱりトライフルの作り方なんだ……。でも材料とか違ってて」

「それはつくってみればわかるよ」

「ねえねえ理菜、トライフルのこと調べてたの？　どんなお菓子？　わたしもそれ、知りたかったんだ」

　いつのまにか愛結がそばに来ていた。ムシャムシャがすり寄っていくが、愛結に戸惑う様子はない。そしてつぐみは、理菜に親しげに接する愛結を、にこやかに会話に入れてしまう。

「理菜ちゃんのお友達？　あなたもメアリさんの本、読んだの？」

「メアリさんの本ですか？　それは知らないけど、わたしのお父さんが、イギリスへ行ったことがあって、トライフルがおいしかったってよく言ってたんです」

「お父さん、お菓子が好きなんだ？」

「料理は口に合わなかったけど、お菓子はおいしかったんだって」

中学二年にあがる直前、愛結のお父さんが亡くなったことは、クラスメイトから理菜の耳にも入っていた。勝手に手紙を見て割り込んできたという不快感が、急にしぼむ。

「つぐみさん、トライフルって、わたしでもつくれるのかな。メアリさんのレシピじゃ、ちょっと難しそうだったけど」

「うん、あれより簡単につくれる方法があるよ」

「本当ですか？　じゃあさ、愛結、トライフルをいっしょにつくってみない？」

愛結は驚いたようにまばたきをして、それからぱっと明るい笑顔になった。

「いいの……？」

「うちのキッチン、広めだから問題ないよ」

つぐみも歓迎してくれてほっとした。愛結の白い頬が、めずらしく興奮したように赤く染まっていた。


〝ホテルのはな〟は、理菜の母が勤めるクリーニング店の得意先でもある。小さいころ、時々母が配達の車に乗せてくれて、あちこちをまわったことがあった。理菜はプリンのビルへ行くのが楽しみだった。プリンのビルには、やさしく声をかけてくれるおばあさんがいたのだ。つぐみの祖母で、もういないと聞き、想像以上にがっかりしてしまった。

会う時間が短くても、心に残る人がいる。また会いたいなと思うけれど、機会を逃してしまって月日が過ぎると、もう会えなくなっている。ユミとも会えなくなってしまった。だけどまだトライフルで、彼女とつながれると思いたい。

つぐみは、家族が住んでいるという裏手の建物にまわる。そこはプリン色ではなく、白い壁の家屋だ。理菜の住むアパートとは違って、広々としている。

理菜と愛結が案内されたキッチンは、すっきりと片付いていたが、調理道具が多く、何より備え付けのオーブンが目立っていた。

「わあ、大きなオーブンですね」

「うん、祖母はお菓子づくりが得意でね。でもこれ、古いから温度管理が難しくて」

窓からはプリン色のホテルが見える。勝手口の近くにつながれたムシャムシャが、日陰で寝そべっている。今日は夕方まで、つぐみがあずかることになっているらしい。

「さてと、トライフルの材料なんだけど、まずはここから好きなものを選ぼう」

つぐみはそう言って、レジ袋に入ったものをテーブルに出す。カステラやクッキー、チョコレートやゼリーといった、市販のお菓子ばかりだ。いくつかに、値下げのシールがついているのを見て、理菜は心配になる。愛結がまた、残り物だと文句を言い出さないだろうか。

「わたし、チョコレートが好きだな」

愛結は素直に選んでいる。理菜は、見慣れたパッケージに目をとめていた。マーマレードパンだ。食べなかった朝食のパンと同じ、ましま堂のもので、半額シールまで同じように貼られている。理菜は戸惑いながらも、つい手に取っていた。

「それ、おいしいよね。って、わたしの勤めてる会社のだけど」

「つぐみさん、ましま堂で働いてるんですか？　家ではいつも、ここのパン買ってます。母が、昔から食べてて好きだって」

うんざりしたことは黙っておく。けっしてましま堂のパンがいやなのではなく、値下がりしたものばかり食べている自分がいやになったのだ。

「ホント？　ありがとう。子供のころから食べてるから、つい買っちゃうって人多いみたい。ジャムパンはイチゴジャムが多いけど、マーマレードが入ってるのってめずらしいでしょ？うちのマーマレードは甘さが絶妙で、オレンジの香りが引き立つの。時間が経っても味が変わらないようにつくってるから、おつとめ品でもおいしいんだよ」

そう言われれば、値下がりしていても不満なくおいしく食べていた。以前は、残り物だって何も気にならなかったのに、どうして恥ずかしいと思うようになったのだろう。

たぶん、他人が恥ずかしいと言うからだ。でも、おいしいと思うかどうかを、どうして他人に決められなければならないのだろう。

「このパンも、トライフルに使えるんですか？」

「うん、使っちゃおう」

つぐみの笑顔に、理菜は素直にうれしくなって頷いた。

「小麦粉はないんですか？　このレシピには材料になってるけど」

メアリさんのレシピと、テーブルの上のものを、愛結が交互に眺めてそう言う。

「スポンジの材料ね、焼くと手間がかかるから、カステラを使おうと思うの。理菜ちゃんが選んだパンもね」

「えっ、それでいいの？」

手作りのお菓子なのに、スポンジを焼かないっていうのはどうなのかと思ってしまう。けれど、『トムは真夜中の庭で』の説明にも、カステラと書いてあったから正しいのだろうか。

「ほら、メアリさんのレシピにも書いてあるよ。『スポンジやゼリーは売っているものでも可。他にも好きなお菓子を使ってみましょう』って」

最後のほうにさらりと書いてあったので、材料だけ見ていたのでは気づけなかった。ともかくトライフルは、ケーキ屋さんに売っているようなお菓子とは違うようだ。

「カスタードクリームは、せっかくだからつくってみようか」

つぐみは冷蔵庫を開けて、タマゴと牛乳を取り出す。それから、イチゴやバナナ、ブルーベリーも出す。

「カスタードクリーム！　つくるのなんてはじめて。ね、理菜」

愛結が子供みたいにはしゃぐ。ふだんは斜に構えていて、大人びて見えていたが、本来の彼女はこちらなのだろうか。学校にいるときの愛結は苦手だが、今は不思議とそれほどでもない。

タマゴを溶いて、砂糖と小麦粉を加える。と書いてあっても、加減がよくわからない。手順は少ないのに、牛乳の加え方も、加熱のしかたも、とても繊細な工程だ。つぐみが細かく教えてくれて、どうにかなめらかなクリームになったが、ほんの少し加減を間違えれば、ダマになったり粉っぽくなったり、分離してしまったりするというから気を遣う。理菜は愛結とぴったり呼吸を合わせなければならなかったし、ふたりとも真剣だった。

クリームを冷ます間に、ほかの具材と器を決め、フルーツを切る。こちらは一息つける時間だった。

「ユミちゃんがいれば、よろこんだだろうな。トライフルのことすごく知りたがってたのに。本、わたしが拾っちゃって、返せないままになって、メアリさんにも悪いことしたな」

「そんなことないよ。理菜ちゃんが拾ったことで、本は読んでもらえたし、トライフルもつくってるんだから、メアリさんも、レシピを書いて本にはさんだ甲斐《かい》があるってものだよ」

でもきっと、ユミがトライフルを作れるようにと書いたレシピなのだ。メアリさんは、ユミにこそ本を手にしてほしかっただろう。

「ねえ愛結、ユミちゃん、どんな子だった？　お菓子をつくったりとかしてたの？」

トライフルのことを、ユミは誰に聞いて興味を持っていたのだろう。愛結のお父さんみたいに、大切な人が教えてくれた、とくべつなお菓子だったのだろうか。

「知らない。隣の子ってだけだもん」

素っ気なく言いながら、泡立てたチョコレートクリームを、愛結はペロリとなめてみている。目の前のお菓子にしか関心がなさそうだ。

「つぐみさん、これくらいのやわらかさでいい？」

「うん、バッチリ。チョコレートがうまく混ざったね」

ほめられて、素直にうれしそうだった。それにユミのことも、無関心を装いつつも少しは気になっているのかもしれない。彼女は、理菜に問う。

「理菜はさ、どうして公園に行かなくなったわけ？　ユミが待ってたかもしれないのにさ」

今さらだけれど、少し後悔している。

「春休みにもう一度、行ったんだよ。でも、公園が見つからなくて、人に聞いたら、ずっと前になくなったって言うから、なんだかあるはずのない場所に迷い込んだみたいな気がして。ユミちゃんも、本当にいたのかわからなくなったし、確かめるのが怖くなったのもあるかも」

愛結はあきれたような顔をする。

「なにそれ、ホラー漫画じゃあるまいし、びっくりだよ。なくなったのは別の公園。昔は団地内に二か所あって、もうひとつは広くて噴水もあったから、公園っていうとそっちを思い出す人が多いんじゃない？」

そんなことかと拍子抜けするが、冷静に考えればわかりそうなことだった。

「じゃあ、公園の時計は？　五時のチャイムが二回鳴るの。その間は、本当はあるはずのない時間、なんてことは……」

「時計が壊れてるだけ。五時になるとチャイムが鳴って、止まっちゃう。しばらくするとまたチャイムが鳴って動き出すわけ。毎日管理人さんが時間を合わせてた。一度直したはずなのに、また二回鳴るようになって、結局そのままなんだって」

事実は身もふたもないだけに、理菜はおもしろくなってきていた。自分の考えたことが、バカバカしいけどおもしろい。愛結のぶっきらぼうで正確な説明もおもしろい。

「へえ、詳しいね」

「そりゃ、近くだから」

「そっかあ。だけど、そんな時計を大事にしてるって団地もいいね」

壊れた時計は、そろそろ帰りなさいと二回教えてくれるのだから親切だ。

「ふうん、大事にしてるんだ。考えたことなかったな。たしかに二回鳴ってくれたら、目覚まし時計のスヌーズみたいで、帰らなきゃって気持ちになるかも」

自分の言ったことを、愛結が受け止めてくれたのは初めてではないだろうか。理菜はますます楽しくなる。

愛結とはこれまで、一対一で話すことはほとんどなかったから、ちょっときつめの口調を苦手に感じていたけれど、理菜がちゃんと伝えさえすれば、案外素直に言葉を受け入れてくれるのだ。

お菓子づくりが進むほど、理菜は愛結と打ち解けていく。つぐみに教えてもらいながら、順調に作業は進む。

カスタードクリームを冷蔵庫から出す。パンチボウルというのだろうか、足つきの大きなガラス器に、刻んだカステラを入れ、ブドウジュースに浸す。これがブドウ酒だと、本に出てきたものになるのだろう。砕いたゼリーや刻んだフルーツ、アーモンドスライス、カスタードクリームの彩りが、透明なガラスの中で層をつくる。

「きれい。それに、いろんなものが一度に食べられて、贅沢なお菓子だね」

「大きなパフェみたい」

パフェは食べに行けなかったけれど、きっとみんなはまだ知らないだろうトライフルに、理菜は心浮き立つ。

「パフェはフランス語だね。正確にはパルフェ、完璧なお菓子って意味らしいよ」

当然だけれど、つぐみは理菜たちよりずっと、お菓子に詳しいようだ。

「じゃあ、トライフルはイギリス版の完璧なお菓子？」

「じつはトライフルってね、つまらないもの、って意味なの。家にある残り物でサッとつくれるからかな。だからホントに、手間もお金もかからないお菓子なんだ。簡単だから、いろんな家で気軽に食卓に出されて、家族や仲間と食べてきたんでしょうね。つまらないものって名前も、ある意味自慢かもね。残り物なのにこんなに豪華なお菓子ができるんだよ、って」

家にあるものでつくるのだから、残り物といったって、きっと家族が好きなものだ。それをたっぷり詰め込んであるのだから、食べる人にとっては、最高のお菓子に違いない。

「なんだか、誰にも取られないように、つまらないって言い張ってるみたい」

愛結も、パフェより気に入ったみたいだ。色とりどりに重ねた〝残り物〟の上に、愛結がつくったチョコレートのホイップクリームを載せ、ケーキみたいに絞り出して飾る。イチゴも飾り付ける。できあがりに、理菜と愛結は歓声を上げる。

「すごい、めっちゃかわいい！」

「デコレーションケーキにも負けないよ」

「早速食べてみる？　紅茶も淹《い》れてね」

キッチンからダイニングルームへ移動し、出来たてのトライフルでティータイムがはじまる。大きなスプーンで取り分けると、クリームと具材がほどよく混ざって食欲をそそる。何より、取り分ける作業はそれだけで楽しい。クリームが多めかカステラが多めかで迷い、フルーツも欲張ってしまう。カスタードクリームとマーマレードパンが意外といけるとか、砕いたクッキーとやわらかいバナナの組み合わせがいけるとか、三人で、あれこれ言いながら食べて、お茶を飲みながら、理菜はさっきから感じていたことを、あらためて考えていた。

これは、母がよくつくってくれたものと同じではないのだろうか。ホットケーキの残りを一口サイズに切ってグラスに入れ、カスタードクリームの代わりに市販のプリンを重ね、クッキーやジャムで飾った。いつものグラスにありふれたお菓子を入れただけなのに、ケーキ屋さんに並んでも不思議はないほどキラキラして見えた。

小さかった理菜は、母が魔法を使ったかのように思えたのだ。理菜の好きなものを、もっともっと、おいしくしてくれたから。

残り物は、つまらなくなんかない。いくらでもおいしくできる。

「つぐみさん、これ、少し持って帰ってもいいですか？　お母さんにも食べてほしいから」

理菜は素直な気持ちでそう言っている。

「もちろん。まるい容器があるから、それに入れよう。愛結ちゃんも持って帰るよね？　三人じゃ食べきれないし、トライフルは一晩置いても、味が馴染んでおいしくなるらしいよ」

愛結もうれしそうに、大きく頷いた。


〝ホテルのはな〟の紙袋に入れてもらったトライフルは、崩れることを気にするお菓子ではないにもかかわらず、理菜も愛結も気をつけながら、帰り道をそっと歩いた。

「トライフル、自分でつくることになるなんて思いもしなかったよ。お父さんも驚いてるかな」

愛結はやわらかい笑顔を見せる。学校でのツンケンした態度はすっかり消えていて、理菜は以前、そんな笑顔の女の子に会ったことを思い出していた。

「よろこんでくれてるよ、きっと」

はにかんだ顔をこちらに向けた愛結は、それから思い切ったように問う。

「理菜は、ユミって子がトライフルの話をしたこと、どうしておぼえてたの？」

「そりゃあ、すっごくおいしいお菓子って聞いたら、忘れないよ。それにたぶん、ユミちゃんが言ったからおぼえてたのかな。あのとき公園で遊んだのが楽しくてさ。ユミちゃんが、わたしと同じように、パンの耳を揚げたお菓子を知ってて、好きだって言ってくれたのが、すごくうれしかったんだ。学校じゃ、みんなそんなの食べないって言うから。貧乏くさいとかさ」

「ごめん」

愛結は急に立ち止まり、頭を下げた。

「残り物でからかうようなこと言って。本当はわたしも、パンの耳のお菓子知ってた」

告白されるまでもなく、少し前から理菜は、もしかしたらと感じていた。むしろ、どうして今まで気づかなかったのだろうと自分にあきれる。理菜が気づかなかったから、愛結はがっかりしていたのではないだろうか。ユミが隣の子だなんてごまかした愛結は、理菜にはもう、ユミのことを語ってほしくなかったに違いない。

中島愛結美《あゆみ》、みんな彼女を愛結と呼んでいる。同じクラスになるまで、理菜は愛結のことを知らなかった。印象は、すらりとして髪の長い、大人っぽい女の子、だ。もしもっと背が低くて、男の子みたいなショートカットで、もう少しふっくらしていたら、早く気づけたかもしれない。愛結美、だから、メアリさんはユミちゃんと呼んだのだろうか。

色黒でやせっぽっちの理菜は、髪型もほとんど変わっていないから、愛結はすぐにわかったのだろう。理菜が自分を忘れているということも。

「わたしも、ごめん」

理菜も頭を下げる。

愛結は引っ越しなんてしていないけれど、たぶん、公園へは行かなくなっていたのだろう。最近になって、メアリさんが亡くなったと知り、あのお別れの手紙を、昔みたいに木の穴へ入れた。

濡れたり汚れたりしていなかった手紙は、木の穴に長いことあったものじゃない。それから愛結は、ときどき団地へ行って、けっしてメアリさんには届かない手紙がなくなっていないか確かめていたのだ。

そうして、理菜の手紙を見つけた。おどろきつつも理菜の誘いに応じ、公園へやってきたのだ。

「ユミちゃん、だったんだね」

愛結は小さく頷いた。

「理菜が気づかなくても無理はないよ。一年半も経ってたわけだし、わたしも中学に入ってからは、公園へ行かなくなってたし。なんとなく、メアリさんといっしょにいるのが恥ずかしくなってさ。メアリさんのこと、からかったり悪く言うようなクラスメイトがいて、見られたくないって気持ちになっちゃったんだ。もしかしたら理菜も、メアリさんやユミのこと避けたいと思ってるかもしれないから、黙っておくことにしたの」

でも愛結は、この前クラスでメアリさんの話題が出たとき、けっして同調せず、悪口は言わなかった。

「そうだ、これ、愛結に渡しておくね」

理菜はカバンから『トムは真夜中の庭で』を取り出す。受け取って、愛結はじっと表紙を見つめている。

「ねえ理菜、もしかしたらメアリさんは、これを理菜に拾ってほしかったのかもしれないね」

思えばあのとき、理菜がいることにメアリさんが気づいていたとしても不思議ではなかった。そうして、本を目につくように置いていったのだろうか。愛結ではなく、理菜に。

「そうしたら、わたしたちが本をやりとりして、レシピがあったとか話して、いっしょにつくることになるかもしれないじゃない？」

「うん、そうなったしね」

理菜は微笑むが、愛結は笑おうとしてうまくいかず、ぎこちなくうつむいた。

「わたし、あのころちょっと、仲間はずれにされてたんだ。だから、理菜と遊べてうれしかった。メアリさんは、理菜とわたしがもっと仲良くなれるように、気遣ってくれたんだと思う」

肩が震えている。目の前にいるのが、いつも輪の中心にいる愛結ではなく、ひとりでいるのも慣れたように、公園で遊んでいたユミと重なる。

「メアリさん、そのうちわたしが公園へ来なくなるって知ってたんだろうな。メアリさんしか友達がいなかったけど、メアリさんと仲良くしてれば、学校でみんなに避けられるのもわかってたから、わたし、ときどきメアリさんに八つ当たりしてた」

うん、と理菜は続きを待つ。

「子供っぽかった。子供だったし、今も子供だけど……。メアリさんは、わたしの気持ちを本当に考えてくれてたんだって、やっとわかった」

自分たちは、なかなか大切なものに気づけない。学校の、同じクラスの、同じグループの、そんな狭い範囲でうまくやっていくだけでも、まだ精一杯だから。

「わたしみたいな見栄っ張り、理菜は嫌いだろうけど、わたし、ずっと理菜に気づいてほしかった。そしたら、あのときの、素直なユミになれて、理菜も好きになってくれるかもって」

「素直じゃん」

「だけど、遅いよね」

苦笑いの愛結は、急にこらえきれなくなったように、本に顔を押しつける。

「メアリさんに、もう会えないなんて信じられない。どうして、公園へ行くのやめちゃったんだろ。他の子に合わせて、アイドルとかおぼえて、ファッションにも気を遣って、メアリさんのこと口にしなくなったら、だんだんまたみんなに溶け込めるようになったけど、誰のことも、メアリさんみたいに好きになれなかった。なのに……。メアリさんがいなくなるなんて思ってなかった。気が向いたら、また公園へ行けばいいと思ってたのに」

一気に吐き出した愛結は、本を抱きしめて泣いている。理菜も泣きたくなりながら、愛結の肩に手を回す。

「また公園へ行こうよ。トライフルをつくってさ。そうだ、五時と五時の間に、チャイムの間に行けば、そこにメアリさんがいる気がしない?」

「理菜みたいに、想像力豊かになりたいよ」

「嫌味か」

「本音だって」

「じゃあ、約束だよ」

「今度は忘れないでね」

愛結はやっと、はにかんだ笑みを見せた。

トライフルを一口食べた理菜の母は、びっくりした顔で言った。

「なにこれ、おいしいね！」

「でしょ？　これね、お母さんがいつもつくってくれてたお菓子と同じじゃない？」

「え？　こんなのつくったことある？」

「ほら、ホットケーキの残りとプリンで。あれ、トライフルでしょう？」

「トライフル？　そんな名前があったかな。前にテレビでやってて、残り物を何でも使えるし、つくってみたら理菜が気に入ったから」

「それ、トライフルっていうんだよ。イギリスのお菓子なんだって」

「へえ、それで愛結ちゃんとつくったの？　愛結ちゃんって、前に理菜、苦手だって言ってなかった？」

テーブルの上には、朝に残したマーマレードパンがまだ置いてある。値下がりシールにうんざりしていたのがうそみたいに、やわらかいパンと甘酸っぱいマーマレードが思い出されて、頬がゆるんでいる。マーマレードパンの、もっとステキなおいしさを知ったからだ。

「もう苦手じゃないよ。仲良くなったんだ」

「それはよかったけど」

「このトライフルね、ましま堂のマーマレードパンも入ってるの。おつとめ品でもいいからまた買ってきてよ。わたし、つくるからさ」

母がうれしそうに目を細めているのを、久しぶりだと思いながら眺める。そのとき理菜も、笑顔になっている自分を、久しぶりに好きだと思えた。

＊

夕方、ムシャムシャを連れて、つぐみは蒼の家へ行く。塀からはみ出すほど成長した庭木に隠れてしまいそうな平屋は、玄関の引き戸も窓も大きく開いている。蒼はもう帰ってきているようだ。

「こんにちは、蒼さん」

聞こえていないのか、返事はない。かつて待合室だった上がりがまちの手前には、動物用の足洗い場がある。つぐみはそこで、ムシャムシャの足を洗い、待合室へあがる。

受付だったのだろうカウンターには、ベルが置いてある。ホテルのフロントにもある、あのベルだ。カウンターには他に何もないのに、ベルだけが残っているのは、鳴らしてもいいということだろう。と判断し、この前からつぐみは勝手に鳴らしている。そうすれば蒼は出てくるし、鳴らしたことについて問われたこともないから、正解なのだと思っている。

今日もベルを鳴らす。二度目に鳴らしたとき、大股で歩く音がして、ドアが開いた。

「ああ、悪い。奥にいたから聞こえなかった」

タオルを首にかけて、上下のジャージ姿で蒼が顔を出す。半乾きの髪はくるくる巻きに勢いがなくて、鼻先にまで垂れかかっている。

「ムシャムシャ、いっぱい遊びましたよ。今日は中学生の女の子が来てたので」

「助かったよ。こいつ、女の人のほうが好きみたいだし、楽しかっただろうな」

とはいえムシャムシャは、蒼のことも大好きだ。弾むように近寄っていくと、鼻を突き出してまとわりつく。蒼はムシャムシャを撫で回す。

「でもムシャムシャは女の子ですよね」

「うん。やさしくしてくれるから、女の人が好きなんじゃないかな」

「そっか。散歩してると、ムシャムシャを見て寄ってくるのは女性が多いですもんね」

しゃがみ込んでムシャムシャと戯《たわむ》れる蒼は、子供がふざけているみたいに、全力で撫で回している。気持ちよさそうにひっくり返ったムシャムシャも、鼻を突き出し足をばたつかせるので、じゃれ合ううちに蒼の髪がどんどんぐしゃぐしゃになっていく。見下ろすつぐみは、彼のくせ毛がなぜいつも、あんなにくるくる巻いているのか、少しわかったような気がしている。

「蒼さんは、ここで動物病院はやってないんですよね。どこかの病院に勤めてるんですか？」

ふと我に返ったように顔を上げた蒼は、急いで自分の服を嗅いだ。

「もしかして臭う？　洗ったんだけどな、牛のフン……」

「牛ですか？　あ、いえ、臭いません。わたし、鼻はいいほうですけど大丈夫です」

ほっと息をつきつつも苦笑いを浮かべ、彼はベンチに腰を下ろす。

「仕事、今は動物園とか畜舎と契約して、動物を診《み》てる」

「そうなんですか。獣医さんって、ペットを診るだけじゃないですもんね」

ジャージ姿なのも、汚れやすい仕事だからではないか。それに、牛が相手では力もいりそうで、動きやすい服装になるだろう。兄の景太は、外見でいろいろ決めつけているようだ。

「まあこれじゃ、働いてないように見えるよな」

周囲からそんな言葉を耳にしているのかもしれない。もしかしたら、景太や昔の同級生たちの、よそよそしい態度にも気づいている。つぐみはなんだか申し訳なくなる。

「でも、無職だった時期もあるし、そのときもこの格好だったよ」

彼は自分で笑い飛ばした。景太との関係はともかく、その妹であるつぐみに対しては、何の先入観もなく受け入れてくれている様子だ。

「メアリさんと知り合ったころは無職で、だからおれ、ドリトルさんって呼ばれることになったんだ」

ドリトル、というのは獣医だからじゃない。そんなことを、景太も言っていた。

「ドリトル先生は、人間の医者なのに仕事がなかったから、とかそういうことですか？」

「いや、怠け者だから」

首を傾げかけたが、すぐに気づく。ドリトルは、Do little〝何もしない〟という意味だ。

「そういえば、ドリトル先生ってそんな意味の名前でしたね。あっ、それじゃあ、ドリトルさんなんて呼んだら、めちゃくちゃ失礼な呼び方だってことですね」

メアリさんの、浮世離れした雰囲気だから、許されることだ。

「そうでもないよ。獣医だからって思われるのは気恥ずかしいけど、怠け者なら、べつに悪い気がしないんだ。実際、ドリトル先生だって、変わり者で社会不適合者だけど、心豊かで自由な人だ。メアリさんもそういう意味で呼んでくれたから、まあギリギリ、おれは悲惨なことにならずにすんでる」

蒼はからりと意味深なことを言った。

悲惨なことってどんなことか、想像できない。気になったけれど、仕事のことみたいには気軽に訊けなかったし、訊かないほうがいいような気がした。

むしろつぐみは、メアリさんが蒼にとって重要な人だったことを強く感じていた。メアリさんの本当の名前も身元も、誰も知らない。何も遺さず亡くなったのに、もしかしたらとても多くのものを、蒼や周囲の人に遺していったのではないか。

メアリさんは、積極的に人と親しくすることはなかったようだけれど、ムシャムシャを連れ歩いていると、彼女の存在に興味を感じていた人が少なくなかったとわかるし、亡くなったと聞き、深く胸を痛める人もいる。たとえ言葉を交わしたことがなくても、人の記憶に刻まれている彼女の存在に、つぐみはますます興味を感じている。

たぶん、一冊の本を見つけたときから、つぐみは彼女のことが気になってしかたがない。亡くなっているのに、友達になりたい、もっと親しくなりたい、そんな気分は、知れば知るほど高まる。

「そうだ、蒼さん、トライフルをつくったんです。よかったら、食べてみてください」

瓶の入った紙袋を、ベンチに置く。どんなものが入っているのかわからなかったからか、蒼はおそるおそる袋を覗き込む。トライフルに関しては、いっぱい話したいことがある。つぐみは一気にしゃべり出している。

「メアリさんの本を、中学生の子が持ってたんです。『トムは真夜中の庭で』っていう本で、物語に出てくるお菓子の作り方が、そこにもはさんであったんですよ。メアリさんがうちの便せんに書いたもので、それがトライフル。どう思います？　わたしの『小公女』だけじゃなくて、他にもレシピ入りの本があったなんて、びっくりです」

蒼が頷くだけだったのは、口をはさむ間もなかったからか。

「やっぱり昔の本で、岩波書店のハードカバーでした」

発行は一九六七年、一九七三年第五刷と奥付にあった。彼女自身が読むために買ったのか、それとも、身近な誰かのものだったのだろうか。

「メアリさんのキャリーバッグ、いっぱい本が入ってたんですよね。もしかしたら、レシピ入りの本はまだまだあるのかも。誰かに配ってたんでしょうか。どんな本で、どんなお菓子なんだろ。本は児童文学ばかりなのかな。蒼さんはどう思います？　それに、本とお菓子はメアリさんにとって何だったんでしょう。何か知ってますか？」

真剣に訊いているのに、急に彼は、くすくすと笑い出した。

「つぐみ、だからおしゃべりなんだな」

「えっ、しゃべりすぎてます？　ていうか、つぐみだからって？」

「鳥のツグミ。意外とよくさえずってる」

笑われているのに、いやな気はしなかった。蒼が笑うと、くしゃくしゃな顔になって、猫ヒゲみたいなエクボが案外かわいい、なんて思ってしまったからだろう。


77ページのトライフルの説明はフィリパ・ピアス著／高杉一郎訳『トムは真夜中の庭で（岩波の愛蔵版24）』（岩波書店　1967年発行）より引用しています。

トライフル

Trifle

材料:グラス2個分

チョコレートクリーム
生クリーム…200mℓ
グラニュー糖…15g
チョコレート
…20g(湯せんで溶かしておく)
ぶどうジュース…20mℓ
市販のスポンジ(カステラでもOK)
…2cm角に切る　10個前後
マーマレード…適量

さくらんぼ…2個
(オレンジ、ブルーベリー、
ぶどう等　なんでもOK)
ビスケット…1枚(割っておく)
チョコレート…10粒くらい
アーモンドスライス…適量
好みのゼリー
…サイコロ状にカットしておく

1. 氷を入れたボウルに別のボウルをのせ、生クリームを入れてグラニュー糖を加えて泡立て器で6分立てまで泡立てる。溶かしたチョコレートを加えなめらかに合わせる。
2. マーマレードをうすくぬったスポンジをグラスに4、5個置き、ぶどうジュースをふっておく。
3. フルーツをちらし、**1**のチョコレートクリームをのせる。カスタードソース(市販、分量外)でもよい。
4. ビスケットやアーモンドスライスやゼリーをのせて、さらにフルーツも飾る。

*ここではマーマレードパンの代わりに、スポンジにマーマレードをぬっています。

Hotel NOHANA

3 ✦ わたしをお食べ

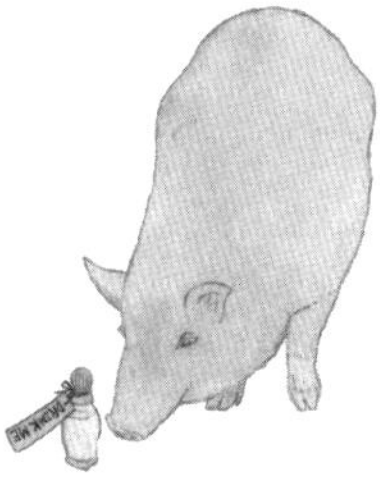

『不思議の国のアリス』
ルイス・キャロル 作
ある昼下がりにアリスが土手で休んでいると、チョッキを着た白ウサギが懐中時計を片手に走ってきた。追いかけて大きな穴に飛び込むと、その先には奇妙でおかしな住民たちの暮らす不思議な世界が広がっていた。

わたしが、どんどん小さくなっていく。小さく、小さく、目に見えないくらいに。見えなくなっても、誰も気にしない。いつものように、ご飯がテーブルに載っていて、洗濯物にアイロンがかかっていて、部屋がゴミだらけでなければ、いっそ見えないほうがじゃまにならない。温かいご飯も、さっぱりしたシャツも、片付いた部屋も、魔法で簡単に出てくるかのように思っているのだろう。

使いっぱなしのハサミが、あるべき場所にきちんと戻っているのも、脱ぎ捨てたままの靴下が、真っ白になってタンスに収まっているのも、テーブルに置いたままのマグカップに、ミルクの残りがこびりつくことがないのも、不思議な魔法だと思っていたのだから、急に魔法が消えてしまったら、必死になって呪文を唱えるしかない。効かなくなった呪文を、何度でも。

小さくなりすぎて、とうとう消えてしまったわたしには、もうどんな呪文も届かない。

小《こ》崎《さき》詠子《えいこ》は携帯電話の電源を切った。家出をして三日、家族からのメッセージはたくさん入っていたが、どれもこれも、服や調味料や、洗剤やティッシュの仕舞い場所、ゴミの日や分別のしかたを問うものだった。家出をした理由を問うこともなく、不便だから早く帰ってきて、だなんて、帰る気も失せる。

もちろん返事をする気にもなれないまま、詠子は放置している。

食欲はあまりなかったけれど、目の前のパスタを残すのは忍びなく、フォークを動かす。西日が、詠子のいるファミレスの窓の外に、街路樹の長い影をつくっている。もうすぐ日が暮れる。このあとの長い夜を、どうやって過ごそうか。これまで、時間が余るなんてことはなかった詠子にとって、欲しかった自由な時間のはずなのに、慣れなくて持て余している。そもそも、自由な時間を得て何をしたいと思っていたのだろう。ただ漠然と、今までの自分から逃げ出したくなっただけだ。

食べ終えて、詠子は店を出る。すぐ前の道を渡ったところに、プリン色のビルが建っている。〝ホテルのはな〟、詠子が宿泊しているビジネスホテルだ。家からはバスで二十分ほどの距離だから、日頃の行動範囲から出ていない。結婚してこの町へ来て、それからずっとここで暮らしている詠子は、市内で一番大きな駅前までバスで来たものの、電車に乗ってまで遠くへ行く勇気は出ず、駅前のホテルに飛び込んだのだった。

入口のドアをくぐると、カウンターにいる六十代くらいの女性が微笑んだ。

「お帰りなさいませ」

すっきりしたブレザーを着て、小さなホテルだけれどきちんとした印象だ。数日宿泊してわかったのは、彼女は社長の奥さんで、副社長が息子さん、そしてその若奥さんと、一家で切り盛りしているらしいということだ。ビジネスホテルだが、朝食時には奥さんがエプロン姿で給仕し、お客さんと談笑したりと、アットホームなあたたかい雰囲気もあるホテルだった。

　十年以上前にも一度泊まったことがあるが、そのときお世話になった年配の女性はもう退職したのか見かけない。年齢的にはカウンターの女性の母親か、姑にあたるくらいだっただろう。部屋番号を告げるまでもなく、鍵を渡される。礼を言って、ちらりとカウンターの隅に目をやる。今朝、出かけるときにはそこに籠が置いてあって、「ご自由にお取りください」と書かれたカードとともにクッキーが入っていたが、もうなくなってしまったようだ。気づいたときにもらっておけばよかった、と少し残念に思ったが、今さらしかたがない。

　詠子は二階の部屋へ向かう。もうしばらく、ここに宿泊することになるだろう。いつまでになるのか、自分でもよくわからない。詠子みたいな、四十代も後半の女性が、ひとりで何泊もするなんて不審に思われているだろうかと気になるが、朝食のレストランでは、ひとりで食事をしている同年配の女性客も何人かいた。ただ、みんなきちんとした服装で、仕事の出張で泊まっているという雰囲気だった。詠子の年齢で、スーツを着て仕事をしている女性は、それなりの地位にあるのだろう。部下らしい男性と打ち合わせしている姿もあった。

　自分がそんなふうになれたとは思えないけれど、もしかしたら、別の人生もあったのかもしれないと想像する。昔から、いやなことがあると、別の人生を空想して気を紛らせていた。だから、本当はよくわかっている。空想は現実に何の影響も及ぼさない。現実を変えようとしない限り、結局何も変わらないのだ。

　部屋へ入ると、きれいに掃除されていた。狭いけれど、明るくて清潔な空間だし、ひとりには十分だ。ピンと伸びたシーツは気持ちがいいし、タオルも新しいものに取り替えられていて、鏡にはしぶきのひとつもない。バスタブもツルツルだ。

なんて素敵なのだろう。家だったら、詠子が掃除をしない限り、どこもきれいにならない。たとえきちんと片付けても、すぐに散らかされてしまうのだから。

「ああ、ずっとここで暮らしたいな」

言ってみるけれど、本音かどうか、自分でもよくわからなかった。

窓辺のスツールに腰かけ、カバンから本を取り出す。今日、図書館へ行って借りてきたものだ。時間を持て余しているから、読書でもするしかない。その中には、誰のものかわからない本が一冊紛れている。四冊借りたつもりだったが、一冊は図書館の本ではなかったようだ。係の人は、詠子が持ち込んだ本だと思ったらしく、貸し出し処理をした本とまとめて差し出し、貸し出しは三冊ですね、とだけ言った。

カウンターに列ができていたこともあり、気ぜわしく押し出される形になった詠子は、自分の本ではないと説明する機会を失い、結局そのまま持ってきてしまった。『不思議の国のアリス』だ。

文庫本で、ピンク色のカバーには、有名なテニエルの挿絵とともに、古風な少女の写真が印刷されている。思えば、児童書の棚とは違う場所にあったが、なつかしく思うと同時に、もう一度読んでみたくなって手に取ったのだ。

誰かが間違えて、自分の本を図書館の棚に入れてしまったのだろうか。図書館の本は、バーコードや分類シールが貼ってあるし、カバーごと保護シートでラッピングされているが、その本にはない。表紙の内側に図書館のハンコもない。

旺文社文庫、発行は一九七五年とかなり古い。元の持ち主は、きっと詠子よりも年上だ。パラパラとページをめくってみると、「わたしをお食べください」という太字が目につく。

なんとなく、「ご自由にお取りください」とあった、フロントのクッキーが思い浮かぶ。籠の中のクッキーが、自分から「ご自由にお取りください」と訴えていたなら、『不思議の国のアリス』のお菓子と同じだ。食べたりしたら、ぐんぐん体が大きくなってしまうのだろうか。

周囲が見る見る遠ざかっていくさまを、詠子は想像する。思い出したのは、その感覚が遠い記憶の中にあることだ。

小さいころ、詠子はそんなふうに感じることがあった。周囲が遠ざかっていくような、何もかもが蟻みたいに小さくなっていく感覚だ。病院ではどこも悪くないと言われたが、『不思議の国のアリス』と同じだと、不思議なお菓子を食べたからだと、あのころは本気で信じていた。どこに魔法のお菓子が紛れていたのかと、家にあるお菓子を少しずつかじって確かめようとしたこともあり、家族に心配されていたのだった。

成長するとともに、そんな奇妙な感覚はなくなっていったので、子供にありがちな空想癖かと思っているが、今また『不思議の国のアリス』のページを開いていると、空想と現実が混じり合っていくような、不思議な世界に身を置く高揚感を思い出す。ちょっと不気味な挿絵も楽しい。

ふと見ると、本に紙切れがはさまっている。しおりかと思ったが、折りたたんだ便せんのようだ。取り出して開いてみると、料理のレシピらしいものが書かれていた。

小麦粉、バター、とくれば、パンかお菓子の作り方だろうか。考えていると、ノックの音がした。

ドアを開けると、ホテルの従業員なのか、フロントの人と同じブレザーを着た女性が立っていたが、はじめて見る、三十過ぎくらいの人だった。

「失礼いたします。お部屋のポットが壊れていましたので、代わりのものをお持ちしました」

　電気で沸かすポットを手にしている。これまでのところ使っていなかったので支障はなかったが、部屋を掃除に来た人が気づいたのか。

「まあ、ちょうどよかった、紅茶が飲みたくなって、ティーバッグを買ってきてたんです」

「そうでしたか。でしたらこちらを、よろしければお茶菓子に」

　ポットをキャビネットの上にセットした彼女は、小袋入りのクッキーをそばに置く。今朝フロントの籠に入っていたクッキーだ。

「それ、フロントにありましたよね。もらい損ねたんですけど、おいしそうだなって思ってたんです」

「本当ですか？　わたしが焼いたんですが、素人なので、無料ならってことで置いてもらってるんです」

　満面の笑みになった彼女は、きっちりした接客態度を少しゆるめる。詠子にはそのほうが好ましく感じられる。

「以前はわたしの祖母が、よくお菓子を焼いてお客さんに振る舞っていたんですが、それをおぼえていてくださる方もいて、よろこんでいただいています。まだ初心者なので、味は祖母に追いつけませんが」

「あなたは、社長のお嬢さん……？」

「はい。今日はたまたま手伝っているんです。ふだんは会社勤めをしてるんですが」

「ご家族で協力できるなんて、素敵なご一家ですね」

　バラバラな詠子の家族とはまるで違う。ついため息がもれる。ごまかすように、詠子は顔を背《そむ》けながら、テーブルの本に目を落とし、急いで話題を変える。

「そうだ、お菓子づくりのことなら、わかるかしら？　これって、何だと思います？」

本にはさんであった便せんを、彼女に見せた。

「これ、メアリさんが書いたレシピじゃないですか！　どこで見つけたんですか？」

びっくりした様子に、詠子も驚く。

「メアリさんって？」

「うちのお客さんだったかたです。この便せんも、部屋の備品です」

なるほど、〝ホテルのはな〟の文字とロゴマークが入っている。

「それじゃあ、この本もメアリさんのものなんでしょうか？」

『不思議の国のアリス』を見せると、受け取った彼女は、見返しの部分を確認する。Mと手書きのマークがある。

「間違いないです。ほかにも二冊、お菓子が出てくるページにレシピを書いてはさんだ本があるんですよ。メアリさんはたくさん本を持ってたみたいなんですけど、亡くなったときには一冊も残ってなくて、とにかく謎めいた人なんです」

彼女の話によると、メアリさんという人は、このホテルに十年も宿泊していたという。急に亡くなってしまい、身元がわからないまま行旅死亡人となっているらしい。なんて聞くと、詠子は自分と重ねて考えてしまう。

このまま帰らなかったら、メアリさんみたいにここで暮らして、ひとりで死ぬのだろうか。詠子の夫、娘も息子も、詠子のいない家で、詠子がいたことを忘れて普段どおりに暮らしていく。忘れ去られたら、詠子はきっと、本当にいなくなるのだろう。自分でも、自分がどこの誰か、わからなくなってしまうに違いない。

メアリさんは、そんな人だったのではないか。彼女を知るすべての人に、忘れられてしまった人。そうして、世の中とのつながりを失った人なのだと、詠子は想像した。

「メアリさんは、お年を召した方だったんですか？」

「ええ、でも、七十代だったと聞いていますから、まだまだお元気そうに見えました。いつも、全身ピンクの服を着て、顎のところで大きなリボンを結ぶ麦わら帽子をかぶってて。ここ数年はよくミニブタを連れて歩いてたらしいですね」

ミニブタと老婦人を、詠子も見かけたことがあった。たしかに、ピンクのリボンの帽子もかぶっていた。

「そのかた、革製のキャリーバッグも持ち歩いてました？」

「はい、それ、きっとメアリさんです。見かけましたか？　どこででしょうか？」

彼女は前のめりになって問う。

「弓良浜《ゆらはま》の近くの、教会です」

行きつけの美容院へ行くときに、バスで通りかかる場所だ。教会が見える場所にバス停があり、乗り降りする人のために停まっている時間、なんとなく外を眺めていると、教会の階段の下に、キャリーバッグにつながれたミニブタがいるのを見かけたことが何度かある。ミニブタといっても、キャリーバッグより大きいので、引きずられそうだと気になっていたが、ミニブタはおとなしくじっとしていた。ときには、全身ピンク色の老婦人が教会から出てきて、ミニブタとキャリーを引いて歩き出すのを目にすることもあった。

「教会ですか。堤防沿いに行けばわかりますか？　明日にでもちょっと行ってみたくて。わたし、メアリさんのことが知りたいんです」

「はい。わかると思いますけど、いっしょに行きましょうか？　どうせ時間が余ってるから」

ホテルに滞在しながら、暇を持て余しているなんておかしいと思われただろうか。けれど彼女は、素直によろこんでいるようだった。

「いいんですか？　すっごく助かります！」

誰かに感謝されるなんてこと、ずいぶんなかったような気がする。役に立てるなら、詠子も純粋にうれしかった。

「あ、もしよかったら、このレシピも、ちゃんと調べてみたいです。お借りしてもいいですか？　たぶん、『不思議の国のアリス』に出てくるお菓子だと思うんですけど」

謎めいた女性が残した、本とお菓子のレシピ。たぶん、本の中に出てくるお菓子の作り方だというから、実際につくって、食べてみることもできるのだ。詠子も興味を感じ、なんだか楽しくなって頷いた。


何の不満があるのか、と周囲は言うだろう。詠子は、夫と子供ふたりと、郊外の住宅地に暮らしている。結婚してからずっと専業主婦で、家事も育児もひとりで担ってきた。上の娘は大学生、下の息子も高校生と、親の手を離れつつある。成長をよろこぶべきところだろうけれど、まだまだ心配は尽きない。

娘の望《のぞみ》は、第一志望の医学部に落ち、滑り止めの薬学部にどうにか引っかかった。浪人はしたくないというので、そこに通っているが、本当にそれでよかったのだろうか。

総合病院で働いている夫は、小児科医だ。望も医者になりたいと言っていたし、成績もよかったので期待されていた。ところが、これまでしっかりした優等生だったのに、薬学部に入ったとたん、勉強よりもバイトやサークル活動に熱心になり、傍目《はため》には遊び歩いているように見える。二年生になっても変わらない。

それに、大学生になってから反抗期がやってきたかのように、服装が派手になった。長い髪をくるくると巻き、テレビタレントの真似をしたような、レースやリボンに飾られた奇抜な服装で通学している。いくら注意しても言うことを聞かないばかりか、このごろは返事もしなくなった。受験に失敗したことで、壊れてしまったのではないかとさえ思えてくる。

息子の律《りつ》は、高校二年生だが、姉とは違い内気でのんびりしている。成績は人並み、スポーツも苦手で、中学校ではいじめの標的にされることもあり、詠子の気苦労は絶えなかった。今も休みの日は、遊びに行くでもなく部屋にこもって、プラモデル作りやゲームに熱中しているようだ。やさしい性格だが、人とあまり付き合おうとしないのが心配だ。

詠子の悩みをよそに、夫は昔から仕事が忙しく、子供たちにかかわってこなかった。誕生日も運動会も、入学式や卒業式でさえ、何度も約束を反故《ほご》にし、まるで母子家庭のようだとため息をついたことは数え切れないが、今では母子家庭どころか、詠子は単身者だ。

気がつくと、一日中誰とも話していないことがある。ご飯を用意しても、みんな、スマホやテレビを見ながらで、会話なんてない。詠子が話しかけても生返事だ。そもそも、食事の時間にそろうことがめずらしく、朝も晩も生活の時間がそろわない。

それでも、それぞれの時間に合わせて料理をあたため直し、食卓に出す。食べ終えた食器を流しにも運ばないから、その都度口うるさく言うが、無視するか、渋々従っても洗おうとはしないし、次の日にはもう忘れている。

もはや単身者でもなく、家政婦だろうか。家族はみんな、して欲しいことだけは頼んでくる。ボタンつけて、アイロンかけて、シーツ替えて、お弁当つくって。

子供たちがわがままだと愚痴を言うと、夫には、おまえが甘やかしたからだろう、と突き放される。

あの日詠子は、久しぶりに友達の集まりに参加する予定を立てていた。そうしたら、めずらしく娘が言い出したのだ。「その日わたしの誕生日じゃん」と。このところは毎年、友達や彼氏と誕生日を祝っていたのに、少し前に彼氏と別れたとかで、友達との約束もないという。「家で祝ってよ」などと寂しそうな様子を見せられれば、そうしてあげたいと思ったのだ。

友達には断りを入れて、ケーキと料理を用意した。けれどその日、娘は晩ご飯の時間に帰ってこなかった。夫も息子もだ。

待ちくたびれたころ、夜も遅くなって、三人そろって帰ってきた。たまたま外で、夫と娘がばったり会ったのだという。誕生日だからと、娘は食事をねだったのだそうだ。母親に言ったことは、まるで頭から抜けていたに違いない。ちょっといいレストランへ行くことになって、繁華街の塾にいた息子もメッセージで呼ばれたという。一方で、繁華街から遠い、郊外の自宅にいる詠子のことは、出てくるのに時間がかかるし、お腹すいてたから、と悪気もない返事だった。

「でも、連絡くらいくれたって」

「待ってなくていいって、いつも言ってるだろ」

そう言った夫の視界には、料理の用意されたテーブルが入っていたはずだけれど、見えていなかったのだろう。娘も息子も、玄関から直行で部屋へこもり、料理には気づかなかった。それとも、見ないようにしたのかもしれない。

このごろ、詠子は虚《むな》しくなる。自分がだんだん小さくなって、蟻みたいに、誰の目にもとまらなくなっていくかのようだ。主婦として、家族のために必死にがんばってきたつもりだけれど、気がついたら目に見えない存在になっていた。誰とも目が合わず、声も届かない。もしかしたら、自分が死んだことに気づかず、幽霊になったまま家にいるのだろうかと思うほど。

ホテルの小さな部屋は、詠子の名前も、どこの誰かも、経歴も問わず、ここにいることを許してくれている。外で起こるどんなことからも守ってくれて、自由な時間を与えてくれる。メアリさんという人も、こんな気持ちだったのだろうか。天涯孤独でも、ここにいる限り、孤独だということに何の意味もない。

ベッドに寝そべって、『不思議の国のアリス』を読みながら、詠子はアリスのように、どんどん小さくなっていく自分を想像した。子供のころは、周囲のほうが小さくなる感覚だったけれど、成長して大きくなっていく自分の未来に、希望があったからだろうか。今は逆だ。縮んで縮んで、周囲のすべてが巨大化して遠ざかる。そうして、涙の池で溺れるのだ。

料理とケーキの並んだテーブルは、見上げるほど高くなって、もう手が届かない。詠子はどこかへ流されていく。アリスになるのも悪くない。どんなにびっくりするようなことが起こっても、そこは不思議の国だから。

望の誕生日の翌朝、詠子は、普段どおりに家族が出かけるのを見送って、家を出た。冷蔵庫に詰め込んだ料理のことは、誰も何も言ってこない。それとも今も、詠子の存在と同様に、目に入っていないのだろうか。

野花つぐみ。〝ホテルのはな〟の社長の娘はそう名乗った。翌日つぐみは、大きなミニブタを連れて、ホテルの玄関前で詠子を待っていた。それからふたりと一匹で、教会へ向かう。

ミニブタは、メアリさんが飼っていたもので、ムシャムシャという名前らしい。飼い主がいなくなったミニブタを引き取った人が今の飼い主で、つぐみはその人から頼まれ、週末はあずかることが多いのだそうだ。

ムシャムシャは、メアリさんといっしょにいたときと同じようにおとなしく、つぐみとの散歩を楽しんでいるようだった。

「メアリさんとのいつもの散歩道を、ムシャムシャは少しはおぼえてるみたいなんですけど、実際にどこまで行ってたのか、よくわからないんです。みどり丘団地までは、今のところ散歩コースだってわかったんですが」

ムシャムシャとともに、彼女はメアリさんの足取りをたどりたいのだそうだ。

「もしかしたら本を、散歩の途中で人にあげたり、いろんなところに置いてきたりしてたのかなって」

商店街を抜け、図書館の前をムシャムシャは、先頭を切って歩いていく。

本とお菓子のレシピを、彼女はなぜ図書館に置いたのか。メアリさんのことは、聞けば聞くほど謎めいている。そうして、たまたま『不思議の国のアリス』を手に取った詠子も、メアリさんに親しみを感じ始めている。

「ただの散歩じゃなくて、どこか、行くところがあったんでしょうか」

「ああ、かもしれないですね。でも、どこだろ。考えてみれば、メアリさんがこの街で毎日どんなふうに過ごしてたのか、よく知らないんですよね。馴染みのお店とかはあっても、そこで一日過ごすわけじゃないし、ホテルにいるときのメアリさんしか、わたしにはわからなくて」

みどり丘団地のそばを通り、やがて弓良浜の海岸まで出ると、人もミニブタも同じように解放感に包まれるのだろうか。詠子とつぐみは深呼吸し、ムシャムシャは、海の匂いを嗅ぐように、突き出した鼻をピクピクさせていた。

「そうだ、あのお菓子ですけど、タルトだと思います。『不思議の国のアリス』に、タルトが出てきますよね」

堤防の上を歩きながら、つぐみが言った。

「タルト、なんて出てきたかしら？」

「女王様のタルトが盗まれたっていうところです」

「あっ、それ、メアリさんの本には饅頭《まんじゅう》って書いてありました。イギリスの話なのに、饅頭っていうのが不思議だなって思ってたんです」

「饅頭、ですか？」

つぐみは驚きつつも、楽しそうな笑顔になる。

「わー、おもしろいですね。メアリさんの本は古いから、当時は翻訳するとき、子供たちにもわかるように訳したんでしょうね」

なるほど、翻訳だから、日本にあるお菓子を当てはめたのだ。今ならタルトなんて子供でもわかるけれど、あの本が出たころは、あまり知られてなかったのだろう。

それにしても、饅頭とタルトは形も味も似ていない。

る。


「そっか、タルトか。すっきりしました」

「そのあたりのページに、メアリさんのレシピがはさんであったんじゃないでしょうか」

女王様のタルトと聞くだけで、とびきり素敵なお菓子なんだろうと思える。物語の中の、けっして手の届かないお菓子が、メアリさんのレシピがあるというだけで、急に身近に感じられる。

「じゃあ、メアリさんはそのタルトを食べてみたくて、レシピを書いたんでしょうか。でもどうして、図書館にあったのかな。あ、その本、書架に紛れてて」

「そうなんですか？　とすると、図書館に紛れ込ませたのはメアリさん自身……？　ますます気になります。本に興味のある誰かに、お菓子のレシピで何かを伝えたかったのかな……。小崎さんは、どうして『不思議の国のアリス』を手に取ったんですか？」

久しぶりに読みたくなったのは、どうしてだろう。たくさんの本に紛れた背表紙の文字が、「わたしをお読みください」と言っていたかのようで、気がついたら手をのばしていた。人混みの中で、昔の友達を見つけたような気持ちになった。けれど、子供のころに好きだった本なら他にもあるし、そちらに目をとめても不思議はなかったのに、なぜ『不思議の国のアリス』だったのか。

「それこそ不思議ですね。子供のころに好きな本で、一番に思い浮かぶのは『若草物語』なんですけどね」

「物語としては正反対ですね」

「でしょう？　四姉妹の日々の出来事と、めくるめく奇妙な世界」

ふたりしてクスクス笑うと、一回りは年下だろうつぐみのことが、身近な友達のように思えた。たぶん彼女が、相手の年齢も性別も関係なく、人なつっこく受け入れる女性だからだろう。

「でもきっと、今の小崎さんの気持ちに、『不思議の国のアリス』を読みたくなるような何かがあるんでしょうね」

家出をしている自分に、家族を描いた『若草物語』は合わないかもしれない。もし無意識に選んだなら、『不思議の国のアリス』に何を求めたのだろう。

しばらく歩き、堤防から道をそれる。ゆるい坂道を登っていくと三角屋根の上に十字架が見えてくる。

「わあ、かわいい教会ですね。こんなところにあるなんて知らなかった」

つぐみの家であるホテルから、二十分ほど歩いたところだが、ホテルは駅前で、買い物をするにも都会へ行くにも便利だから、わざわざ何もないこの辺りまで来る必要はないのだろう。

「小さいけど、煉瓦の建物がおしゃれですよね」

「メアリさん、ここに通ってたんでしょうか。わたし、ちょっと聞いてきます。ムシャムシャをお願いしてもいいですか？」

詠子は頷き、ムシャムシャのリードをあずかることにした。

階段を駆け上がり、つぐみが建物の中に消えると、詠子は日陰に移動した。四月だとはいえ、日差しの中を歩くと汗ばむ。ムシャムシャも暑いのか、素直に日陰でお座りをする。

じっとしていれば、そよ風が心地よく、木の葉のざわめく音だけが聞こえていた。

静かな辺りに、ふとにぎやかな笑い声が立つ。振り返ると、教会の前で若い女性が数人、写真を撮っている。気になってじっと見てしまったのは、彼女たちの服装が、娘の望と似た雰囲気だったからだ。フリルやリボンがたっぷりの、少女趣味なドレスを着ている。彼女たちが、望くらいの年齢に見えたのにも興味を感じた。子供なら、西洋人形みたいと微笑ましくもあるが、どうして望は、二十歳にもなってああいう服が好きなのだろう。中学や高校のときは、私服を着る機会が少なかったからか、小遣いが少なかったからかわからないが、ふつうだったように思う。バイト代を服につぎ込んでいるのも、詠子には理解できない。もっと、大学生らしい服装をすればいいのにと思ってしまう。

「あれ、『不思議の国のアリス』のイメージなんですね」

戻ってきたつぐみが言う。ぼんやりと、女性たちを見ていた詠子は我に返った。

「アリスのイメージ、ですか?」

「青いワンピースにエプロンドレスや、ハートのモチーフとか、三月ウサギも帽子屋もいるし、教会をバックに写真を撮りに来たんじゃないでしょうか」

そう言われてみれば、アリスのイメージを取り込んだドレスで、思い思いに着飾っている。

「ちらっと聞こえた話だと、服飾の専門学校の学生さんみたい。近くでイベントでもあったようですね」

「それじゃあ、服は自分でつくったんですね。うちの娘もあんな服が好きだけど、買うと高いみたい。せっせとバイトしてますよ」

ちゃんと勉強をしているのかと心配になるくらいだ。でも、大人になっても『不思議の国のアリス』に惹かれる気持ちは、昨夜久しぶりに読んでみた詠子にもわかるような気がした。ストーリーは奇想天外で、目が回りそうだったけれど、次々に登場するのは魅力的なキャラクターばかりだ。みんな一癖も二癖もあるのに、奇妙な世界に読者を引き込んでしまう。

「あんなふうに、物語にひたるのも楽しそうですね」

目を細めるつぐみに、詠子は昔のことを思い出していた。そういえば、望が子供のころ、『不思議の国のアリス』の絵本を買ってやった。読んでほしいと、よくせがまれていたではないか。よくあるウサギのぬいぐるみを、三月ウサギと呼んで大事にしていた。もう少し大きくなってからは、『不思議の国のアリス』の児童書を買ってやったような気がする。

望は、今も『不思議の国のアリス』が好きなのだろうか。子供のころに惹かれた世界を、今も体験したくて、服装にこだわっているのだとしたら、きっかけをつくったのは詠子なのだ。

「あ、メアリさんのことはどうでした？」

「はい、たまに教会には来てたらしいんですけど、信者というわけではなかったみたいです。ひとりで物思いにふけっているようだったとか」

「そう。もしイギリスの児童文学が好きだったなら、ここは落ち着ける空間だったのかもしれませんね」

つぐみも頷いた。

「メアリさんにとっては、物語にひたる方法がお菓子だったのかな」

望は、ドレスで物語にひたっているのか。

「小崎さん、わたし、つくってみようと思ってたんです。女王様のタルト。いっしょにどうですか？」

もしもお菓子で、『不思議の国のアリス』に近づけるなら、望にも、もう少し近づけるだろうか。

ホテルの裏にある野花家のキッチンで、詠子はつぐみと、タルトづくりに挑むことになった。料理はそれなりにやってきたものの、お菓子づくりははじめてだ。買うものとしか考えていなかったし、手作りのお菓子なんて、こだわりと時間に余裕がある人のものだと思っていた。

経験がないだけに、メアリさんのレシピを見ても、どんな味のどんなタルトになるのかピンとこない。親切な料理本とは違い、手順の写真もないし、材料も、小麦粉やバターはわかるけれど、知らない言葉も多々あったのだ。

つぐみも、お菓子づくりは初心者だというが、イギリスの小説には詳しいらしく、詠子には聞いたことがないような、イギリスのお菓子や素材にも知識があるようだった。

「メアリさんのレシピは、トリークルタルトですね」

「トリークル、ですか？」

「日本語では糖蜜、ですかね」

糖蜜、というものも甘そうなイメージだが、よく知らないし、自分で買ったことはない。でも、『不思議の国のアリス』を読んでいて、糖蜜という言葉が出てきたのはおぼえている。

「この、女王様のタルト、どんなタルトか小説からはよくわからないんですが、メアリさんはトリークルタルトをイメージしたみたいですね。テニエルのイラストだと、小さめの丸いお菓子がお皿に盛ってあるので、ジャムタルトかなって想像しちゃうんですけど」

「ジャムタルトならわかりますが、これからつくるのは、トリークルタルトなんですね？」

「ええ。たぶんメアリさんは、『不思議の国のアリス』の中で、糖蜜の井戸の話をする眠りネズミがいたから、トリークルタルトを思いついたんじゃないでしょうか」

「そうそう、眠りネズミね。やけに糖蜜にこだわるキャラクター」

詠子もその、糖蜜のタルトを食べてみたくなった。

まずはタルトの生地をつくっていく。バターと小麦粉を合わせ、指先でほぐしながら、サラサラのパン粉状にしていくのが、ふだんの料理の手順にはない、はじめての体験だった。つぐみによると、スコーンも同じような作り方をするのだとかで、イギリスのお菓子づくりでは基本的な手順らしい。

「生地は甘くないんですね」

「ええ、この生地って、ショートクラストペストリーっていうんですけど、昔は、料理をつくるための器みたいなもので、お肉や野菜を入れて焼くものだったとか」

ペストリー、とメアリさんのレシピにも書いてある。詠子にとってその言葉は、サクサクした菓子パンが思い浮かぶ。

「これはクッキーみたいな硬い生地ですが、パイみたいな、薄い層が重なったものも、ペストリーの一種だそうです。パンでいうデニッシュ生地もペストリーって言いますね」

「全然違うものみたいなのに」

「ペストリーは、小麦粉とバターでできた生地のことだから、いろんな種類があるんだと思います」

「そっか。でも、中身しだいで、料理になったりお菓子になったりって便利ですよね。パンやおもちもそれ自体は甘くないから、おかずにも合うけどあんこでお菓子にもなるし、アレンジも万能なんですね」

「あんこは、お好きなんですか？」

「ええ、結婚するまではよく食べてたな。ましま堂のあんパンとか。夫が甘いものが苦手で、結婚してからなんとなく食べなくなって」

つぐみは、ましま堂で働いていると話す。だからパン生地にも詳しいようだ。ましま堂のパンは、詠子にもなじみ深いし、マーマレードパンもメロンパンも、チョコマーガリンパンも好きだった。ひとしきり、つぐみと菓子パンの話で盛り上がる。その間、作業の手がいくらか遅くなるが、バターが溶け始めたりと失敗しそうになることとさえ、とても楽しい。

詠子にとって、料理も家事も、いつもひとりで黙々とするものだった。家族そろって食事をすることも少なくなって、たわいもないおしゃべりの楽しさを忘れていた。これまで溜まっていたものを吐き出すかのように、自分でも不思議なくらいしゃべっている。

「ペストリーは、しばらく冷蔵庫で寝かせましょう」

「じゃあ、その間にタルトの中身ですね」

糖蜜というのは、砂糖をつくる際の副産物だという。イギリスでは日常的に使われる食材らしいが、日本ではなかなか手に入らないものなので、つぐみが用意したのはゴールデンシロップだ。これも、砂糖を精製する過程でできるもので、輸入食品の店で見つけたのだそうだ。

シロップはパン粉と混ぜ合わせ、レモン汁とスパイスを加える。

冷やしたペストリーは、めん棒でのばし、テニエルのイラストに似た小さめの焼き型に敷いていく。そのまま一度焼いたところに、中身を入れればいい。さらにオーブンで焼くと、香ばしくも甘い香りが漂う。見た目はとても素朴なタルトになった。

「焼きたても、冷めてもいいってレシピにありますね。そうそう、焼きたてだから、アイスクリームを添えてみます？　イギリスで、そういうトリークルタルトを見たことがあるんです」

つぐみは、アイスクリームもしっかりと用意していた。

サクサクの生地にしっとりしたトリークル、冷たいアイスクリームが熱いタルトに溶けて、一気にいろんな感覚が口の中に広がる。

タルトを食べ、楽しいティータイムを過ごすと、詠子はすっかりくつろいでいた。苛立ちも憤りも、寂しさも不満も、なんだかもう、些細《ささい》なことだったように思える。糖分が不足していたのかしらと思うくらいだ。シロップのとびきりの甘さが、体中に染み込んで、甘ったるい気持ちにしてしまうのだろうか。

「わたしね、家出してきたんです」

それにたぶん、甘いものは、心の鎧《よろい》も砂糖細工みたいにもろくする。浮かんだ言葉がそのまこぼれる。つぐみは、重くも軽くもなく受け止めてくれる。

「そうだったんですか。まだ帰る気にはなりませんか？」

「どうなんでしょう。帰っても、結局何も変わらないんだなって思うと」

「変わってるかもしれません。だって、ハートの女王様のタルトを食べたんですから」

そんなふうに言うつぐみも、物語のお菓子に救われたことがあったのだろうか。

ふたりのいるダイニングルームを、覗き込む人影がある。視線を感じて振り向いた詠子は、驚きながら立ちあがった。

望が突っ立っている。目が合うと、彼女はゆっくりと部屋へ入ってきた。

「ホテルのフロントで訊いたら、お母さんはこっちにいるっていうから」

ふんわりふくらんだペチコート入りのスカートは、スズランの花みたいだ。望が歩くとベルみたいにゆれる。

「どうして、このホテルがわかったの？」

「わかるよ。だってお母さん、前に家出したときも、このプリンのホテルに来たじゃない」

小さかったのにおぼえていたのかと、詠子は気まずさと恥ずかしさに脱力して、よろよろと椅子に戻った。

「お嬢さんですか？　よかったらお掛けください。お茶を淹れますね」

つぐみが、気を利かせてくれたのか席を離れる。望は礼を言って腰を下ろす。いつのまにか、礼儀正しい態度が身についている。茶色に髪を染め、リボンやフリルで身を飾っているのに、背筋を伸ばした望は、詠子の前で見せる娘の顔とは違い、大人びていた。

「わたしも、家出したんだ。それでここに泊まろうと思って」

「えっ、どうして？」

「お父さんも律も、わたしをお母さん代わりに使おうとするから。料理なんてできないのに、お父さんが『女のくせに』なんて古くっさいこと言うから、親のくせに料理もできなくて、子供にできるわけないでしょ！　って言ってやった」

口も達者になった。ああ言えばこう言う、最近口答えばかりの望に、詠子は辟易《へきえき》していたが、夫に言ってやったならちょっと胸がすく、というのは意地悪だろうか。

「前に来たとき、あなた幾つだったっけ。七歳くらい？」

「小二だった。律は五歳だから、さすがにおぼえてないだろうね。あのときは、お父さんとお母さんがケンカして、お母さんが家出したんでしょ？」

そんなことはもちろん、子供には言わなかった。けれど子供だって、何もわからないわけじゃない。察するものはあったようだ。

「結局、一日で帰ったけどね」

ケンカの原因は、夫の浮気疑惑だった。誤解ということにおさまったが、詠子はすっきり納得したわけではない。それでもあれから十年以上が過ぎ、真相なんてもうどうでもいいと思っている。彼は家庭を壊すことだけは避けたかったのだし、詠子もそうだ。

「その日、わたしと律がホテルの部屋に残って、お母さんは出かけたでしょう？　その間わたしたち、ホテルの人に遊んでもらったんだ。やさしそうなおばあさん、って感じの人」

夫と話をするために、ひとりで出かけたのだった。ホテルのフロントで、子供たちのことを相談すると、親切な奥さんが、ときどき様子を見てくれると言ってくれた。

「その人、たぶん、今の社長さんのお母さんね」

つぐみが戻ってきて、ティーカップとトリークルタルトを一つ、望の前に置く。詠子はつぐみを見て言う。

「つぐみさんのおばあさん、でしょうか？」

つぐみはうれしそうに微笑む。

「祖母のこと、おぼえててくださったんですね」

「はい、そのおばあさんと、それからおばあさんのお友達と、森へ遊びに行ったんです」

望にとって、楽しい思い出なのか、声も弾む。

「森？　どこの森ですか？」

「よくおぼえてないんですけど、おばあさんが車に乗せてくれて。木々が茂っていて、花がいっぱい咲いてました。なんだか、絵本に出てくる外国の風景みたいな。そこでおばあさんたちは敷物を広げて、みんなでピクニックみたいに、お菓子を食べたのをおぼえてます」

そう言って、トリークルタルトを口に運んだ望は、自然と笑顔になっていた。

「車で行ったなら、どこかの公園でしょうか。祖母の友達って、誰だろ」

「望、そんな話、今までしたことなかったじゃない」

「秘密だって言われたから」

「つぐみさんのおばあさんに？」

「ううん、もうひとりのおばあさん。秘密を守ったらまた来れるけど、人に話したらその場所は消えてしまうんだって」

「えっ、じゃあたった今、そこは消えちゃったんでしょうか」

心底残念そうな口ぶりのつぐみがかわいくて、詠子はつい笑ってしまう。

「でもわたし、あのころ友達には話しちゃった気がする。誰も信じてくれませんでしたけど」

「とっくに消えてたかー」

「ごめんなさいっ！」

望も早々に打ち解けているのは、つぐみの人柄か、それとも焼きたてのお菓子のおかげだろうか。

「あ、祖母の友達って、メアリさんかも」

「メアリさん、そのときも泊まってらっしゃったんですか？」

「わたしは実家にいなかったので、正確なことはわからないですけど、年に何度かは、長期で宿泊してたはずです。祖母はメアリさんと仲がよくて。それに、メアリさんはそういう不思議なことを言う人なんですよね」

「ねえ望、その人はピンクの服を着てた？」

「んー、服まではおぼえてないな」

「でもわたし、メアリさんのような気がします」

つぐみの言葉に力が入ると、詠子もそんな気がしてくる。メアリさんって？　と望は首を傾げている。

もしメアリさんなら、母娘そろって彼女と縁があったことになるのだろうか。幼かった望にとって、母親に連れ出されたのは不安な記憶だっただろうに、メアリさんのおかげで不思議な冒険のように彩られている。

同じように、二度目の家出をした詠子も、お菓子で物語の世界を行き来し、苛立ちも不満も、タルトに甘く包まれたのだ。

『不思議の国のアリス』のことを、もっと娘と話したいと詠子は思った。


その日、詠子は家へ帰ることにした。望もいっしょにホテルを出て、すぐそばのバス停のベンチに、ふたり並んで腰を下ろした。

小さい望と律を両脇に、かつてもここに座ってバスを待ち、家へ帰ったことを思い出した。

「家出して、〝ホテルのはな〟に行って、お菓子を食べて帰るのかあ。あのときと同じだね」

望も、同じことを思い出していたのだろう、そんなふうにつぶやいた。詠子はカバンから、メアリさんの本を取り出す。これを手に取ったから、気づくことができたのだ。メアリさんが思い出させてくれたアリスの世界は、ずっと、詠子と望をつないでいた。

「それ、『不思議の国のアリス』じゃない。お母さん、その本どうしたの？」

「もらったの」

たぶん、メアリさんがくれたのだと思う。手にしたのは偶然だったとしても、詠子にとっては、メアリさんからの贈り物だ。

「さっきホテルで食べたタルト、ハートの女王様のタルトなんだよ」

「えっ、なんか甘い茶色いものだったけど、あれなの？　ジャムタルトじゃないの？」

「本当のところはわからないけど、イギリスではよく食べるお菓子なんだって。トリークルタルト」

「トリークルタルト、か。おいしかったな」

望はうれしそうに微笑んでいる。お互いに笑顔で話すのは何年ぶりのことだろう。口を開けば、どちらもしかめっ面になるばかりだった。詠子はいつの間にか、望にとって楽しいことやうれしいことが何なのか、気づけなくなっていた。

「望は、『不思議の国のアリス』が好きなのね、今も……。そのストラップの小瓶、『わたしをお飲みください』っていうあれね。アリスが飲んで、小さくなる薬」

バッグにぶら下がっている小瓶は、鮮やかな青い色で、木製の札がついている。英語でそう書かれているようだ。

「うん、ほかにもあるよ」

めずらしく得意げに見せてくれた、スケジュール帳やペンや、ブローチやネイルもアリスにちなんでいる。ずっと、娘の奇抜な服装に眉をひそめるばかりで、アリスが好きだとは気づかなかった。子供のころのように、無邪気に話してくれなくなったし、見せてくれなくなっていたのは、母親にはわからないと思っていたのだろう。詠子も、今どきの子はよくわからないと、わかろうとしなくなっていた。

「子供のころから、アリスの絵本が好きだったもんね」

「今も大事に取ってある」

「本当？　もう捨てたかと思ってた」

「大事なものは隠してあるの。勉強のじゃまになるから、目につくところに漫画とか雑誌とか置かないようにって言われてたでしょ？」

望の好きなものは、詠子も夢中になった物語だったのに。

「勉強、きらいだった？」

「んー、よくわかんない。高校じゃ、みんな受験勉強に一生懸命だったし。でも、頭のいい子はがんばらなくてもいい点取れるんだよね。わたしはそこには入らないんだって気づいたら、なんか、べつに医学部に行きたいわけじゃないなって思ったの」

「なのに、医学部受けたのね」

「お父さんもお母さんも期待してるし、ずっと、医学部へ行かないとわたしには価値がないような気がしてたんだ。落ちたけどね」

詠子も同じだった。子供を医学部に行かせないと、自分には価値がないかのように思っていた。そんなあせりを、娘に押しつけていたのだ。

「価値、ないわけないじゃない。今の望が、やりたいことを見つけられたならそれでいいの。だからもっと、好きなものや好きなこと、考えてることを教えてよ」

「えー、やだよ。恥ずかしいし」

「じゃあ、見てるから。毎日元気か、笑ってるか、悩んでないか、見てるだけならいいでしょ？」

今さらか。母親なのに、これまでそんな基本的なことができていなかったなんて。

「……いいけど、あ、でも部屋には勝手に入らないでよ」

「はいはい」

「ごめんね、お母さん」

急にそう言ったのは、医学部のことではなく、誕生日のことだろう。

「もういいのよ。ちょっとした行き違いなんだから」

「でも、怒ったから家出したんでしょ?」

「そりゃ、腹が立つことだってあるよ。ちょっとお母さんを休んで、気が済んだら帰ってくるんだから、気にしなくていいんだって」

「お母さんにも反抗期、あるんだ」

「かもね。でも家族だから、ちょっとくらい反抗しても、わがまま言っても許されるでしょ」

わがままなのは、子供たちや夫だけじゃない。簡単には壊れない関係だとわかっているからこそわがままになってしまうのは、詠子も同じだった。

「じゃ、お互い様?」

「お互い、ほどほどに、だよ」

「はあい」

望はほっとしているようだった。

バスが来る。郊外の家へ向かう、乗り慣れたバスだ。詠子は不思議と、帰宅を楽しみに感じていた。

帰ったからって、よろこんで出迎えられるわけでもないけれど、散らかったリビングは詠子を歓迎してくれていた。手早く片付けて、冷蔵庫の中身を確認する。誰も料理をしなかったらしく、野菜や肉はそのままで、冷蔵庫に放り込んだ残りものと、冷凍食品やレトルトばかりがなくなっていた。

望はさっさと自分の部屋へこもり、手伝おうというそぶりもない。これまでと何も変わらないけれど、詠子は以前より、ずっと自由だ。

ハートの女王様のタルトを食べたのだから。なんて、すごい冒険をしたみたいだと、考えながらつい笑ってしまう。

「何笑ってんの」

二階にいたのだろう、リビングへ入ってきた律が、怪訝そうにこっちを見ていた。四日ぶりに帰ってきた母親に対し、おかえりの一言もなければ、どうしていたのかと問うでもない。何事もなかったかのように突っ立っている。

「聞きたい?」

「それよりさ、これ、ハンコほしいんだけど」

あからさまな、興味なんてないという態度で、書類のようなものを差し出すけれど、律のほうから声をかけてくるなんてめずらしい。用事があったって、無言で学校からの書類を渡すだけだったからだ。

「進路希望アンケート?」

そこには、律が自分で希望の大学を書き込んでいた。

「理工学部へ行きたいの？」

「悪い？」

ぶっきらぼうなのは、照れ隠しに思える。

「悪いわけないよ。理工学部でどんなことするの？」

「色々」

「うん」

「……ロボットとか」

やっと、恥ずかしそうにつぶやいた。部屋の中がプラモデルばかりでも、ゲームに夢中でも、好きなことを究めたいときちんと考えていたのだ。詠子の心配は余計なお世話だったようだ。

「そっか」

「提出期限過ぎてるから、今読んでよ」

家を出ていたから、帰ってくるのを待っていたのだろうか。

「お父さんに頼めばよかったのに」

「あの人、医学部以外見下すじゃん」

夫は律に、医者になれと言うことはなかった。それはそれで、律にとっては姉より劣っていると、見放された感じがしていたのだろう。

「そんなことないよ。律のやりたいこと、見下すわけないじゃん」

「とにかく、父さんには余計なこと言わなくていいから」

キャビネットの引き出しから取り出した印鑑を手に、詠子は椅子に腰を下ろす。ダイニングテーブルに置いた用紙を、しっかり確認する。

「ねえ律、小さいころに望と、どこかの森でお菓子を食べたのっておぼえてる？　おばあさんふたりに連れていってもらって」

進路のことをもっと訊かれるかと身構えていた様子の律は、全然違う話に拍子抜けしたような顔になった。

「おばあさんって、ばあちゃんのこと？」

「ううん、よそのおばあさん」

少し考えて、ぼそりと言う。

「あれって、夢じゃなかったのか」

「おぼえてるんだ？」

「うっすらとだけど。おばあさんがふたりいて、魔法使いのおばあさんだと思ってた。お菓子を食べたら、周りがどんどん小さくなってさ」

「えっ、なあにそれ、遊び？」

「違うよ。本当に小さくなって、いろんなものがアリンコみたいに見えるんだ。それからもときどき、小学校の高学年になるまではそういうことあったな」

同じだ、と詠子は驚く。子供のころに、詠子もそんなふうに感じたことがあった。

「だからさ、おれは早死にすると思ってた。重い病気なのに、父さんも母さんもおれには隠してるって」

律にしては饒舌になっている。奇妙な体験だから、これまでも言いたかったに違いない。親が隠しているのだと思うと、子供心にもためらったのだろうか。

「おばあさん、ハートの女王様かもね。小さくなったり大きくなったりって『不思議の国のアリス』みたいだもん」

律は不可解そうに眉根を寄せていた。

「それは、不思議の国のアリス症候群、だな」

帰宅したのか、いつの間にかリビングに入ってきていたらしい夫が、不意に口をはさんだ。

「そういう症例はたまにある。大抵子供のころの、成長期の脳に起こる一過性のものだ」

「ホントなの？　『不思議の国のアリス』なんて名前がついてるの？」

「ああ」

「なあんだ、おれだけじゃなかったんだ」

律はそう言うと、詠子が印鑑を押した書類を父親の目から隠すようにさっと取り上げ、自室へ戻っていった。

「おかえり」

しばしの間を置いて、夫は、ぶっきらぼうに言うと、スーパーの袋をテーブルに置く。

「ただいま」

と詠子も答える。

「今日は早いのね」

「まあな」

「晩ご飯、つくってくれるの？」

スーパーの袋には、タマネギやジャガイモが入っている。たぶん、カレーだ。

「いないと思ったから」

「ならもう一日、ゆっくりしてくれればよかった」

「勘弁してくれ。望も律も、体ばっかり大きくなって、何もできないんだ」

知らなかったのか、と詠子はあきれたくもなるが、こちらにまかせっきりだったのだから無理もない。疲れ切ったように椅子に腰を下ろす夫が、ちょっとかわいそうになる。望は、父親と弟に家のことを押しつけられると言っていたが、たぶん望よりも、独身のとき一人暮らしをしていた夫のほうが、多少の家事はできるだろう。

「うっかりしてたわね。あの子たちには、勉強しろとしか言わなかったでしょ、わたしたち」

詠子の育て方が悪い、と以前なら言っただろうけれど、夫は、今までになく素直だった。

「そうだな。できなくて当然だな」

「だけど、好きなことには一生懸命になれるのよ。それに、将来のことも考えてるみたいだし、まあ、それなりにちゃんと育ってるよ」

小さく頷いただけだったが、彼にもちゃんと、子供たちの選択を受け入れる気持ちがあるのを感じ、詠子はうれしかった。

「カレー、わたしも手伝うね」

「やっぱりおれがつくるのか」

「デザートはタルトね。教えてもらってつくったの。たくさんできたから、もらってきたんだ」

「タルト？　おれはいいよ」

甘いものの話になると、いつも彼は苦い顔になる。

「大丈夫、クリームを使ってないから。イギリスの伝統的なお菓子だから、もしかしたらスコッチに合うかもね」

本当かなあ、という夫は、少し興味を持ったようだ。そもそも彼は、甘いものが苦手というより、甘いクリームが苦手なのだが、最近のお菓子は、何かとクリームを使ったものが多いので敬遠してしまうのだ。

夫のカレーは少し辛口だ。ずっと前、まだ独身だったころに彼がつくったカレーを食べたことを思い出す。食後には、きっと甘いものが食べたくなるだろう。

『不思議の国のアリス』の、盗まれたタルトが詠子の家のテーブルにある。なんて、ますます不思議な物語が始まろうとしているかのようだ。

詠子の周囲は何も変わっていないけれど、積み重ねてきた日常は、けっしてつまらないものではなくて、キラキラした時間がちりばめられていたはずだ。楽しいことも幸せなこともたくさんあった。

だからもう、見逃さない。退屈なものしか見えなくなっていた詠子に、女王様のタルトは教えてくれた。自分勝手な子供たちも夫も、わがままな詠子も、ときどきぶつかってしまっても、不思議の国でなら微笑ましい家族ではないか。

みんなで女王様のタルトを食べる。それだけで、いつだって不思議の国を行き来できる。

そこでの詠子は、目に見えないほど小さくなることも、消えることもないだろう。

メアリさんと、彼女の書いたお菓子のレシピは、詠子の物語に加わって、つながっていく。ひとりきりだったというメアリさんも、けっして忘れ去られてなんかいないのだ。

トリークルタルト

Treacle Tart

材料：直径18cm（パイ皿1台分）

《ショートクラストペストリー》（空焼きしておく）

薄力粉…110g　バター…60g（サイコロ状に切って冷蔵庫で冷やしておく）
塩…小さじ1/4　冷水…大さじ2

1. 薄力粉に塩を加え、ボウルにふるっておく。
2. **1**のボウルにバターを加え、カードで切り混ぜそぼろ状にする。
3. 冷水を加えてひとまとめにし、ラップに包んで冷蔵庫で30分休ませる。
4. ホイルをしいて重石を置き、180℃のオーブンで15分焼く。

《フィリング》

ゴールデンシロップ…180g　レモン皮…1個分
パン粉…40g　レモン汁…小さじ1

1. 鍋にゴールデンシロップを入れ、弱火にかけて溶かす。
2. さらにパン粉とレモン皮と汁を加えて混ぜる。
3. ショートクラストペストリーを空焼きしたものに、**2**を流し入れる。
4. 180～190℃のオーブンで10～15分焼成する。
5. 表面がきつね色になったら焼き上がり。

＊本文にあわせて、イラストではアイスクリームを添えています。

Hotel NOHANA

4 ✦ 遠い日のプディング

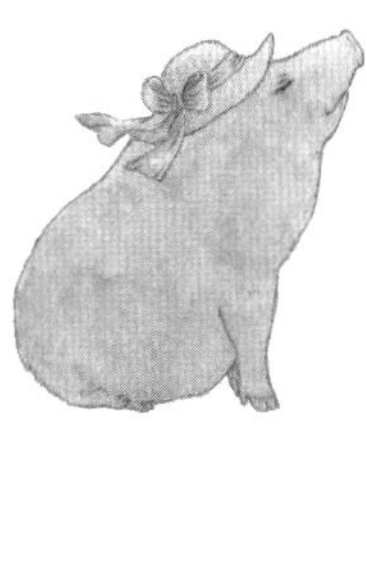

『ドリトル先生アフリカゆき』

ヒュー・ロフティング 作

「沼のほとりのパドルビー」という小さな町に住む医学博士ジョン・ドリトル先生。様々な生き物が大好きで彼らのことばがわかる彼は、サルたちを恐ろしい疫病から救うため、仲間と共にアフリカに旅立つのだった。

波打ち際は、まるで生と死の境界だ。どこまでが陸で、どこからが海かはっきりしない。海は、遠ざかったかと思うと不意に近づいてきて、浅瀬にほんの少し足を踏み入れただけでも、足元の砂を勢いよくさらっていく。うっかりしていたら足元をすくわれ、引きずり込まれるほどの力を感じる。

自分がどちら側に立っているのかわからなくなりそうで、蒼はあの、あやふやな境界には近づけない。寄せては返す波が、何かを海に引き込もうとしているようで恐ろしい。

幼いころ、急な深みにはまり、溺れかけたことがある。蒼はときどき、自分がまだあの深みにいるのではないかと想像する。だとしたら海は、浜辺にいる蒼に、本当の居場所はこちら側だと、こちらへおいでと語りかけているかのようだ。

彼を引き上げてくれた手は、現実のものだったのだろうか。

メアリさんが亡くなったことを、皆川蒼はまだ少し、信じられないでいる。蒼の日常から、メアリさんがいなくなったのはたしかだ。しかし、本当に死んでしまったのか、ふらりとどこかへ行ってしまっただけなのか、確かめるすべがない。蒼が知ったときには、すでに荼毘《だび》に付されたあとだったし、葬儀もなかった。それに、メアリさんには「死」なんて言葉は似合わない。雲のように消えてしまったというほうが納得できる。

いつでも彼女は、人の噂の中に存在していた。メアリさんを見かけた、という誰かの言葉を耳にすることで、彼女の存在がどんどん気になっていったころと同じように、今も蒼は、噂に聞き耳を立てる。彼女について蒼が知っていることは、すべてどこからともなく聞こえてきたことだ。メアリさんと呼ばれていること、いつもピンクの服を着て、ピンクのリボンのついた麦わら帽子をかぶっていること、家がないこと。

ある人は、貧しい世捨て人だと言い、ある人は富豪の未亡人で心を病んでいるのだと言い、ある人は孤高の芸術家だと言う。どんな噂も、彼女は肯定も否定もしない。赤の他人が勝手に想像をめぐらせることを、むしろ歓迎していたように蒼は思う。

亡くなったと知らない人はまだだいて、この前どこどこで見かけたと、噂話が聞こえてくる。単なる見間違いでも記憶違いでも、蒼はなんだかほっとする。

誰も噂をしなくなったとき、彼女は本当の意味で消えるのだろう。けれどまだ蒼にとって、姿が見えないままにもメアリさんはどこかに存在していて、ときおり彼は、ムシャムシャといっしょに窓の外の足音に耳を傾けるのだ。

ドリトルさん、ご機嫌いかが？

玄関に近づいてくる足音があれば、今にもそんな、聞き慣れた声が飛び込んできそうだと思うのは、ムシャムシャも同じなのだろう。急に立ちあがり、窓辺へ駆け寄っていく。耳が大きく動いている。

「蒼さん、おはようございます」

声は、メアリさんではなく野花つぐみだった。

メアリさんがいなくなって、つぐみが現れた。古びたキャリーバッグを引きずっていた彼女を、ムシャムシャがメアリさんに重ねたように、蒼もつぐみが、メアリさんの気配を運んでくるような気がしている。

そして彼女は、メアリさんを知ろうとしている。メアリさんが〝ホテルのはな〟で暮らしていたから、というだけではない。彼女が遺したものは、つぐみにとって強く心を惹かれるものであるようだ。

玄関の引き戸を開けると、頭に浮かんだとおりの、つぐみの人なつっこい笑顔があった。

「おはよう。……ていうか、つぐみさん、どうしたの？　今日はおれ仕事がないから、ムシャムシャの世話は大丈夫だって言ってなかったっけ？」

蒼は土日に、畜舎や動物病院の手伝いに呼ばれることが多いため、週末は休日のつぐみが、ムシャムシャをあずかってくれるようになった。しかし彼女だって、休みの日は予定を入れたいこともあるだろう。たまにでいいと言ってあるのだが、意外と楽しみにしているのか、嬉々として通ってきてくれる。

「はい。今日は、蒼さんに食べてもらおうと思って、トリークルタルトを持ってきました」

声を弾ませ、彼女は紙袋を差し出した。

「おれに？　ありがとう。何のタルトだって？」

「トリークル、糖蜜です。といっても、糖蜜ってなかなか売ってないので、ゴールデンシロップを使ったんですけど。あ、これ、ドリトル先生の好物なんですよ。知ってます？　それで、ぜひ蒼さんにもと思って」

　ドリトル先生、というところに力がこもる。彼女は好きなものに正直だ。

「へえ、子供のころに読んだ気がするけど、もうおぼえてないな」

　蒼はたぶん、あまり正直ではない。

「わたし、つくってて思い出したんです。『ドリトル先生』の話に出てきたなって。意外と食べ物の出てくるところをおぼえてるみたいで、子供のころから食い意地がはってたんですね。そういえばメアリさん、『ドリトル先生』の本も持っていたんでしょうか」

「さあ、どうだろうな。これ、あとで食べるよ。これからちょっと用があるから」

　つい、つぐみの話を打ち切るかのような言い方になった。子供のころのことは、思い出したくないし語りたくないと、どうしても身構えてしまう。『ドリトル先生』の物語についても、なるべくなら話題にしたくなかったのだ。

「お出かけですか？　わたし、ヒマなんで、よかったらムシャムシャの散歩に行きますけど」

　つぐみは気にした様子もなく、軽やかにムシャムシャのそばへ行き、挨拶代わりにやさしく撫でる。

「ムシャムシャの散歩がてら、用事に寄りたいところがあってさ」

　するとつぐみは、急にがっかりしたような顔になった。タルトを持ってきたのは、ムシャムシャと戯れたいという気持ちも半分、いやそれ以上だろうか。おもしろかったのと、わかりやすいのとで、蒼はちょっと笑ってしまった。

「そうだ、いっしょに散歩に行かないか？　用事ったって、すぐにすむことだし」

「いいんですか？　行きます！」

また急に、元気になるのもおもしろい。

「蒼さん、じつはおととい、メアリさんの本と手書きのレシピが、またひとつ見つかったんです。『不思議の国のアリス』で、図書館にあったそうです」

ムシャムシャにハーネスをつけるのを手伝いながら、つぐみは言う。メアリさんについて何かわかると、必ず蒼に報告する。つぐみの中では、蒼はメアリさんの謎を解きたいと願う仲間になっている。蒼は、それを受け入れるべきかどうか、たぶん迷いながら曖昧にしている。

受け入れたら、メアリさんの死を実感することになってしまいそうだ。

「で、その本にはさまってたレシピが、トリークルタルトだったんです」

「ああ、それでつくってみたんだ？　またイギリスの児童書だな。三冊目か」

「偶然でしょうか。本を見せてもらったんですけど、旺文社文庫で発行が一九七五年。『小公女』や『トムは真夜中の庭で』も同じころの本なんです。メアリさんがキャリーバッグに詰め込んでた本は、そのころに売っていたイギリスの児童文学ばかりだったのかもしれませんね」

単に好きな本を集めた結果なのか、それとも他に理由があったのだろうか。

イギリスが舞台の児童書が好きで、集めるのは理解できる。その本の、お菓子が出てくるページに、作り方を書いたメモをはさむのもまだわかる。けれどそれを、いろんな場所に置いてくるという行為は、ちょっと謎めいている。

「メアリさんは、自分の死を予感していたのかな……。ずっと持ち歩いてた本をばらまくなんて。蒼さんはどう思います？」

「うーん、持病があったなら、予感もあったかもしれないけど」

少なくとも蒼が知るメアリさんは、病気を抱えているようには見えなかった。通院していた様子もない。しかしメアリさんは、身元を明かすものを何も持っていなかったのだから、病院に通うには難しい事情があったのかもしれない。

そのあたりは、〝ホテルのはな〟のほうが知っていたのではないだろうか。メアリさんの死後、町田メアリと名乗っていた宿泊客に間違いないと確認したのは、つぐみの母親だと聞いている。

「うちは、メアリさんからは何も聞いてなかったみたいです。警察や病院も、身内でないと病気のこととかも詳しくは話せないらしくて。だけど、本人は予感してたのかなって、そんな気がしてるんですけど……」

「だったら、少なくとも三冊、メアリさんの本が見つかってるわけだし、彼女の遺言みたいな意味があるのかもな」

つぐみは神妙に頷いた。

キャリーバッグに詰め込まれていた本は、すべてなくなっていた。メアリさん自身が人に渡したか、どこかに置いてきたのは間違いないだろう。つぐみのような、本とお菓子に興味を持つ誰かに、託したいことがあったのだろうか。

けれど蒼は、児童書にもお菓子にも、さほど興味はない。だから、メアリさんの遺言をどうとらえていいのかわからずに戸惑っている。

実のところ、メアリさんの遺言かどうかもわからない。最近になって、自分のところに本が一冊届いたというだけだ。そこにどんな意図があるのか、本当にメアリさんからなのか、わからないから受け取れない。だからあれは、送り主に返さなければならない。

自宅でもあるかつての動物病院の、西向きの待合室から外へ出ると、家の前の路地に、朝の明るい陽が差し込んでいる。散歩にはうってつけのいい天気なのに、蒼の胸には灰色の雲が立ちこめている。カバンに入れた一冊の本は、思い出したくない過去と結びつく。

「つぐみさんは、もともと動物好きなの？」

過去にふたをして蒼は、率先してムシャムシャのリードを引く彼女に問う。

「好きっていうか、うちは動物を飼えなかったから、触れ合えるのが楽しいんです。それにムシャムシャは、なついてくれてるし」

「そっか。家がホテルじゃ飼えないよな」

「蒼さんは、動物が好きで獣医さんになったんですか？」

話題をつぐみのことに持っていきたかったのに、結局自分のことに戻ってきて戸惑う。けれどこれも、逃げても無駄だということかもしれない。

「そうだな。祖父が動物病院やってたし、身近に動物がいて、子供のころから憧れてたよ」

つぐみの頭には、さっき『ドリトル先生』の物語を話題にしたことが浮かんだかもしれない。たぶん、蒼の素っ気ない態度とともに。

「実を言うと、おれ、『ドリトル先生』の本は好きじゃなかったんだ。メアリさんは、『ドリトル先生アフリカゆき』って本を持ってて、おれにくれるって言ったことがあったけど、そんなわけで断った」

話す必要はないのかもしれないけれど、こちらに少しも壁を感じさせないつぐみの人柄を好ましく思うから、自分も壁をつくりたくなかった。

「じゃあ、イギリスの児童書が、四冊は確実なんですね」

「うん、そうなると、他のもやっぱり児童書だって気がしてくるな」

「どうして、好きじゃないんですか？」

少し遠慮がちに、けれどどうしても気になるらしく、つぐみは問う。

「んー、なんとなく」

結局ごまかしてしまう。たぶん子供のころ、母があの本を嫌いだと言ったからだ。

蒼が子供のころに読んだ、『ドリトル先生アフリカゆき』は、祖父にもらった本だった。しかし母は、動物が嫌いだった。神経質な潔癖症で、蒼が近所の飼い犬を撫でるのもいやがった。その本は、いつの間にかなくしてしまったが、もしかすると母が捨てたのではないかと疑ったことが、蒼の記憶に薄暗く張り付いている。

「本物の獣医さんにしてみれば、夢物語ですもんね」

つぐみは勝手に納得してくれた。

「だけど、メアリさんはどうして、蒼さんにその本を渡そうとしたんでしょう。図書館の『不思議の国のアリス』は、誰が手に取るかわからない状況だったけど、わたしの部屋にあった『小公女』は、たぶん祖母が生前にメアリさんにもらったものだと思うんです。直接誰かに渡した本もあるってことですよね。だったらやっぱり、何か伝えたいことが込められているんじゃないでしょうか」

急にいなくなってしまったメアリさんが、蒼に何かを伝えたかったなら、知らないままでいいとは思えない。しかし蒼は、届いた本を返そうとしている。

こんなふうに臆病なのは、メアリさんが母親と重なるからだろう。家族や地縁と切り離され、ひとりきりだったメアリさんと、すべてを捨てて失踪した母親とが重なって、メアリさんの

『ドリトル先生アフリカゆき』に、母からのメッセージを読もうとしてしまいそうな自分に嫌気がさすのだ。

「メアリさんのこと、一番知ってるのってムシャムシャですよね。いっしょにいて、メアリさんのすることを見守ってたはずだから、本とお菓子の意味もわかってるかも」

「ブタ語がわかればな」

ムシャムシャは鼻を鳴らしながら、楽しそうに歩いている。リードを持つつぐみの一歩先を歩く。体は大きいが、見た目より軽やかな足取りだ。

「ですよね。だけど話はできなくても、わたし、ムシャムシャが、メアリさんのことを教えようとしてくれてるんじゃないかって思うんです」

「へえ、どうやって？」

「機嫌がいいと、こうして、メアリさんと行った場所に連れていってくれるんですよ」

ピンクのお尻を振りながら、ムシャムシャは進む。あきらかにつぐみより先に、角を曲がる。

つぐみも蒼も、それについていくような格好だ。

「あ、用事のある場所って、こっちでいいんですか？」

「ああ、同じ方向だよ。この道って、つぐみさんとムシャムシャの散歩コース？」

「はい。最初はわたしがリードを引いてたんですけど、何度目かの散歩のとき、急に何か思い出したみたいに好きなほうへ歩き出して。それからは同じ方向へ行きたがって、違う道へ行こうとすると、動かなくなるんですよ。今のところ、弓良浜までの道順は確実です」

「メアリさん、よく弓良浜に行ってたみたいだからかな」

「だけど、目的地がどこなのかわからないんです。もう少し先へも散歩に行ってたみたいなんですけど、ムシャムシャは、海辺で満足して帰りたがるときもあるし。でも、もう少し先で、ムシャムシャとメアリさんをたびたび見かけたって人がいるんです」

　横断歩道を渡り、みどり丘団地へ入っていく。団地内も通り道のようだ。

「目的地があると思うのか？」

　散歩だから、どこへ行くわけでもないような気がしていた。しかしもちろん、どこかへ向かって散歩をすることもあるだろう。

「はい。あくまで想像ですけど。行きも帰りも同じ道っていうのが、なんとなく、目的のない散策とは違うような気がして」

「なるほど。どこかに通うとなると、行き帰りとも同じ道を使うか」

　メアリさんがどこへ行こうとしていたのか、それがわかれば、たしかに大きく彼女に近づける。蒼も興味は感じつつも、やはりためらう。

　家のない彼女は、静かに現状を受け入れて、淡々と暮らしていた。人とは距離を置くところがあったけれど、話せば笑顔を見せて、孤独な人には寄り添おうとした。けれど、帰る場所を永遠に失った彼女の、本当の気持ちを覗いてしまってもいいのだろうか。それは、昼間はどんなに静かに凪《な》いでいても、夜の海辺の、沖合からせまってくるうねりの気配に似ていないだろうか。

「その目的地は、本とお菓子とも関係がある場所だと、つぐみさんは思うのか？」

　つぐみは悩みながらも頷いた。

「本の入ったキャリーバッグを、いつも持っていってたわけですから」

　目的の場所で、キャリーバッグの中身を使うようなことがあったのかもしれない。

『小公女』『トムは真夜中の庭で』『不思議の国のアリス』、メアリさんがその場所で、お菓子の出てくるページを開いたのだとしたら、そのとき何を思ったのか。

翻訳された英米の児童文学は、誰でも子供のころに読んだことがありそうな、有名な本ばかりだ。すべて、メアリさん自身の思い出の本なのか。それとも、彼女には児童書を読むような子供がいたのか。

団地を抜けて橋を渡る。そこから浜へ出て、海岸沿いをしばらく歩くと、やがて見えてきた分かれ道を、蒼は指さした。

「そこの坂道の先へ行きたいんだ。ほら、あの十字架のところ。つぐみさんは？　ムシャムシャの行くほうについていく？」

坂道の上に、焦げ茶色の三角屋根と十字架が見えている。

「教会ですか？　そこも、メアリさんがムシャムシャを連れて立ち寄ったりしてたらしいので、ついてくるんじゃないでしょうか」

そうだったのか。だから、教会の封筒で本が届いたのだろうか。

差出人は、町田メアリと書いてあったが、メアリさんの字ではなかった。それに、彼女が亡くなってもう二か月になろうとしている。教会の封筒を使ったのは、関係者がメアリさんに頼まれたからだろう。だったらその人に返せばいい。

ムシャムシャは、すんなりと教会への道を進んだ。蒼が教会へ入っていくと、階段の下で立ち止まり、戻ってくるまでそこにいた。つぐみもそこで待っていた。本は結局、教会にいた人には受け取ってもらえなかった。

教会の住所が印刷された封筒は、パンフレットなどを渡すときに使うこともあるといい、それを誰かが使い回したかもしれない、とにかく教会からは発送していないものだからどうしようもない、という。メアリさんと親しい人はいるかと訊ねたが、牧師もたまに言葉を交わすくらいだったらしく、発送を頼まれた人もいないようだった。

「用事、もういいんですか？」

「うん、これ、返そうと思ったんだけど、送ってきた人がわからなかった」

　結局、つぐみに頼るようにして封筒を手渡す。

「これって……『ドリトル先生アフリカゆき』？　メアリさん、一度は断られたのに、どうしても蒼さんに渡したかったたってことでしょうか」

「消印の日付からしても、亡くなったあとだから、誰かに頼んでたんだろうな。でも、そこまでしておれに渡したいって、よくわからん」

「頼まれたのは、教会の人じゃなかったんですか？」

「牧師さんが言うには、メアリさんとよく話してたのはボランティアの人で、少し前に引っ越したらしい。その人が頼まれたのなら、もうどこにいるかわからないな」

「メアリさんの本には間違いないですね。Mの文字があります。それに、あ、便せんもはさんでありますね」

　つぐみは歩きながら、本をパラパラとめくっていたが、さすがに便せんは歩きながら開きにくいし、蒼への手紙かもしれないと思ったのか、すぐに閉じて、こちらに差し出した。

「つぐみさん、それ、引き取ってくれないか？　おれはいらないから」

「でも、それでいいんですか？」

　メアリさんの遺品だ。でも、この本は嫌いだと言ったのに。

「お菓子づくりに興味ないし」

つぐみは困っていたが、蒼がもっと困っていると感じたからか、本を受け取ってくれた。

坂道を下って、再び浜辺まで戻ってくる。蒼がメアリさんに初めて会ったのは、五年ほど前、この弓良浜だった。

堤防へあがると、向こうには砂浜が広がっている。ムシャムシャの足が速まる。この海辺で拾われたことを、おぼえているだろうか。海が嫌いではない様子のムシャムシャは、捨てられたことよりも、ここでメアリさんに出会ったことだけを記憶しているのかもしれない。

記憶を、自分で選べたらいいのに。残しておきたい記憶と、忘れたい記憶を自由に選《よ》り分けられたら。

砂浜へ下りたがったムシャムシャは、うれしそうに砂の上を転げ回る。つぐみは堤防の石段に腰を下ろし、それを見守っている。蒼は石段で立ったまま、青い海をぼんやりと眺める。

「今日は蒼さんといっしょだったからか、ムシャムシャも上機嫌ですね。まだ元気が余ってるみたい。メアリさんとは、もっと遠くへ行ってたかもしれないですね」

「教会で折り返さずに、もっと先へ行ってたってことか？」

「たぶん……。教会の向こうへ歩いていくメアリさんとムシャムシャを見た人がいるんです」

「あの先って、何かあったっけ？」

「昔からの住宅か、茶畑やミカン畑とかですね」

キャリーバッグを持っていく理由のある場所が、蒼には思いつかない。

そもそも、キャリーバッグの中身は、いつ空っぽになったのだろう。少しずつ減っていったのか、一気に取り出されたのか。蒼が中を見たのは、何年も前のことだ。

「もしかしたら、メアリさんの家族にかかわる場所でしょうか。誰かの様子をそっと見に行っていたとか」

蒼も、つぐみの隣に腰を下ろす。砂浜と、その向こうに見える海なら、メアリさんの過去を知っているかもしれないと思いながら。

「つぐみさんは聞いてない？　メアリさんは、記憶をなくしてたんだ」

つぐみは驚いたようにこちらを見た。

「本当ですか？」

「この弓良浜沿岸の、岩場に倒れてたんだって。病院で意識が戻ったものの、何も思い出せなかったらしい。名前も、どこから来たのかも」

「それって、メアリさんがうちのホテルへ来るようになる前のことですよね」

「四十年くらい前だってさ」

蒼も、つぐみもまだ生まれていない。

「四十年……。それからメアリさんは、ずっと自分のことがわからないままだったんでしょうか。年に何度かこの街へ来て、うちに泊まってたのは、ここで何があったか思い出そうとしてたのかな」

「長いこと、手がかりをさがしながらあちこち放浪したみたいだな。でも結局、何もわからなかったらしい。おれが知ってるメアリさんは、達観したような印象だった」

この十年ほどは、記憶を失った場所で、この街で暮らしていた。とはいえホテル暮らしだ。〝ホテルのはな〟に宿泊し、浜辺や街のどこかを行き来していた。

「思い出せなくて、つらかったでしょうね」

「そうだなあ。でも不思議と、いつも楽しそうにしてたんだ。ムシャムシャが、ここではしゃいでるみたいにさ。記憶がないってのは、案外心穏やかでいられるものかもな。いやなことも忘れてられるわけだから」

「だったら、メアリさんがしようとしてたことは、過去を思い出すためじゃなかったのかもしれませんね」

過去のためでないなら、現在のため、それとも未来のためだろうか？

「海からの贈り物か……」

「え？」

「メアリさん自身が、自分のことをそう言ってた。誰かのために、海からやってきた贈り物だって考えたら、今ここにいるだけで意味があると思えるって」

綿菓子をちぎったような雲が、空に浮かんでいる。青い空の下で、波間がきらきらと輝く。メアリさんは、死を意識していたのではなく、これからもっと、幸せになろうとしていたのだろうか。蒼はまぶしくて目を細めた。

蒼がこの街へ戻ってきたのは、メアリさんに会う少し前のことだ。小学校のとき、父の仕事の関係で遠方へ引っ越し、それからはずっと、大学卒業後も都会で過ごしてきた。

子供のころに野花景太と同じクラスになり、〝ホテルのはな〟へ何度か遊びに行ったこともあるが、当時はメアリさんの存在を知らなかった。

だから、メアリさんの噂が耳に入るようになったのも、祖父の動物病院があるこの家へ引っ越してきてからで、祖父が患畜の飼い主と話している声を聞きながら、メアリさんという名前を何度か耳にしたのだった。

あのころ蒼は、動物病院兼自宅の片隅でひっそりと暮らし、夜になると道路工事や警備のバイトに出かけていた。急にやってきた蒼を、祖父は深く問うことなく置いてくれた。孫が同居していることを、近所でもほとんどの人は知らなかっただろう。

噂に聞くメアリさんは、いつもピンクの服を着て、大きなリボンで結ぶ麦わら帽をかぶっているということだったから、奇抜な人なのだろうと思っていた。年齢に似合わない明るいピンク色を全身にまとった老婦人ということで、目立っていたようだ。公園のベンチで寝起きしているとか、空き家に勝手に入り込んでいたとか、家がない人だというのも耳に入ってきていた。

一方で、メアリさんがときどき訪れるという店もあり、いつも同じような服装だが、けっしてぼろ着ではなく清潔感もあると、路上生活者説を打ち消す話もあった。それでも共通しているのは、メアリさんの本当の名前や、どこから来てどうしてこの街にいるのかを、誰も知らないということだった。

ほとんど夜中にしか活動していなかった蒼が、昼間に部屋から出るのは、コンビニへ行くときくらいだったが、ある日、その短い行き帰りに、はじめてメアリさんを見かけた。すれ違うと、ハーブのような香りがした。そのとき蒼の頭に浮かんだのは、故郷も家族も持たない人は、何をよりどころにしているのだろうという疑問だ。野良猫みたいに、食べ物と安全な寝床を得るためだけに日々を過ごしているとしたら、そんな生活が可能なのか。たぶん人の心は、それだけでは満たされないようにできている。

不本意ながら孤独なのか、自分から家族を捨ててきたのかわからない。ただ蒼は、昔、香水の匂いを漂わせていた人がいたことを思い出した。あの人も今ごろ、故郷や家族を忘れ、別人になったつもりで暮らしているのだろうか。蒼が十歳のとき、家を出ていった母は。

母は蒼のことを嫌っていた。どうして嫌われているのかわからず、好かれようと努力もしたし、たまに機嫌がいいとやさしいこともあったけれど、大抵は、蒼のやることなすことが気に入らなかった。

物心つくかどうかというくらい幼いころ、蒼は家族で海水浴に出かけたことがあった。父と母と三人で出かけた記憶は、そのときの海しかない。

足の届く浅い場所で遊んでいたつもりだったが、突然深みにはまり、頭まで沈んだ。もがきながら、そばにいるはずの母をさがしたとき、水面越しに、こちらを見ている母と目が合ったのをおぼえている。母は、怖い顔をしていた。眉をつり上げ、微動だにせずに、沈んでいく蒼をじっと見ているだけだった。

たぶん、沈んだのはほんの短い時間だったのだ。近くにいた人に引き上げられた蒼は、大泣きしただけで、大した騒ぎにもならなかった。

母の恐ろしい表情は、ゆれる水面のせいだったのかもしれない。光が反射して、水の中にいる蒼のことが見えなかっただけ。そんなふうに思おうとしても、ふと思い出してしまうと、叫び出したくなった。

それ以来蒼は、海が苦手だ。プールでなら泳げるが、海へ入ることはなくなった。

母が出ていったときは、自分のせいだと思った。母が望むような子供になれなかったから、とうとう見捨てられたのだと感じていた。

もっと大きくなってから、断片的に父や祖父母に聞いた話によると、母は心を病んでいたという。結局両親は離婚し、母は二度と、蒼や父の前に現れなかった。母方の親戚も、母の居場所を知らないという。どこまで本当なのかわからないが、彼女がどこかで元気でいるなら、過去のことは、蒼の存在も含め、忘れることで心の平安を得ているのだろう。

蒼がメアリさんとはじめて言葉を交わしたのは、海のそばだった。祖父の家から徒歩十五分ほどのところにある弓良浜は、夏は海水浴客でにぎわう。蒼が溺れそうになったのもここだから、近づかなくなって久しい。けれど、また祖父の家で暮らすようになって、通りかかることも増え、浜辺で海を眺める余裕も出てきた。海水浴をしたいとは思わないが、見ているだけなら何の問題もない。

その日蒼は、祖父が飼っていた老犬をリュックに入れて、浜へ行ったのだった。もう足腰も弱り、寝たきりになっていたシロという老犬は、数年前に祖父が浜辺で拾ったのだ。拾ったときもすでに老犬だったというから、それなりに長生きだった。

シロが海を見たがっている、と祖父が言うので、蒼が連れてきた。雑種で、さほど小さくはないのだが、リュックは意外なほど軽くて、老いて筋肉が落ちた体にかろうじて魂がしがみついているのだと感じると、波の音が不穏に聞こえた。

リュックを置いて砂浜に座ると、シロは上から少し首を出して、潮の匂いを嗅いでいた。

「その子は海が好きなの？」

こちらを覗き込んでそう言ったのは、メアリさんだった。短く切ったまっすぐな前髪が、帽子からほんの少しはみ出している。メアリさんの顔をしっかりと見たのははじめてだったが、想像していたよりも頬がふっくらとしていて、やわらかく細められた目はやさしそうだった。

「この浜で拾ったんです」

「そう、拾われて幸せなのね。だから、捨てられてた海を好きでいられる」

その日も、メアリさんはかすかにハーブの匂いがした。香水とは違う、もっと自然の、ローズマリーやセージの花をポケットに忍ばせているかのような香りだと思った。

「あなたは？　にらむように海を見てるわね」

メアリさんはまた言った。

「たぶん、おれの場合、海に捨てられたまま、拾ってもらえなかったからでしょうね」

蒼は淡々と答える。メアリさんの、非日常的な外見は、ありふれた浜辺を別世界のように見せて、どんなに奇妙なことを言っても許されるような気がしたのだ。

メアリさんは、黙ったまま、蒼と同じように砂浜に座った。次の言葉を待つように、わずかにこちらに首を傾けていた。

「祖父がこいつを拾ったのは、祖母が亡くなってすぐだったんです。祖母とよく来たこの浜を歩いていたら、いつの間にか犬が並んで歩いていて、ずっとついてきたんだとか。それで祖父は、祖母からの贈り物だと思ったらしいんです。一人で寂しくないように、連れてきてくれたんだろうって」

すでに老犬だったけれど、祖父はシロを飼うことにした。祖父も歳をとっていたから、若い犬だったら飼うのはためらっただろう。その後、シロの死から一年後に、祖父は亡くなっている。祖母の贈り物は、十分に祖父に寄り添ったのだ。

「じゃあ、あたしも誰かのための贈り物なのかしら」

メアリさんは、捨て犬と自分とを同じ境遇のように語る。

「あたしね、この浜で倒れてて、自分のことが何も思い出せないの」

メアリさんの、浮世離れした姿のせいか、そんな奇妙なことを聞かされても、蒼はすんなりと受け入れていた。

「じゃあ、帰りたいかどうかも、わからないんですね」

「そうね。だけどもし、誰かの贈り物になれるなら、今ここにいる意味があるんだから、悪くないわ」

家族や友人とのつながりを絶たれ、絶望の底に投げ込まれたようなものなのに、本来ならつながることのなかった誰かと深くつながれるなら、悪くはないと彼女は言う。

母も、蒼ではない誰かとつながって、別の人生を生きているのだと、そのときぼんやり考えた。

「あなたも、贈り物よ。誰かが待ってる」

海で母に捨てられたように感じていた。けれど、いつかはシロのようになれるのだろうか。ああ、そうだったらいい。脇に置いたリュックから、顔だけを出しているシロが蒼の手をペロリとなめた。

メアリさんのその言葉は、今も蒼の胸にあって、ときおり小さく羽ばたく。深みに足を取られそうになっても、以前より容易に、鉛のような体が浮き上がる。そんなとくべつな言葉になった。

それから蒼は、メアリさんと、ときどき話すようになった。

メアリさんの麦わら帽子とキャリーバッグは、彼女が記憶をなくした日、砂浜に置いたままになっていたものらしい。ピンクのワンピースを着た女性が、キャリーバッグのそばに座っているのを見た人がいたため、メアリさんの持ち物だろうと判断された。けれど、身元を示すようなものは何もなく、メアリさんは、そのときの麦わら帽子を、くたびれてもずっとかぶり、夏も冬もピンクの服を着て、年代物のキャリーバッグを引きずり、自分に見覚えのある人に気づいてもらえるのを期待していたという。

それから四十年近く経っても、記憶をなくす前のメアリさんを知っている人は現れない。謎めいたホームレスだというイメージのみがつきまとっている。

蒼が定職に就かず、バイトで食いつないでいることを知ったメアリさんは、「ドリトルさん」と呼ぶようになった。思えば最後まで、お互いに名乗ることはなかった。名前を忘れたメアリさんに問う意味はなかったし、彼女も蒼に問わなかった。

「その、ドリトルさんってやめてくださいよ」

Do little〝何もしない〟〝怠け者〟、という意味では合っているが、物語のドリトル先生は立派な医者だ。当初は抵抗を感じていたから、蒼は言ってみた。

「あら、何かする気になったの?」

「そうじゃなくて、おれ、前に獣医をやってたんです。そのこと知ってるやつが聞いたら笑いますよ。えらく不遜だって」

「まあ、獣医さんだったの?　ますますぴったりね」

と、まったく聞いてくれなかった。

大学を出て、蒼は動物園のあるレジャーランドに就職した。ペットなどの臨床獣医を目指す卒業生が多い中、蒼は大型動物やめずらしい種にかかわりたかった。そして仕事にはやりがいを持って励んでいたが、数年後、そこは急に閉園することになった。母体の会社が倒産したのだ。経営していた他の施設、遊園地やキャンプ場といったものは早々に売り払われたが、動物園では、動物の譲渡に混乱を極めた。閉園しても、生き物には食べ物や世話が必要だ。人間たちが資金整理に奔走する中、買い手のつかない動物たちは見捨てられていく。自分の所有物ではない動物は、ウサギ一匹持ち出すことはできない。蒼も、何人かの従業員も、資金がない中餌を集め、精一杯のことをやってきた。私費で薬を買ったこともあるし、友人知人に片っ端から募金を頼んだり借金を申し込んだこともあるが、毎日、ぐったりとした体を運び出す無力感に、飼育係も傷ついて離れていく。結局は、何の役にも立てなかった。

動物なんか助けたってどうにもならない。母はよく、獣医に憧れていた蒼に言った。祖父はペットの治療をし、飼い主に感謝されている。でも母は言う。どうせ数年で死ぬんだから、無意味よ。

祖父の仕事が無意味じゃないことくらい、当時も今も、蒼は知っているつもりだ。でも、無力感を背負いながら続けていく覚悟を失い、仕事を離れた。

やっぱり蒼は怠け者だ。母は、蒼には無理な仕事だと思っていたのだろうか。

人間の医者なのに、患者が来なくなって、『ドリトル先生』は動物の医者になった。蒼は動物も診られなくて、ただの怠け者になったドリトルさんだ。

それでも、メアリさんにドリトルさんと呼ばれたことは、蒼にとって、あの『ドリトル先生』をいつでも胸のポケットにしまっているような意味があったのかもしれない。

ある日メアリさんは、瀕死のミニブタをスーパーのカートに乗せて、蒼の家へやってきた。浜のそばのスーパーで借りたというカートに、はみ出すくらい大きく成長したミニブタが、ぐったりした状態でうずくまっていた。祖父はすでに病院をたたみ、体を悪くして入院している時期だった。そのとき蒼は、数年ぶりに動物の治療をした。

甲斐あって、ミニブタは日に日に血色がよくなり、ピンク色の肌を取り戻すと、メアリさんをよろこばせた。ピンクは生き生きとした生命の色なのだと、そのとき蒼は知った。皮膚の下に、あたたかい血が通っている色だ。

誰かに気づいてもらうためではなく、自分がここにいると主張するための色。

「ねえドリトルさん、あたしはホテル暮らしだから、夜はこの子をあずかってくれない？　散歩は、ちゃんとあたしが連れていくし、餌も用意するわ。あずかり代も払いますから」

そうして蒼は、ミニブタをあずかることになった。

「この子も、海からの贈り物よ」

助けたミニブタは、祖父もシロもいなくなった家の中で、ひたすら存在感を示している。蒼は、視界に入るその生き物を絶えず意識し、体調を気にしながら、要求を満たしてやろうと努める。ミニブタは、〝何もしない〟し、ただそこにいるだけなのに、蒼に動く力をくれた。

それから蒼は、また少しずつ、動物にかかわりたいと思うようになった。知り合いの動物病院の手伝いをするようになり、そこの紹介で、動物園や畜産家に呼ばれることも増えた。

ただ、本気で獣医に戻るつもりなのかというと、まだ吹っ切れてはいない。

メアリさんは、どんな肩書きもなく、そこにいる人だった。外見や声や、仕草や言葉や、それらが彼女に関するすべてで、蒼自身も、あらゆる情報を剝ぎ取られ、ただの自分だけで彼女の前にいることができた。

でも、どうしたって蒼は、メアリさんのようにはなれない。彼女は、四十年前にまっさらになったようなものだった。過去を忘れられない蒼は、かつての痛みも忘れられないのだ。

＊

『ドリトル先生アフリカゆき』は、つぐみにも見覚えのある本だった。函に描かれているのは、影絵のようなイラストで、オレンジ色の装飾で囲まれ、同じオレンジ色のサルが二匹いる。ハードカバーの本自体も、オレンジ色の市松模様ふうのデザインだ。

実際に、つぐみはこれと同じものを、何冊かシリーズで持っていた記憶がある。岩波書店から出ている、井伏鱒二訳の『ドリトル先生物語全集』で、子供のころに買ってもらったのだ。

メアリさんの本は一九七四年のもので、初版は一九六一年だから、なかなかのロングセラーだ。記憶をなくしたころ、メアリさんは三十代。児童書を読むくらいの子供がいても不思議ではない。あるいは、今のつぐみが子供のころに読んだ本をまた手に取りたくなっているように、メアリさんも何かのきっかけで、児童書を買い集めたのかもしれない。

実際につぐみは、手元にある『小公女』は別にして、『トムは真夜中の庭で』も、『不思議の国のアリス』もあらためて買って読んだ。『ドリトル先生』も、シリーズで買ってしまうに違いない。

今度住む部屋には、小さくてもいいから本棚を置こう。つぐみは、自分の子供部屋にある本棚を眺める。少しずつ片付けた本棚は、参考書や雑誌の類《たぐい》を捨てたため、スカスカになっている。沙也佳と暮らしていた部屋にも、本棚なんてなくて、たまに買っても、収納ケースに入れていた。

子供のころや学生のときは、もっと本を読んでいたのに、いつの間にか読まなくなっていた。

そんな自分を少し寂しく感じるのは、かつてこの部屋で思い描いたような自分になっていないからか。

だったら、どんな大人になりたかったのだろう。思い出そうとするが、結局あまり、深くは考えていなかったような気がする。だから、今ごろになって悩むのだ。

それなら、今から考えればいい。いつでも、何度でも、将来を考えるチャンスはあるのだから。本棚に、好きな本が並んだ部屋を想像するだけで、少しばかり将来が楽しいものに見えてくるのだから。

メアリさんの本とレシピは、すっかりつぐみの心をつかんでいる。あらためて『ドリトル先生アフリカゆき』を前に居住まいを正し、ドキドキしながら便せんがはさまっているページを開く。

よく知る紙の手触りは、〝ホテルのはな〟の便せんだ。しかし、これまでは四つ折りになっていた便せんが、今回は三つ折りだったのだ。

開いてみると、小麦粉や砂糖という文字がすぐ目に入るのは同じで、お菓子の作り方なのは間違いなさそうだったけれど、メアリさんの字ではなかった。少し斜めになった、流れるような文字が並んでいる。つぐみは首を傾げながら、本が入っていた封筒を確かめる。

蒼の住所や名前を書いた筆跡が、便せんの文字と似ているように思えた。とすると、その人は便せんにお菓子のレシピを書き、メアリさんの名前で蒼に本を送ったのだ。

レシピを書くのも、メアリさんに頼まれたのだろうか。一読してみると、蒸し器で蒸してつくるらしく、蒸しパンみたいなお菓子だろうと想像できた。

イギリスで、蒸したお菓子となるとプディングだ。このごろはオーブンで焼くプディングも多いけれど、昔の小説には、布袋に入れて蒸したりゆでたりするプディングがよく出てくる。プディングはとにかく多種多様で、奥が深い。そもそもイギリスでは、食後の甘いものをすべて、プディングと言っていたらしいのだ。

レシピがはさんであった本のページには、プディングという文字はなかった。ときにはプリンと訳されたりもするが、それもない。見つかったのは、「アブラミのお菓子」だ。ドリトル先生が航海に出ようとしていたとき、見送りに来た「ネコ肉屋」、つまりペットのエサ売りおじさんが餞別にくれるのだ。外国にはないものだから、とドリトル先生はよろこぶ。

アブラミのお菓子って何だろう。国を出たら手に入らないという、イギリス独自の、けれどドリトル先生がよく食べるような一般的なお菓子だ。それなら他の小説にも出てきたことがありそうだけれど、つぐみにはピンとこない。訳によって表現が違うから、洋書で原文を調べてみるしかない。

それにしても、メアリさんがどうしてこれを蒼に届けようとしたのか、ますます疑問が深まった。「アブラミのお菓子」は、蒼にとって何か意味があるのだろうか。この本は嫌いだと、一度は拒絶されたというのに、郵送してまで渡したかったのはどうしてだろう。

メアリさんがレシピを書かなかったのは、急死したためか、それとも別の人が書くことに意味があったのかわからないが、たぶん送ってきた人は、メアリさんが何をしたかったかを理解している。教会の封筒を使ったのは、手頃な大きさだったのだろう。

「つぐみ、晩ご飯まだよね。いっしょに食べる？」

母が部屋を覗きに来て言った。

「うん、すぐ行く」

本にレシピの便せんを戻し、つぐみは部屋を出る。

ダイニングルームと一続きになっているキッチンで、母がカレーをよそっている。つぐみがつくっておいた晩ご飯だ。実家に居候しているため、休日にはときどき食事当番をしている。

「お母さん、ラッキョウは？」

「ああ、ないよ。福神漬けがあるからいいでしょ？」

「うそ、買い置きないの？　いつもあったじゃない」

「前はおばあちゃんが漬けてたけど、もうつくってないし。それにうちはみんな、ラッキョウが苦手だし。つぐみが帰省するときはたまに買ってたけど、今回は忘れてたわ」

そういえば、ラッキョウを食べるのは祖母とつぐみだけだった。つぐみが実家を出て十五年、祖母が亡くなって十年ともなれば、この家にラッキョウが入り込む余地がもうないのも当然だ。

口に入れたカレーは、母のカレーと同じ味だ。なのに、ほんの少しの違いが、つぐみの居場所に疑問を投げかける。

記憶はやっかいだ。つぐみはこの家のことも家族のことも、隅々まで知っているつもりだったけれど、離れている間に家も家族も変わる。もうすぐ家はリフォームされる。つぐみの知らない場所になる。記憶があるからもの悲しい。

それでもつぐみの中には、昔の家と、祖母のいた家族のイメージが残り続ける。変わっても、いつでもここを大切に思える。もしそれがなかったら、心の中の空洞はどんなに大きいことだろう。

「ねえ、お母さん、メアリさんは、記憶喪失だったんだって」

母は小さく頷いた。やっぱり知っていたようだ。

「弓良浜の岩場のほうに倒れてたとか？　四十年前だっていうから、お母さんはまだ結婚してないよね？」

「うん、だからメアリさんのことは、いろいろとおばあちゃんから聞いたの。身寄りのない人だけれど、彼女が望むならいつでも泊めてあげたいってね」

つぐみの祖母と母は、姑と嫁の関係だが、ホテルでは上司と部下でもあって、祖母は母の仕事に信頼を置いていた。常連さんはたいてい、祖母と母の接客や気配りが気に入ってくれている。だから祖母としては、つぐみの父よりも母に、メアリさんのことを委ねていたのだろう。

しかし、祖母とメアリさんの間には、宿泊客としてだけでなく、もっと個人的な気持ちがあったように思う。

「どうしておばあちゃんは、メアリさんのことをそんなに気にかけるようになったんだろ」

「記憶を失う前のメアリさんと、言葉を交わしたからだって」

思いがけない話だった。メアリさんの時間は、浜辺で助けられ意識を取り戻してから始まっている。でもそれよりほんの少し前のメアリさんを、祖母が知っている。自分が始まる前の時間を、誰かが知っているなんて、まるで前世の自分を知る人がいるかのようではないか。

「どこで？　何を話したの？」

「弓良の砂浜よ。あそこは海水浴でにぎわうけど、そのときはもう夏の終わりで、人もまばらだったとか。おばあちゃんの知り合いが市民病院に入院してて、お見舞いに行った帰りに浜辺を歩いてたら、足元に帽子が飛んできたんだって」

つぐみの祖母が帽子を拾い、駆け寄ってきたメアリさんがお礼を言う。帽子はあの、ピンクのリボンで結ぶ麦わら帽子だ。つぐみの脳裏に、不思議と鮮やかにシーンが浮かぶ。メアリさんも祖母もずっと若くて、メアリさんは今のつぐみと近い年齢で、淡いピンクの服も、つばの広いしゃれた麦わら帽子も、違和感なく似合っていたのだろう。

祖母は、彼女の革製のキャリーバッグが砂浜に置いてあるのを見て言う。

ご旅行ですか？

海沿いにある、厄払いで有名な神社へ行ったと、彼女は話したそうだ。

それだけの会話をして、祖母は立ち去った。

後日、身元のわからない女性が、海岸に倒れていたということで、〝ホテルのはな〟の宿泊者ではないかと警察が訊きに来て、祖母は、砂浜で会った彼女だと思い出したらしい。後になってメアリさんは、〝ホテルのはな〟の人が、記憶を失う前の自分と話をしたことを知ったらしく、訪ねてきた。

たぶんそれから、祖母とメアリさんのつきあいは始まったのだ。

「砂浜でメアリさんを見かけた人は他にもいるけど、話をしたのはおばあちゃんだけだったみたい」

厄払いで神社へ行った。前厄だったと話していたメアリさん。たぶん、そのとき三十五歳くらいだ。それが、メアリさんの年齢になった。

「おばあちゃんにはね、一回り下の妹がいたんだって。若くして亡くなったそう。だから、過去のないメアリさんのこと、まるであの世から妹がやってきたみたいに感じたのかもね」

海からの、贈り物。蒼が言っていたことが、急にしっくりとつぐみの胸に納まる。

「メアリさんって名前は？」

「おばあちゃんがつけたんじゃないの？」

「えっ、そうなの？　でもメアリって、ふつう考えないよね」

「うーん。じゃあ本人の希望かな？　けど町田って、おばあちゃんの旧姓だし」

そういえばそうだ、なんて今ごろ気がつく。

「妹の名前ってことは……ないか。メアリって、外国の名前だもんね」

「ねえ、おばあちゃんは教会に行ったことってある？」

この街で、外国を感じるところといえば、教会が浮かぶ。思いついて、つぐみは問う。

「教会？　縁がないでしょ」

「だよね」

「あ、でもほら、景太が昔同級生に、日曜学校へ行かないかって誘われたことがあるよ。英語を教えてもらえたり、お菓子ももらえるって、行ったこともあったね」

「お兄ちゃんが？　同級生の家ってクリスチャンだったの？」

「たぶん違うけど、牧師さんと知り合いだったのかな。おばあちゃんの俳句仲間だった皆川さん、そんなことを言ってたような」

「皆川って、商店街の動物病院の？」

「そうよ。先生の奥さん。先生も奥さんも、何年か前に亡くなったけど」

「じゃ、お兄ちゃんの同級生って、皆川蒼さんのこと？」

「蒼くん、それそれ」

蒼はそもそも、教会に縁があったのだ。子供のころ、教会へ連れていってもらっていた。となると、蒼に近い誰かが、メアリさんを通じ、何かを伝えようとしたのではないか。だとしたら、あのお菓子のレシピは、蒼へのメッセージだ。やはり本は返さなければならない。

「つぐみ、やけにメアリさんのこと気にするのね」

　ずっと実家を離れていたし、メアリさんとはさほど親しくしていたわけでもないのにと、母は意外そうだった。

「変だよね。でもメアリさんのことは、どこの誰かもわからないのに、街の中でいろんな人が見かけて、噂を耳にしてて、確かにこの街にいたことを大勢が知ってるって、不思議じゃない？」

「つぐみは、おばあちゃんに似てるのね」

　しみじみと、母は言った。

「えー、そうかな？　似てないよ」

「気持ちが似てる。おばあちゃんも、メアリさんに惹かれてた。彼女には物語があるからって、よく言ってたのよ」

　キャリーバッグに詰められた、たくさんの本みたいに、メアリさんには読み切れない物語があるのだ。

＊

　動物病院でのバイトを終え、夜になって蒼が帰宅すると、玄関の前につぐみがいた。少し前に、ちょっと寄ってもいいかとメッセージが来ていたので、帰宅時間を報せてあったが、少々遅くなってしまった。とはいえつぐみは機嫌良く、何やら大きめの荷物を抱えたまま、蒼を見ると目を細めて微笑んだ。

無邪気に親しみを向けてくれる、そんな笑顔を見せる人を、蒼はもうひとり知っている。

「ああ、ごめん。もう来てたんだ」

「いえ、突然すみません。じつは、キッチンをお借りしたいんです」

「キッチン？　なんで？」

「アブラミのお菓子、つくりませんか？」

唐突すぎて、蒼は戸惑いつつ、自分のくるくる巻いたくせ毛を、くしゃくしゃとかき回した。

「えっと、アブラミのお菓子？　なんだそれ？」

「『ドリトル先生アフリカゆき』に出てくるお菓子です。メアリさんの本にレシピがはさんであったので、つくってみようかなと思いまして」

その本は、いらないと伝えたはずなのに。蒼が言う前に、つぐみはまた口を開く。

「蒼さんは、子供のころに何度か教会へ行ったことがあるんですよね。うちの兄も誘われたって聞きました。本を送ってきたのは、そのころの蒼さんを知ってる誰かってことはないでしょうか」

「えらい昔のことだな。あのときは、近所に牧師さんが住んでて、犬を飼ってたから祖父母と親しくしてて。祖母や母に連れられて行ったことが何度かあるけど、牧師さんももう別の人になってるし、関係ないんじゃないか？」

「じゃあ、この本やお菓子のことで、教会と結びつきそうな思い出とか、ありませんか？」

つぐみはやけに食い下がる。

「そんなお菓子のことは、聞いたこともないよ。だいたい、アブラミって、すき焼きに使うやつしか浮かばないんだけど」

「それです。たぶん、同じようなものです。まあとりあえず、食べたら何か思い出すかもしれませんし。あ、おじゃましてもいいですか？」

つぐみは、どうしてもお菓子をつくりたいらしい。押し切られるように、蒼は彼女を家の中へ入れると、ムシャムシャがつぐみの訪問に気づいたらしく、奥の部屋でそわそわする気配が聞こえてきた。

キッチン、というより、そこは昔ながらの台所だ。かつて土間だった床は低く、シンクも調理台も、ステンレスではなくタイルだし、片付いているのが、あまり使っていない証拠だ。つぐみは気にすることなく、ビニールのクロスがかかったダイニングテーブルに、持ってきた袋を置く。取り出したのはボウルや泡立て器、はかりや小鍋、そしてお菓子の材料だ。蒼の家に調理器具がないことを想定していて、抜かりがない。

「あのさ、おれ一人暮らしなんだけど」

いちおう言ってみたけれど、つぐみはピンとこないようだった。

「えっ、ムシャムシャがいるじゃないですか」

つぐみの足元にくっついているムシャムシャは、女の子だが、もしも本気で敵だと認識したなら、人間の男ひとりくらい撃退できるだろう。それに、つぐみが気にしていないのならいいか、と思うことにする。

「あっ！　そっか、すみません。蒼さんの都合を考えずに。ええと、もし誤解されては困るようなかたがいらっしゃるなら……」

そっちの方向に考えたらしく、つぐみは急にあわてて出す。

「いや、いないけど。いるなんて思ってないだろ？」

たった今まで、頭に浮かびもしなかったはずだ。

「いえっ、まさか！」

顔に出ているから、蒼は笑う。

「なにせ怠け者だから、モテないんだ」

勤めていたレジャーランドが倒産したとき、動物を救いたいとの思いしかなかった無償での活動は、蒼の日常からいろんなものを奪った。情熱も希望も、時間も体力も、そして恋人も。あがいてもどうにもならず、心が削られていくばかり。彼女の忠告も聞けず、将来が描けなくなったのだから、離れていったのも無理はない。

「で、どうやってつくんの？　アブラミのお菓子は」

「簡単です。材料を混ぜ合わせるだけ」

つぐみが並べた材料は、小麦粉と砂糖、バターに牛乳、レモン、そしてレーズンとベーキングパウダー。スーパーで簡単に手に入る、ありふれたお菓子の材料に思える。どこがアブラミなのだろう。

「原文では、スエット・プディングと書いてあるんですが、スエットが手に入らないので、バターにしますね」

「スエットって？」

「アブラミのことです。イギリスではお菓子によく使うみたいですよ。牛や羊の、腎臓の周りの脂《あぶら》だそうで」

「それって、本当にすき焼きに使うあれじゃないか。ケンネ脂」

それを菓子に使うとは驚きだ。

「はい、そうです。それを精製した製品があるらしいんです」

手に入らなくてよかったかもしれない。

「代わりにバターか。なら癖はなさそうだけど」

つぐみは材料を量っていく。そうしながら、メアリさんとつぐみの祖母との関係を話す。蒼も知らない話だった。

「そっか。メアリさんは、ひとりで弓良浜にいたのか」

「ひとりじゃないと思ってたんですか？」

「なんとなく、子供連れだったかもって想像してた」

それはたぶん、蒼が母親との海での記憶を、メアリさんに重ねたからだ。メアリさんが、海に沈んだ子供を助けようとして流されたかもしれないと想像し、自分と母がそんなふうだったら、と考えた。

ひとつでも、母の愛情を感じる記憶があったなら。蒼は、母を苦しめた自分のことを、許せただろうか。

「いたかもしれませんね。キャリーバッグの児童書が、もしもお子さんのものだったなら……」

メアリさんは二度とその子に会うことはなかったのだ。考えただけで、つぐみは心を痛めたようだった。

「けど、子供がいたなら、その子の本だけをキャリーバッグに詰めて、厄払いの旅行には行かないよな。本は、仕事で古書を運んでたとか？　ほら、施設とか学校とかに。で、ついでに厄払いに立ち寄っただけかもよ」

本当のことは、もう誰にもわからない。自分勝手な空想をするだけだ。

蒼はぎこちない手つきで小麦粉をふるいにかけながら、古びたキャリーバッグの中身を思い出そうとするが、タイトルの文字や表紙の絵柄もぼんやりしている。ただぎっしり詰まった本が、不思議な光景に見えていた。

あれは、メアリさんから『ドリトル先生』の本を渡されたときだった。キャリーバッグの中を見たのは、あの一度だけ。常々彼女は、キャリーバッグの中に自分の過去が詰まっているのだと言っていたから、蒼は一瞬、彼女の頭の中を覗いたかのようで緊張したのをおぼえている。

本を一冊取り出して、すぐにふたは閉じられたが、そのとき蒼は、めまぐるしく考えていた。記憶を失うまでの過去が、キャリーバッグひとつに詰め込まれている。誰もが知る物語であって、誰も知らないメアリさんの物語でもあるそれを、蒼に差し出すのだ。

獣医という仕事を投げ出した自分に、『ドリトル先生アフリカゆき』を差し出す。そこに、蒼自身の物語まで込められてしまいそうで、とても受け取れるものではなかった。

「何でおれに？」

とあのとき蒼は訊いた。

「ドリトルさんだから」

「いや、いらないって」

断っても、メアリさんは気を悪くした様子はなく、がっかりしてもいなかった。いつかは蒼が受け取るときが来るとでも思っているかのようだった。

「あたしね、どうして本ばかり持ってるのか、本しか持ってないのか、ずっと考え続けてきたの。もしかしたら、いつか誰かに渡すためなのかもしれないなって」

「じゃあ、他の本も、渡したい人がいるんですか？」

「どんな人に届けようか。なんだかワクワクするわね」

メアリさんは、自分の身の上を楽しんでいるようなところがあった。でもそんな境地にたどり着くまでは、深い絶望を抱えてきたことだろう。

「ドリトルさんに会えて、あたし、自分は海から来た贈り物なのかもしれないって、考えることができたの。なんだか目の前が明るく開けるようだったわ。それで本も、誰かに届ける贈り物ならって、考えはじめたのよ」

自分がそんなふうに、人を変えることがあるなんて、想像もしていなかった。変えたくても、変えられないことばかりだったのだ。母に嫌われていたことも、動物たちを守れなかったことも、蒼の力ではどうにもならなかったではないか。

長いこと、海の底に沈んでいた自分を、メアリさんが引き上げてくれたようだった。けれど、メアリさんは消えてしまった。急に蒼の前からいなくなって、また、噂だけの存在になった。彼女が本当にいたのかどうか、どんどん曖昧になっていくような気がする。蒼が彼女を変えたことがあったのかどうかも、わからなくなっていく。

「さてと、これで蒸し器に入れれば、できあがりです」

つぐみの声に、蒼は我に返る。材料を練った生地を棒状に整え、キッチンペーパーとアルミホイルで包んだところだ。

「メアリさんのレシピでは、プディング用の型を使うんですけど、家になかったので。これでもちゃんとできるはずです」

蒸し器を火にかけ、ふたりしてダイニングテーブルの椅子に腰を下ろした。『ドリトル先生アフリカゆき』が、テーブルの上にある。昔、蒼が祖父にもらった本と同じ装幀の函入りだ。

「ドリトル先生は、アブラミを食べるんだな。動物の脂なのに」

「そうですね。ソーセージやベーコン、それにキドニーも。あ、わたし、『ドリトル先生航海記』で、先生とスタビンズくんがソーセージを焼くシーンが好きで、ずっとおぼえてるんですよね。使い込んだフライパンで焼くのが、なんかもう、おいしそうで。そういう日々の食べ物も、ドリトル先生の魅力だと思うんです」

つぐみは、幸せな読書をしてきたのだ。動物好きの先生が肉を食べる場面に引っかかったりしない。蒸し器から湯気が立ちあがっているのを、やさしく見つめていられるのも、アブラミのお菓子にワクワクしているから。

「おれも、肉が好きだ。ムシャムシャがかわいくても、カツ丼を食べる」

「あー、わたしもです。肉まんもよく買っちゃいます」

「昔、母が言ったんだ。ドリトル先生は動物と話せるのに、肉を食べるのはおかしいって。それで子供心に、ドリトル先生の本を好きになったらいけないような気がして、苦手だと思うようになった」

「でも、蒼さんは獣医になって、自分のことをおかしいなんて思わないですよね？」

「おれは、動物と話ができるわけじゃないからな。本当のところ、動物が何を考えてるのかなんてわからない。それに獣医学は、人が動物を利用するために必要とされてきたものだから、必ずしも動物の命を救うためにあるわけじゃない。ペットの治療をしても、根本的にドリトル先生とは違う」

だから、本をもらう意味もないのに。

「今も、ドリトル先生の本を好きになったらいけない気がします？」

つぐみは、蒼が曖昧にして遠ざけていたことに、まっすぐに近づいてくる。

「いまさら読む必要もないし」

「アブラミのお菓子を食べたら、読みたくなるかもしれませんよ」

蒸し上がったスエット・プディングは、大きなソーセージみたいだ。それを輪切りにし、お皿に載せると、つぐみは持参してきたカスタードソースを注ぎ入れ、プディングが溺れそうなくらいにたっぷりと浸す。それがこの、スエット・プディングの一般的な食べ方なのだそうだ。

口に入れると、素朴なレーズン入りの蒸しパンみたいだった。どっしりした食感で、蒸しパンほどふわふわではない。カスタードがなければ、少し味気ないかもしれないけれど、なんだかなつかしい味だと思った。

「こういうの、食べたことあるような気がする」

「わたしもそう思ったんですけど。子供のころに食べたような……」

「ああそうだ、こんな菓子パンがあったな。白くてレーズンが入ってて、ちょっとレモン風味の」

食べ物の味は、不思議と五感を刺激して、くっきりとした記憶を連れてくる。母の手から差し出されるレーズン入りの白いお菓子に、蒼が胸を躍らせたとき、波の音が聞こえていた。これはいつのことだろう。

「それです！　ましま堂のですよね？　小さなカップケーキみたいな形のが五個入りで」

つぐみは興奮気味に目を輝かせた。

「それそれ。ましま堂だっけ。よく知ってるな」

「わたし今、ましま堂で働いてるんです」

「えっ、本当に？　あの菓子パン、まだあるのか？」

「いいえ、残念ながら今は……。小豆の蒸しパンのほうが評判よくて、それは残ってるんですけど」

「そっか。カスタードソースがあれば、もっと人気が出たかもな」

「あれって、イギリスのお菓子を参考にしてたのかな。アブラミは入ってたのか、気になります。今度調べてみますね」

アブラミが入っていてもいなくても、今またドリトル先生と同じものを食べているのだと思うと、物語が急に身近に感じられる。夢中で本を読んだ、あのころの自分がよみがえってくる。母は、ましま堂の蒸しパンをよく買ってきていた。好きだったのか、蒼があれを食べるときは、母も一緒に食べていた。

あのときもだ。塩辛い風が、濡れた髪を素早く乾かしていく。くせ毛を梳《す》く細い指を感じながら、お菓子にかぶりつく蒼には、甘い幸福感しかない。食べ物と結びついた記憶は、どういうわけかやさしい色をしている。

『ドリトル先生アフリカゆき』を、蒼に買ってくれたのは祖父だ。母は、祖父母と折り合いが悪かったから、蒼が本を好きになるのが気に入らなかったのかもしれない。けれどたぶん、母も『ドリトル先生』の物語はよく知っていたはずだ。でなければ、先生が肉を食べていると指摘することはできなかった。

獣医になった蒼が、アブラミもベーコンもソーセージもふつうに食べると知ったら、彼女は蒼を非難するだろうか。でも、本に出てくるお菓子を食べた蒼が、母のことを思い出していると知ったら、どう思うのだろう。

姿を消した母は、世の中のいろんな矛盾が耐えがたかったのかもしれない。自分の子を好きになれないことも、みんながかわいがるペットを受け付けないことも、常識とは相容れない自分自身が許せなくて、どこかに消えてしまいたかったのか。

蒼も、自分が許せなくて、祖父の下に隠れながら、何者でもない自分になろうとした。

何者でもないメアリさんだけが、寄り添ってくれた。

「つぐみさんは、このお菓子でドリトル先生の心境に近づけるのか？」

「そんな気がします」

「先生が肉を食べる理由にも？」

ゆっくりとプディングを味わい、つぐみは考える。

「このお菓子、とっても素朴で、手作りの粗っぽさが味わいですよね。昔から庶民が食べてきたもので、たぶんドリトル先生にとっても、作者のロフティングにとっても、子供のころから日常に欠かせなくて、大人になっても老人になっても自然と食べ続けるような、もう自分の一部みたいな家庭料理だったんですよ」

蒼は頷きながら聞く。馴染んだ家庭の味も、おいしいものも、信念を持って絶つことは不可能ではないけれど、ドリトル先生には似合わない。楽しいこと、幸せなことを、いつでもどこでも拒絶しないのがドリトル先生だ。

「それに、ドリトル先生は、周囲も自分も変えようとはしなくて、ありのままを受け入れてる人だと思うんですよね。動物と会話ができるけれど、動物を変えようとはしないっていうか。貝の言葉とか、とりわけ難しい生き物の言葉を学ぼうとするのも、説教したいわけでも支配したいわけでもなくて、あらゆる生き物のことを知りたいからですよね。だからこの物語には、生き物としての人の、本質を否定するようなメッセージもないんじゃないでしょうか」

物語の感想をただ話しているつもりだろうつぐみは、蒼にとっての大きな謎を軽やかに解く。

ドリトル先生も、ありのままの人間だ。ソーセージを食べるのも自然なことで、動物に寄り添うのも同じだ。助けても殺すなら、無意味だろうか。何もしていないのと同じだろうか。どのみち人は、他の動物を利用する生き物だから、先生は、〝ドリトル〟という名前を持ち、けっして尊大になったりしない。

自分が、大それたことなんて何もできない無力で矛盾だらけの人間だと知っていれば、むやみに傷つくことも、誰かを傷つけることもないのだろう。

遠い記憶の中で、蒼は泣き叫んでいる。深みに沈んだ恐怖に、声を上げている自分を抱くのは母だ。水の中では母に怯えたのに、忘れて母にしがみついている。そうして母は、泣きやまない蒼を膝に抱えたまま、ましま堂の蒸しパンを差し出す。泣きながらも蒼は、夢中でかぶりつく。母が、彼の濡れた髪を梳く。

空想か記憶かわからない。はたして、どちらが事実なのだろう。母が恐ろしく見えたのが事実でも、あのとき母が、安堵にふるえながら蒼を抱きしめ、やさしくなだめてくれたことも、たぶん事実なのだ。

「読んでみたくなったよ」

「本当ですか？　よかった」

つぐみは心底うれしそうだった。

メアリさんがいなくなり、つぐみが現れた。メアリさんからは受け取れなかった本を、蒼はつぐみから受け取る。

メアリさんはもういないのだ。だから蒼は、ムシャムシャが見つけたつぐみと、アブラミのお菓子を食べている。

もういないと理解したとき、彼女がたしかにいたことも、不思議と実感していた。蒼に伝えた言葉も本も、彼女の存在の証しだ。メアリさんと会い、話し、「海からの贈り物」になれると知った蒼が、ムシャムシャのように少しずつ、ピンクの色を、生きる力を取り戻していったのも、間違いなく現実だった。

浜に寄せる波は、蒼を連れ去ろうとしてはいなかった。むしろ、まだ海の中にとらわれている彼を、陸へ押し戻そうとしていたのだ。

「だけど結局、誰がレシピを書いて、本を送ってきたんでしょうね」

急に難しい顔になって、つぐみは考え込む。

「あ、そうだ、昔病気を治した動物からの恩返しかも。蒼さん、野良猫を助けたこととかありません?」

「そりゃあ、捨て犬や捨て猫を治療して、飼い主をさがしたことはあるけど。もうちょっとあり得そうな推理はない?」

「えー、ファンタジーよりミステリーの筋書きが好みですか？　じゃあ、ひそかに蒼さんを見守っている人がいて、元気づけたかったんです。メアリさんは、その人の気持ちが蒼さんに伝わるように、レシピを書くのを手伝った……とか」

元気づけるのに、なぜ『ドリトル先生アフリカゆき』とお菓子のレシピを選ぶのか、と思ったが、同時にその答えは、蒼自身の中に思い浮かんでいた。

誰かが、たぶん教会で、メアリさんから蒼のことを聞いた。獣医になったのに、失意の下で暮らしていると知り、つぐみの言葉を借りるならば「元気[illegible]うとして、『ドリトル先生アフリカゆき』をメアリさんから受け取り、お菓子のレシピを教わって書いた。蒼が昔、その本をなくしてしまったことを知っている人だ。代わりにと、メアリさんの本を、メアリさんの名前で送ってきた。

その人は、ましま堂の蒸しパンをくれるときだけは、蒼に笑顔を向けた人だろうか。ドリトル先生のスエット・プディングが、あの蒸しパンに似ていると知っていたのだろうか。

テーブルの上の『ドリトル先生アフリカゆき』を、蒼は手に取る。もう、海を恐れなくていい。ドリトル先生と、アフリカへの大航海だって行けるはずだ。方角がわからなくても、ツバメが教えてくれる。海賊が現れても、サメが助けてくれる。アブラミのお菓子があれば、嵐でも凪《なぎ》でもくつろげる。

つぐみとつくったお菓子は、いつの間にか、幼いころに蒼が飲み込んだ冷たい海水を、あたたかいプディングの甘さに変えてくれていた。

プディングの、最後の一口を呑み込んで、蒼は深く息をする。甘い香りに満ちた台所の空気を、生まれたての子供みたいに胸いっぱいに吸い込んだ。

スエット・プディング

Suet Pudding

材料：5×12cm

A
- 薄力粉…100g
- ベーキングパウダー…小さじ1
- グラニュー糖…25g

バター…40g
レーズン…70g
オレンジの皮
…すりおろし 小さじ1
牛乳…70mℓ
カスタードソース（市販）…適量

1. 鍋に熱湯を入れ弱火にかけ、網をセットする。
2. Aを合わせてボウルにふるう。バターを加えカードでそぼろ状にする。
3. さらにレーズンとオレンジの皮を入れる。
4. 牛乳を加えひとまとめにする。
5. 生地をオーブンシートの上に筒状にして置き、ゆとりをもたせて包んでからさらにホイルでも包む。
6. 網の上にのせて1時間蒸す。
7. スライスしてカスタードソースをかけ、あついうちに食べる。

注：厳密には「スポティッド・ディック」の名称になりますが、
ここではメアリさんのレシピにあわせ、このように表記しています。

Hotel NOHANA

5 ✦ 星のスパイス

『風にのってきたメアリー・ポピンズ』
P・L・トラヴァース 作
冷たい東風の吹く日、こうもり傘につかまって空からやってきたメアリー・ポピンズ。バンクス家で子供たちのお世話をすることになった笑わない風変わりな彼女は、子供たちを魔法のような冒険へと誘っていく。

待合所のベンチに、母が不安そうな顔で座っている。病院の、広々とした待合所は、座る場所もないくらい混雑しているが、その姿はすぐに目にとまった。それでいて、実家で見る母とは違って見え、和佳子《わかこ》は距離を取ったまま、確かめるように足を止める。頭の中にあるイメージより、ずっと小さく、歳をとって感じられる。もう八十近いのだから当然だけれど、家の外で仕事中に見る母は、親というよりも、慣れない場所で途方に暮れている、手を差しのべるべき老女だった。

和佳子は胸の痛みをおぼえる。しかし、その痛みにももう慣れきっていて、あきらめがまとわりついている。

近づいていくと、母は和佳子に気づき、大げさなくらいほっとした顔になった。

「和佳子、仕事中なのに来てくれたの?」

事務服の和佳子は、この病院の医事課で働いている。現在は、病院の本院から少し離れた場所にある、南雲《なぐも》小児医療センターというところにいるのだが、父が入院すると聞き、仕事の合間に様子を見に来たところだった。

「朝からこっちで会議があったから、ちょうどよかったよ。お父さんの入院手続きは済んだ？」

「ええ、診察を受けてから、病室に案内してくれるそうよ」

「そっか。まあそんなに心配しなくても、念のための検査でしょ？」

実家は県内だが、中心部から離れた小さな町にある。父は、以前から心臓が少し悪いらしく、精密検査をすることとなり、和佳子は自分が勤めている病院を勧めたのだ。大きな病院での検査となると、両親にとってはどのみち家から遠い場所になるのだから、和佳子が近くにいたほうが不便がないだろうということだ。

「お母さん、今日からうちに泊まるでしょ？　わたしより早く帰るよね。鍵、渡しとくね」

「迷惑かけるね」

「何言ってんの。ひとりだし、好きなだけ泊まってってよ」

この病院に勤めること三十年、五十代になった和佳子は、ずっと独身のままだ。両親が結婚への期待を口にしなくなって随分になる。いや、そもそも母は、あまりうるさく言わなかった。和佳子は一人っ子で、両親は他に期待をかけるわけにもいかないのに、黙って見守ってくれている。それがかえって申し訳なくて、和佳子が実家へ帰ることは少ないままだ。

結婚したくなかったわけではないから、縁がなかったとしか自分でも説明できない。以前はなんとなく、年頃になれば自然と結婚するものだと思っていたし、婚活の場に参加したこともあるけれど、だんだんと虚しくなった。女としてさほど魅力的ではないのは自覚しているけれど、それを思い知っただけで、その後は積極的に相手をさがす気にもなれなかった。

仕事も充実していたし、休日には友達と旅行もできる、それで十分幸せだ。

けれど、どんな理由を連ねても、独身のままでいることは、結局自分のわがままのようで、親に顔向けしにくいのは変わらない。

「そうだ、和佳子、これ食べない？」

金紙に包まれたチョコレートを数個、カバンから取り出し、母は和佳子に手渡す。

「ありがと。じゃあ、わたしもう行かなきゃ」

小さく頷く母に手を振り、和佳子は歩き出しながら、叶わなかった幾つもの願い事を思う。けれど、和佳子のような娘を持った母も、叶わない願いばかりだっただろう。

子供のころは、いつかは結婚して子供を育てるのだと思っていた。そうならなかったのは、本当のところ子供が苦手だったからだろうかと、このごろ和佳子は考える。身近にいないから苦手に思うのかもしれないけれど、子供と接することなく過ごしてきて、急に馴染むのは難しい。

何を話していいかわからない。何を考えているのかもわからない。幸い、かどうか、向こうから近寄ってくることも少ない。怖そうなおばさん、と思われている。独身でも、すぐに子供と打ち解ける人もいるのだから、やはり和佳子に子供の世話は向いていないのだろう。

なのになぜか、小児医療センターに異動になって半年が経つ。本院にいるときは、業務も細分化されていたが、小児医療に特化したここは、事務職員が少なく、いろんな業務を兼任しなければならない。患者の保護者とは接点があっても、子供とは直接接点のない事務職だとはいえ、病棟に出入りする仕事もあり、好奇心旺盛な子供たちにとって、頼りになり親しみの持てるスタッフでなければならないのだ。

「重田さん、もう少し笑顔でお願いできる？　子供たちが不安そうだから」

しかし、看護師長にそう指摘されるのも何度目か。医師や看護師とは違い、患者の治療に直接携わるわけではないが、病室での困りごとや患者同士のトラブルを相談されることもある。仕事に関してはもうベテランなので、院内の秩序を保ち、患者の状況や事情も考慮しつつ速やかに治療が行えるよう気を配ることに戸惑いはないし、部下にも信頼されている。ただ、和佳子が病室へ入っていくと、笑ったり騒いだりしていた子供たちに緊張が走るのは気づいていた。

廊下を走ったり、大声を出して騒いだりする子を注意したことはあるが、怒鳴ったりするわけではない。新米看護師と研修医に恐れられている師長は、〝鬼の〟と枕詞につくくらいなのに、子供たちには慕われている。どうしてだろう。

和佳子には、甥や姪もいない。大人としか接する機会がなかったから、子供相手だと話し方も態度も、やたらぎこちなくなってしまう。だからか、ふつうに話すよりもずっと、表情も硬くなるようだ。

師長の言葉には素直に頷くものの、改善できる自信がなく、和佳子はそっとため息をつく。本院での会議から戻り、それから午前中の業務を片付けていたので、お昼はとっくに過ぎた。食堂はすっかりガラガラで、いくつかの定食が品切れの中、残っていたものを注文し、窓際のカウンター席に腰を下ろす。病院は小高い丘の上にあるため、窓からは遠くに海が見えていた。

財布をポケットに戻そうとし、何かが手に触れたので取り出す。母がくれたチョコレートを、仕事の合間にひとつ食べて、その包み紙をポケットに突っ込んでいたのだった。

金色の紙には、細かな赤い星のパターンが印刷されている。丸まった紙を、なんとなく開いてのばした和佳子は、子供のころ、こんなアルミ箔の、キラキラした包み紙が好きだったことを思い出していた。お菓子の包み紙を、丁寧に開いて、引き出しや小箱の中にため込んでいた。

ときどき、それを折り紙にして、キラキラした風船や星をつくって飾った。

古い記憶をたどり、星を折ってみる。案外きれいにできあがるが、急に我に返り、何をやっているんだろうと自分でもあきれる。

急いでまたポケットにしまい、食事を始めると、長年親しくしている同僚が声をかけてきた。

「なんか疲れてる？　重田チーフ」

「もう、やめてよ、その言い方。師長にまた、笑ってって言われて落ち込んでるんだから」

「なるほど。いまさらだよね。これまでは別に苦情もなかったんだから」

「ねえ、子供って何が好きなの？」

幼い子たちの間で、何が流行っているのかも、和佳子はよく知らない。

「さあ。うちの子は高校生だし、子供のころは野球ばっかりしてて流行り物に興味なかったな。幼い子への接し方、わたしだってもう忘れたよ」

同僚は、子育ての期間は働いていなかったが、子供が高校へ入ったのを機に、またこの病院で働き出したのだ。医療はどんどん進化し、昔の知識が役に立たないとぼやいていたが、変化についていく苦労はずっと働いていても同じだ。和佳子はどうしても、彼女より経験が足りないような気がしてしまう。幼い子の扱い方を忘れたと言っても、小児医療センターでの彼女は、和佳子よりずっとうまくやっているように見える。

いつまでたっても、自分は中途半端だ。自分だけが中途半端だ。

窓の外に目をやると、街路樹の緑が生き生きと茂っている。木の葉をゆらす心地よい風が、和佳子のいる三階まで届く。春の風は、さわやかに吹いているかと思うと、急に強くなって、どこかから白い花びらを運んでくる。

「最近見ないな」

思い浮かんだのは、風にゆれるピンクのリボンだった。帽子のリボンを顎のところで結んで、ピンクの服を着たおばあさんが、ときどき通りかかった。人目など気にせず、いつでも全身ピンクだった。あの人は、周囲と自分の違いを気にすることなんてないのだろうと思いながら、眺めていた。

「遅めのお昼の時間に、外の道を通っていくおばあさんがいたんだけど」

「おばあさん？　どんな？」

「いつもピンクの服を着てるの。それで、ペットの大きなミニブタを連れてるから、目立つのよね」

「ピンクの？　それって、メアリさんじゃない？　ミニブタを連れてるってのも噂には聞くけど、和佳さんは見たことあるんだ？」

「うん、このセンターに来てからだけど、何度か見かけた。噂って、どんな噂？」

異動したのが半年前、あのおばあさんは、もっと前からこの辺りをよく散歩していたのかもしれないが、〝メアリさん〟という呼び名も、彼女が噂になっていることも、和佳子には初耳だった。

「どこの誰だかわからないから、いろんな噂があるみたい。ホームレスで、商店街の片隅で寝起きしてるとか、消えた子供をさがしてさまよってるとか、逃亡中の犯罪者だとか」

「犯罪者なら、目立たないようにすると思うけど」

「あとね、影がないとか、鏡に映らないとか、行き止まりで姿が消えたとか」

それはもうホラーだ。

「メアリさんって、本名なの？」

「さあねえ、見た人が勝手にそう呼んでるだけじゃない？　あだ名みたいなものでしょ」

急に見かけなくなったのはどうしてだろう。散歩のコースが変わったのか、それとも気まぐれに、この街を出ていったか。

彼女は、自ら人とは違う人生を望んだのだろうか。望まなくても、人とは違ってしまったなら、何がきっかけだったのか、和佳子は知りたいような気がしていた。


三つ編みを肩に垂らした少女が、病室のドアから顔を覗かせていた。昼食をすませ仕事に戻ろうと、和佳子が病棟の廊下を歩いていたときだ。和佳子と目が合うと逃げ出す子が多いのに、その子は目をそらさずにじっとこちらを見つめている。何か言いたいことがあるのだろうかと、和佳子も視線を返す。にらんでいるような顔になっているとは気づかず、笑顔をつくることも忘れていたが、彼女は体に力を入れて、視線に耐えるようにじっとしていた。

「メアリー・ポピンズなの？」

やっと口を開き、そう言う。何のことかと、和佳子は眉間に縦じわを寄せてしまうが、少女はひるまなかった。

「星をつくってたでしょう？　金紙の星」

この子はさっき、食堂にいたのだろうか。和佳子が星を折っているのを見ていたようだ。

でも、包み紙で星を折った和佳子のことを、どうして少女はメアリー・ポピンズに重ねたのだろう。小さいころに読んだ気がするその物語を、思い出そうと記憶をたどる。金紙の星を空に貼り付けるシーンがぼんやりと思い浮かぶ。あのシーンは和佳子も好きだった。

少女は返事を期待して、和佳子から目を離さない。どうしよう、とあせっていると、看護師が駆け寄ってきて少女に声をかけた。

「美音《みおん》ちゃん、お菓子を勝手に食べちゃダメでしょう?」

少女はあわてて首を横に振る。

「包み紙が枕元にあったわよ」

看護師は、金色の包み紙を少女の前に示して言う。食べ物の管理は、病気によっては重大なことだから、かなり強い口調だ。

「紙だけもらったの」

本当かどうか、看護師は少女の目を覗き込み、ともかくそれ以上追及するのはやめたようだ。

「食べてないのね? だったらいいけど、包み紙なんてもらってどうするの? ボロボロじゃない。それに、チョコレートでベタベタよ。シーツが汚れるから、捨ててもいいでしょう? あとで代わりに折り紙をあげるから」

包み紙を返してもらえないまま、看護師が立ち去ると、少女はしょんぼりとうなだれた。

「金色の紙が好きなの?」

和佳子はポケットをさぐる。さっき折った包み紙の星を取り出す。

細かく赤い星がプリントされている、星の形の金紙を両手で受け取ると、少女の表情が見る見る明るくなる。

「やっぱり、メアリー・ポピンズなの?」

「ううん、違うわ。これは本物の星にはならないし、わたしには魔法は使えないから」

「でも、メアリー・ポピンズは笑わないもん」

仏頂面の和佳子に、そんなふうな興味を持つ子供がいるとは意外だった。

「メアリー・ポピンズに会いたいの？」

「会ったことがあるって、せっちゃんが言ってたから。星の金紙をもらったって」

そう言うと、少女はくるりと向きを変え、病室へ戻っていった。医者が廊下を歩いてくるのが見えたからだ。和佳子も仕事に戻ろうと歩き出す。

遊戯室の前を通ったとき、ふと思い立って中へ入る。入院中の子供が、本を読んだり絵を描いたりできるようになっている場所だ。子供向けの本が並ぶ棚へ歩み寄り、『メアリー・ポピンズ』をさがしてみた。有名な本だから、あるかもしれないと思ったのだ。

一冊、棚に差さっていたのは、『風にのってきたメアリー・ポピンズ』『帰ってきたメアリー・ポピンズ』と、二編が収録されたものだ。和佳子が子供のころに持っていたのと同じ装画で、林容吉訳、岩波書店のハードカバーだった。コウモリ傘を手に空を飛んでいる女性が描かれていて、なつかしさに目を細める。しかしすぐに、病院のものではないと気がついた。

病院名と病棟名を書いたシールが貼ってあるはずなのに、それがない。シールは上からビニールで覆うので、簡単に剝がすことはできないし、他の本にくらべて見るからに古く、表紙が黄ばんでいる。それはどう見ても、誰かが持ち込んだと思われる本だった。

和佳子は本を手にナースステーションへ行き、見覚えがないか訊いてみたが、誰も知らないという。

「これ、ずいぶん古そうですね。きっと忘れ物でしょう。しばらくあずかって、持ち主が現れなかったら、図書室に入れるかバザーに出すかですね」

若い男性看護師は、センターができる前から小児科にいるというから、本の忘れ物はよくあると知っているようだった。

「読もうと思ったんだけど、借りてもいいのかな」

「いいんじゃないですか。でも、どうして『メアリー・ポピンズ』を？」

笑わないところが、メアリー・ポピンズに似ていると患者に言われたから、だなんて恥ずかしくて言えない。

「なんだか、なつかしくて。さっき、三つ編みの女の子が、メアリー・ポピンズに会った友達がいるって言ってたのよね」

するると、別の看護師が話に入ってきた。

「ああ、美音ちゃんの友達のせっちゃんでしょう？　メアリー・ポピンズに会ったってよく言ってました。でもたぶん、せっちゃんが言うのは、ポピンズじゃなくて、メアリさんのことだと思うんです。下のカフェに、メアリさんが来てるって聞くと急いで駆けつけてたから」

一階の片隅に、外来の患者や見舞客が利用するカフェがある。通りに面しているので、一般のお客さんも使うところだ。

「メアリさんって？　ピンクのメアリさん？」

別の看護師も話を聞いていたようで、口をはさんだ。

「そう。テラス席ならペットを連れていても大丈夫だから、ミニブタを足元に座らせてて」

「ああ、僕も見かけたことあります」

「そのメアリさんって、そんなに有名なの？」

知らなかったのは和佳子だけか。どうやらみんな、ピンクの服を着てミニブタを連れている老婦人の噂は知っていたらしく、いっせいに頷いた。

「何年か前はミニブタはいなかったんですけど。代わりに革のキャリーバッグを引きずってて」

「ミニブタを連れてるときも、キャリーは持ってたよ」

「そうでした？　ミニブタが大きくて目立つから、目に入らなかったな」

「メアリさん、うちの母でも知ってるので、かなり昔からピンクの服を着て出没してたみたいですよ」

口々に、みんな語り出す。大人でも興味津々になるくらい、ちょっと現実離れした雰囲気だから、子供には不思議な存在に見えたことだろう。メアリさんと呼ばれていると知り、メアリー・ポピンズだと思ったとしても不思議ではない。

「そういえば、うちの師長は若いころ、メアリさんの看護をしたことがあるらしいですよ」

「えっ、本当？　本院に入院してたってこと？」

「たぶん、そうだと」

若いころって、何年くらい前なのだろう。和佳子は、師長の年季が入った厳しい顔を思い浮かべたが、若いころは想像できなかった。

借りることにした本を手に、何気なくパラパラとページをめくる。と、何かはさまっている。取り出してみると、金色の包み紙だった。真ん中にひとつ、銀の星が印刷されている。

「この本、せっちゃんのってことはないのかしら」

さっきの少女が言っていたのは、せっちゃんが、メアリー・ポピンズに星の金紙をもらったということだった。もしかしたらそのときの金紙ではと思ったのだ。

「ねえ、せっちゃんって何号室の子？」

問うと、若い男性看護師が戸惑いを浮かべた。しばしの間を置き、神妙な口調で告げる。

「亡くなりました」

そうだったのか。あの少女は、亡くした友達の代わりに、金紙を集めようとしていたのだ。

「せっちゃんの本じゃないと思います。前に本棚を整理したときは、病院の本しかなかったし、せっちゃんが亡くなったのはそれより前ですから」

金紙をきれいに開いて、『風にのってきたメアリー・ポピンズ』にはさんだのは、どんな人だろう。星になった金紙の物語を知っていて、そうしたのだろうか。

銀色の星をじっと見ていると、和佳子の記憶の底に、ポラロイドのフィルムみたいに、じわりと風景が浮かびあがる。お祭りだ。にぎやかな縁日、金魚すくいや綿飴や、数々の屋台が並んでいる。けれど和佳子が心を躍らせながら手にしていたのは、星の模様がついた包み紙だ。それを日の光に当てて、まぶしく輝くのを楽しんでいた。神社の境内は浜のすぐ近くだったから、掲げた星の向こうに海が見えて、波が、無数の金紙みたいに光を反射している。あのキラキラを、全部集められたらいいのにと思っていたら、うっかり金紙を風に飛ばしてしまった。

海からの強い風に乗って、高く舞い上がった金紙の星は、空に戻っていったのか、あっけなく和佳子の視界から消えた。

あまりにも薄い輪郭に目をこらそうとするが、記憶のポラロイドフィルムは強い光にさらされたかのように真っ白になって、もう、かすかな影も浮かばない。和佳子はあきらめて本に目を落とした。それには、金紙といっしょに、もうひとつ、折りたたんだ便せんがはさまっていた。

〝ホテルのはな〟は、駅前にある小さなビジネスホテルだ。観光地でも都会でもない市内には、ホテルというものが非常に少ないので、市民に名前は知られている。しかし、市民はホテルを利用しないので、名前だけしか知らない人がほとんどだろう。県内にある大学を出て、病院へ就職して以来、この市で生活している和佳子も、そんなひとりだった。

　プリン色の外観には、今どきのホテルにはないのんびりした雰囲気が漂っている。入口は少し奥まっていて、通りすがりに中の様子をうかがうことは難しい。辺りもすっかり暗くなった時間に、和佳子はホテルの入口へ歩み寄る。アクリルの透明なドアに、〝ホテルのはな〟と白い文字が視界をさえぎるように張り付いているが、自動ドアではなく、円盤みたいな取っ手がついていて、「押す」と日本語で書かれていた。

　中へ入ると、狭いカウンターが目につく。その奥にはモスグリーンのカーテンが掛かっているが、人がいない。呼び出しのベルがあるものの、客でもないのに呼び出すのもどうだろうかと考えていると、背後から声がかかった。

「こんばんは。ご宿泊ですか?」

　驚いて振り返ると、三十過ぎくらいの女性が、やわらかい笑顔をこちらに向けていた。こういう笑顔ができれば、きっと子供たちに好かれるのだろう。さすがに接客業の人は違うと感心しながら、和佳子は急いで首を横に振る。

「いいえ、ちょっとお聞きしたいことがありまして。お忙しいところすみません」

　笑顔につられて微笑もうとしたものの、たぶん微妙に引きつった顔になりながら、和佳子はカバンから本を取り出した。

「あのう、この本の持ち主をさがしているんですが、中にこちらの便せんが入っていたので、何かご存じないかと思いまして」

表紙を見て、はっとしたように彼女は声を上げる。

「これに、うちの便せんが？　もしかして、お菓子の作り方が書いてなかったですか？」

驚いて、和佳子は大きく頷いた。

「はい、たぶんお菓子だろうレシピが」

「それ、きっとメアリさんの本です。『風にのってきたメアリー・ポピンズ』かあ。やっぱりイギリスの児童書なんだ。あ、本の見返しにMの文字があれば間違いないです」

彼女が言ったように、手書きのMというしるしはすぐに見つかった。

「どこで見つけたんですか？　そうだ、立ち話も何ですから、こちらへどうぞ」

この本か、メアリさんにか、興味津々らしい彼女は、いそいそと和佳子を招く。ロビーから続く、テーブルがいくつか並んだ部屋だ。ラウンジ兼レストランだろうか。夜はやっていないのか、人はいなくて暗かったが、彼女が明かりを点《とも》してくれた。

「わたし、ここの娘で、従業員ではないんですが裏の自宅に住んでいるので、たまに手伝ってます。野花つぐみと言います」

ちょうど帰宅したところだったのだろう。彼女は私服で、トートバッグを肩にかけ、ホテルマンらしい制服ではなかった。フロントに和佳子の姿が見えたから、声をかけるために入ってきたのではないだろうか。トートバッグから取り出した名刺には、〝ましま堂　第二販売部〟とあった。菓子パンのメーカーとして、和佳子も名前は知っている会社だ。

「重田和佳子です」

病院の外で名刺を持ち歩く習慣がなかった和佳子は、名乗るにとどめた。

「メアリさんっていうのは、ピンクの服のメアリさんですよね？　よくご存じなんですか？」

つぐみが紅茶を淹れてくれるのを待って、あらためて問う。

「ええ、町田メアリさんは、わたしが生まれる前からうちの常連客だったみたいです。ここ十年はずっと連泊、というか、ここで暮らしてたようなものなんです」

ホームレスではないようだ。とはいえホテル暮らしなら、家がないという意味ではホームレスなのだろうか。

「今も、宿泊されてるんですか？」

「あ、いいえ、少し前に亡くなりまして」

急死だったとか、行旅死亡人となっているとか、つぐみは説明してくれた。本当の名前も身元も、誰も知らない。身内もいるのかどうかわからない、というのだ。ずいぶんと寂しすぎる。ミニブタと歩いていたピンクのおばあさんは、何を思い、本に金紙とお菓子のレシピをはさんだのだろう。

せっちゃんに本を渡したかったのだろうか。せっちゃんが亡くなったと知り、そっと遊戯室の本棚に入れたのか。返却しておいてほしいと見舞客にでも頼めば、本を棚に入れることは難しくない。

でも、メアリさんも亡くなってしまったという。最近見かけなかったのはそのせいなのだ。

「じゃあ、この本はメアリさんのだとわかったのに、返すことができないんですね」

「わたし、メアリさんはわざと本を手放したように思うんです。子供のころに読んだ児童書って、意外とおいしそうな食べ物とかが印象に残ってたりして、それもイギリスのお菓子なんて知らないから、どんなものだろうってすごく想像したことがあるから、メアリさんもそうだったのかもしれません。だからこれは、本に興味を持った人への贈り物のような気がします」

和佳子も、この本に興味を持ったことになるのだろうか。『メアリー・ポピンズ』を思い出すきっかけは、三つ編みの美音ちゃんとせっちゃんだった。この本は、彼女たちへの贈り物なのではないか。

「他にも何冊かあるんです」

考えていると、つぐみはまた言う。

「イギリスの児童書が、何冊か。メアリさんが持っていた本で、どれも彼女が書いたお菓子のレシピがはさまっています。わたしも、昔好きだった『小公女』をまた手にして、色々考えたり、救われたりしたんですよね。それで、メアリさんと児童書と、お菓子のことを、もっともっと知りたくなってるんです」

子供のころなんて遠い昔だ。でもこの、『風にのってきたメアリー・ポピンズ』も『小公女』も、和佳子が生まれるよりもっと前に書かれた物語だ。子供だったことのあるお母さんも、おばあさんも知っていて、子や孫と読み返すこともあるだろう。そうして、独り身で五十代になった和佳子にまで、手をのばさせる。その力がまるで魔法のようで、メアリさんとメアリー・ポピンズが、和佳子の中でも重なっていく。

「それで、この本はどこにあったんですか？　わたし、メアリさんの散歩コースが気になってて。今のところ、弓良浜近くの教会まで行ってたのはわかってるんですが」

つぐみの話を聞いているうちに、昔集めていた包み紙みたいに、メアリさんの存在が、和佳子の中でも輝きはじめる。

「小児医療センターです。一年ほど前にできたばかりなんですが。教会から少し上へ、坂を上がったところです」

「あの新しい建物、病院なんですね。上のほうだけ見えてたから、おしゃれなマンションかなって思ってました。そっか、メアリさんはあそこまでは行ってたんですね」

和佳子は頷く。

「メアリさんの散歩コースには、何かあるんですか？」

「それを知りたくて。病院からはどっちに向かってました？」

「窓から見えただけなので、そこまでは。でも、病院の敷地内にあるカフェには来ていたみたいです」

つぐみは少し残念そうだったけれど、バッグからノートを出して、手書きの地図に新たなルートを書き込んだ。イラストマップといった雰囲気で、味わいのあるタッチで建物や海岸が描かれている中、教会から病院まで、ピンクのペンでラインが書き足される。ほかにも、メアリさんに関するメモも書き込まれているようだ。

それから彼女は、和佳子が見せた『風にのってきたメアリー・ポピンズ』と、レシピが書かれた便せんと、金紙とを真剣な顔で見比べていた。

「レシピは、このページに出てくる〝ジンジャー・パン〟ですね。この話、なんとなくおぼえてます。ちょっと不思議なコリーおばさんのお店で買うんですよね。このお菓子には、金紙の星が乗っかってるから、こんなふうに金紙も本にはさんであるんでしょうか」

ジンジャー・パン、そうだ、そんなお菓子が出てきたのだった。子供のころにはジンジャーが何なのかも、それがどんな食べ物なのかもまったくわからなかった。きっと、これまでに食べたこともないくらいおいしいのだろうと、想像していた。

「ジンジャーってことは、生姜味ですか？」

今になって、ジンジャー・パンと耳にすると、想像していたような甘くてやさしいだけの味ではないことが、はっきりと浮かぶ。実を言うと、和佳子は生姜が苦手だ。子供っぽいが、わさびも唐辛子も、辛いものが苦手なのだ。

「はい、生姜を使うみたいですね。つくってみます？」

辛いものを、子供向けのお菓子に使うなんてどうなのだろう。

「でもわたし、お菓子なんてつくったことがないし、道具もないし」

「うちにありますよ。いっしょにどうですか？」

生姜の好き嫌いはともかく、メアリー・ポピンズのお菓子には興味を持たなかったわけじゃない。でも初対面の、しかもずっと年下の女性に道具を借りて、いっしょにつくってもらうなんて、図々しいのではないか。

「ていうか、わたし、つくってみたいんです。だから、気が向いたらぜひ、週末にでも！」

つぐみのその熱意は、和佳子にとってありがたかった。いつのまにか、自己主張を控える癖がついている。独身者だから、しがらみがないから自由気ままだ、などと偏見を向けられることもあって、控えめにしておくのが無難だと学んできた。けれど彼女がよろこんでくれるなら、言葉に甘えてもいいのではないか。

そもそも、〝ホテルのはな〟まで来たのも、いつもの和佳子らしくなかった。メアリー・ポピンズかと子供に問われたのがきっかけだけれど、その後のあれこれを思い返すと、ますます不思議だ。メアリさんの存在が気になり、遊戯室で本を見つけ、お菓子のレシピが書かれた便せんに気づき、まるで魔法にかかったかのように、何かに連れてこられてここにいる。

魔法なら、いつもの自分と違うことをしたって、きっと誰にも咎《とが》められない。

週末にまた来ると約束して、和佳子は家路についた。


分譲マンションを購入したのは十年前だ。定年までローンはあるが、貯金もあったのでそれほど無理をせずに買えた。実家は車がないと不便なところだし、運転免許のない和佳子は、ずっとここで暮らすつもりだ。

帰宅したとき、部屋の中のすべては出かける前と一ミリも変わらないのが日常だが、今日は違っていた。出がけに靴を迷い、出しっぱなしになっていたパンプスがしまわれている。煮物の匂いが漂い、キッチンのほうでコトコトと音がしている。

「おかえり、和佳子」

母におかえりと言われるのも、ずいぶん昔のことみたいな気がする。実家へ帰ったときには、いつもそう言ってくれる母だが、仕事から帰って「おかえり」と言われるのは、学校に行っていたころを思い出すくらいなつかしかった。

「わー、ご飯つくってくれたの？　筑前煮だ、おいしそう」

今日は、いろんなことがふだんとは違っている。家に帰っても、まだ魔法は働いている。自分でつくらなくてもご飯が食べられる。

「和佳子も意外と料理してるのね。冷蔵庫にいろいろ入ってるし」

「意外とって、ちゃんとしてるよ。このごろ、コンビニ弁当じゃ胃がもたれるようになっちゃって」

「お酒はほどほどにしないと、お父さんみたいに高血圧になるわよ」

箱入りの缶ビールが母の目にとまったようだ。

「それは、友達が来たときに飲むやつ。ひとりのときは飲まないから」

「そう、一人暮らしでも、寂しがってるヒマはなさそうね」

寂しいと思ったことはない。ひとりの時間も心地よく過ごしているから、ひとりを選んだことは、後悔していない。後悔があるとしたら、もっと両親との時間を持てばよかったのではないかということだ。人の時間は限られているのに、若いころは、未来は無限にあるかのようで、後回しにしたっていつでも取り戻せると思っていた。

母は今、ひとりきりで老いていく娘を心配している。和佳子はもう、どうすれば母を安心させてやれるのかわからない。

「あら、『メアリー・ポピンズ』？　あなた好きだったわね」

椅子に置いたカバンの上から、ちらりと見えたのか母が言った。

「お母さんが、おもしろいからって本を買ってくれたんじゃない。わたしは、すごく好きってわけでもなかったけど」

和佳子はご飯をよそう。

「えー、そうなの？　だって、お菓子の包み紙を集めてたじゃない」

母は自分のバッグから、きちんと開いた金紙を取り出す。今朝、和佳子にもくれたチョコレートの包み紙だ。

「いつも、捨てちゃうと怒ったでしょ？」

「そんなの、どれだけ昔の話よ。集めてたのは、べつにメアリー・ポピンズの影響じゃなくて、単にきれいだったから」

　金銀の、アルミ箔でできた包み紙を、破れないように、きちんと四角くしわを伸ばせたら、新品になったようでうれしかったのだ。

「そうかなあ。本を読んであげてから集め始めたと思うけど」

　たしかに、星の金紙の話は一番印象に残っている。他の話は忘れてしまったのに、金紙の星を夜空に飾る、あのシーンだけは、今でも頭に浮かぶのだ。星の形をしたお菓子の飾りに惹かれ、ほしいと思ったからだろうか。

　でも、そう思ったとしたら、もともと和佳子は、金紙が好きだったのだ。あのころは、想像するだけで、ただの包み紙が宝石にも、空の星にもなった。自分自身も、引き出しに宝物を詰め込んでいる魔法使いにも、お姫さまにもなれた。

　食卓に並んだ母の料理を前にすると、子供に戻ったような気がしてくる。子供に戻りたいような気がしてくる。母も父も若返って、どんな夢でも見られたころに戻れたら、なんて思うのは、和佳子が自分の選択を認め切れていないからだ。もしも自分に、親以外にも大切な家族がいたなら、過去に戻りたいなんて思わないだろう。

　今の和佳子は、自分が実家にいたころの母より年上なのに。

「あのね、お父さんと相談して、墓じまいをすることにしたの。お墓は離島だし、残しておいても守る人もいなくなるし」

　食事を始めながら、母は言った。

「そっか」

　和佳子が引き受けても、その後はどうしようもない。父方の親戚も、もう島にはいない。

「だから、和佳子は自分のことだけ考えてればいいのよ」

「お母さんこそ、わたしのことより、お父さんと楽しく過ごしてほしいよ。わたしは自分のために貯金もしてるし、身軽だからどうとでもなるし」

「気になってたの。あなたが結婚しないのは、一人っ子だからかなって」

一人っ子だから、お婿さんに来てもらわないと、と祖母はよく言っていた。よその家に嫁には行かせられないというのは、自身が婿養子を迎えた祖母にとっては当然の考えだった。今の結婚はもう、家とは無関係だとはいえ、どちらの名字を名乗るかで、どの家に属するか、うっすらとでも決まってしまう。和佳子が二十代のころはまだ、同世代の中でも、長男と結婚すると嫁ぎ先に縛られるような感覚があった。

だから祖母は、和佳子に彼氏ができると、長男はダメだと言い、何度も見合いを勧め、辟易した和佳子と度々口論になった。祖母の気の強さは、息子である父も閉口するくらいだったが、三姉妹の長女に生まれ、女ながらに家長の責任を背負い、先祖からの重圧を受け止めていたのだと思うと、祖母なりにつらかっただろう。

母も、たぶん、男の子を産めなかったことに引け目を感じている。

「和佳子には、家のことなんて気にしてほしくなかったから、結婚しなくてもいいと思ってたけど、むしろお嫁にいかないほうがいいって、思わせちゃったかもしれないね」

「そんなんじゃないよ。わたしは好きで気楽な独身を選んだんだから」

自分の面倒は自分で見られるし、仕事に誇りも持っている。けれど、誰かのために生きたことがない。誰かの、唯一無二の存在になったことがない。ふと、そんなふうに考えてしまう。

「ねえ、お母さん、ジンジャー・パンって知ってる？」

しんみりした空気を追い払うように、和佳子は努めて無邪気に言う。

「なあにそれ、生姜味のパン？」

「ほら、『メアリー・ポピンズ』に出てきたでしょう？」

「ああ、そういえば……。魔法使いみたいなおばさんがやってるお店のお菓子ね」

「そうそう、星の金紙が乗っかってるやつ。食べてみたくない？」

「そりゃあ、食べてみたいわ」

想像しているのか、母が無邪気な笑顔になる。今日はじめての笑顔に、和佳子も週末がこの上なく楽しみになっていた。


看護師長がこちらへ向かってくる。目が合った和佳子に狙いを定め、廊下をまっすぐに突進してくると、和佳子はその場に縫いとめられたように動けなくなる。いっしょにいた同僚は、会釈しつつさっと行ってしまい、和佳子はひとりで師長と対峙することになった。

「重田さん、あなた、小川美音ちゃんにお菓子の包み紙をあげたんですって？」

「あ、すみません！　お菓子はあげてませんし、けっして不衛生なものでは」

「よろこんでたわ。友達にあげるんだって」

師長の目はかすかに微笑んでいるが、声は厳しいままなので、ほめられていると気づくのに時間がかかった。

「友達って、せっちゃんですか？」

「ええ、せっちゃんのこと聞いた？　包み紙を星形に折って、ベッドのそばの引き出しに入れると、翌朝には消えてるんだって。本物の星になって、せっちゃんに届くって、美音ちゃんは信じてるのよ」

美音ちゃんのお母さんが取り出して、せっちゃんのお母さんに渡しているそうだ。

「メアリー・ポピンズがいるってことも、信じてるみたいですね」

「本当のところ、現実のからくりはわかってる年齢だけれど、そういう物語が、心の傷に効くんだと思うわ」

「大人も、そうでしょうか」

師長は不思議そうに、和佳子を見た。

「遊戯室に、『風にのってきたメアリー・ポピンズ』があったんです。それ、メアリさんって人の本らしいんですよね」

「メアリさんの？　どうしてわかるの？」

「メアリさんを知ってる人が、言ってました。Mの文字が本の見返しに書いてあるんです」

そのことを知っていたのか、師長はゆるりと頷く。彼女がメアリさんの看護をしたことがあるという話を、和佳子は思い浮かべていた。

「師長は、メアリさんとお知り合いだったんですか？」

「あの本ね、わたしがメアリさんにもらったの。そうね、大人にも魔法が必要なときはあるのかもしれない。メアリさんは、そういう人をさがしてたのかしら」

遊戯室の本棚に入れたのは自分だと、師長は言う。

「本はね、メアリさんのお茶会の招待状なんだって。わたしを招待してくれたんだけど、お茶会に行く前に亡くなったから、誰か、あの本に興味のある人が手に取ってくれればと思ってね」

「じゃあ、お茶会は開かれなかったんですね」

しかし師長は首を横に振る。

「メアリさんのお茶会は、いつでも開かれてるそうよ。好きなときに、メアリさんのところへ招待状を、彼女の本を持って訪ねていけばいいんだって。メアリさんは、他にも本を持ってて、人に渡したり、公園に置いていてきたりしてたのよ。手にした人が、中にある便せんを見て、〝ホテルのはな〟を訪ねてきたら、お茶会に招待するつもりだったんでしょう。だから、行ったことのある人がどこかにいるかもしれないわね」

和佳子は、本を手にし、〝ホテルのはな〟を訪ねた。もう少し早かったら、メアリさんのお茶会に招待されていたのだろうか。ホテルで会ったつぐみも、招待状だとは知らないまま、『小公女』を手にしたようだった。

「あの、師長は昔……」

「重田さん、メアリさんのことを知りたいなら、何でも話すわよ。だけど就業時間外にね」

さらに質問を口にしようとしていた和佳子に、師長はいつもの厳しい顔に戻ってぴしゃりと言った。

仕事が終わってから、三木則子《みきのりこ》師長と個人的に話すことがあるなんて、思ってもみなかった。これも、メアリさんの魔法だろうか。駅前の喫茶店で向かい合った師長は、ふだんの口調とは違い穏やかに、亡き友人のことを和佳子に語った。

「メアリさんは、自分のことを訊ねる人がいたら、何でも教えてやってほしいって、いつも言ってたわ。メアリさんの身元を知っていて、さがしに来る人がいるかもしれないからそう言ったんだと思うけど、何十年も経って、別の意味になっていった。メアリさんっていう謎めいた人のことを知りたいなら、何でも教えてやってほしいって意味に。メアリさんは、もうメアリさん以外の誰でもないから、自分を知りたい誰かをお茶会に招くのよ」

だから師長は、四十年も前のことだとしても、患者の事情を無関係な和佳子に話すのだ。

それは、三木師長がまだ旧姓だったころ、看護学校を卒業して働き出した年だったという。秋にさしかかったある日、師長の記憶では、弓良浜近くの神社で祭りがあった日の夜、メアリさんは救急車で運ばれてきた。波が打ち寄せる岩場に倒れていたということで、あきらかに溺れた様子だったが、一命は取り留め、数日後には意識も戻った。しかし彼女は、どうして海で倒れたのかはもちろん、自分の名前も、どこから来たのかも、何も思い出せなかったのだ。

師長は当時、入院中の彼女を担当した。そばかすの目立つ頬は肌の白さが際立っていたが、一重のまぶたにくっきりと黒い眉が何より印象に残っているという。メアリさんは言葉遣いも丁寧で、新人だった師長の不手際を慰めてくれもしたが、夜中には、声を殺して泣いていることもあったそうだ。

搬送されたときに着ていたピンクのワンピース以外、何も持っていなかったから、さっぱり身元がわからなかった。しばらくして、浜辺に置いたままだった古いキャリーバッグと、ピンクのリボンのついた麦わら帽子が見つかったが、そこにも身元がわかるようなものはなかったのだ。

その後師長は、何十年もメアリさんには会っていなかった。しかし彼女のことは、どこでどうしているのか、記憶は戻ったのか、ふと思い出しては気になっていたのだという。再会したのは数年前のことで、メアリさんが〝ホテルのはな〟に滞在するようになり、ピンクの服を着た老女が徘徊していると人の噂にのぼるようになってからだった。

「もしかしたらあのときの患者さんじゃないかと思って、声をかけたのよ」

メアリさんは、師長のことをおぼえていた。病院で目覚めて、メアリさんの白紙になった記憶に最初に刻まれたのが、看護師の彼女だったのだ。

記憶をなくしてからどうしていたのか、多くは語らなかったが〝ホテルのはな〟の野花潔子《きよこ》さんを恩人だと話していたらしい。自分のことが何もわからなくて、絶望していたときに、メアリという素敵な名前をつけてくれて、新しい人生をもらったように感じられたのだという。

「きっと時間がかかったでしょうけど、メアリさんは、メアリさんになって、それが紛れもなく自分だと信じられるようになったのよね」

「だけど、メアリさんはどうして海で溺れたんでしょうか。ふつう、服を着たまま海へ入りませんよね？」

「さあ、それはもうわからないわ」

和佳子の脳裏を、自殺という言葉がかすめるが、あわてて打ち消す。

「身元のわかるものを何も持ってないって、不思議です」

「そうね。キャリーバッグには児童書ばかり。まとまった現金や貴金属も入っていたとかで、なんとなく、帰るつもりもなければ行くところもなさそうよね。だけど、彼女はもともと、人とは違う生き方をしていたんじゃないかって気がするの。本だけを携えて、放浪していても不思議じゃないような人」

直接メアリさんを見てきた師長は言うが、新たに人生を始めたメアリさんが、以前の彼女と同じ性格だったかどうかはわからない。

「病院へ運ばれたとき、金色の紙切れを握っていたの。お菓子か何かの包み紙みたいなものよ。しっかり握り込んでいたから、波に流されなかったみたいだけど、どうしてそんなものを握ってたのかしらね」

「もしかしてそれ、『風にのってきたメアリー・ポピンズ』にはさんであった金紙ですか?」

「そう、星の絵柄のよ」

「メアリさんは、その包み紙を持っていた理由はおぼえていないんですよね?」

「ええ。だけど、たったひとつ、すべてを忘れる前に見た風景がまぶたに焼き付いているって。夜空の星が、大きな木の枝で瞬いているように見えたんだとか。それを手に取ってみたいと、ただそれだけを考えてたそう。その星が、手に握っていた金紙になったのかも、なんて言ってたの」

メアリさんの身に何かが起こったのは、師長の話によれば、弓良浜のそばの神社で祭りがあった日だ。和佳子は、母方の祖母がこの市に住んでいたこともあって、子供のころは神社の祭りによく訪れていた。

そして祭りの日に、金紙をもらった記憶がある。メアリさんが浜辺で倒れていたのが四十年前だとすると、和佳子は十歳くらいだ。

屋台でくじ引きをしたか、輪投げだったか、たぶん外れの景品が、金紙に包まれたお菓子だった。和佳子にとっては思いがけない当たりみたいなもので、心躍らせたことを思い出したけれど、どんなお菓子だったかは記憶にない。ただ、包み紙が風に飛ばされてしまったことだけが、落胆とともにまぶたに焼き付いている。

包み紙をなくした日は、メアリさんが浜辺にいた日だろうか。同じ年の、同じ日の出来事だったならと、和佳子は空想する。和佳子がなくした金紙と、メアリさんが拾った金紙がよく似ているというだけなのに、『メアリー・ポピンズ』の物語が、こちら側にせり出してきたかのようだった。


ジンジャー・パンといっても、パンではなくケーキに近い、とつぐみは言う。英語では〝ジンジャー・ブレッド〟で、ブレッドだからパンと訳されたのだろう。

「でも、同じくジンジャー・ブレッドっていう名前のビスケットも一般的なんですよね。よく見るのは人の形をしたやつ。アイシングで顔を描いて、クリスマスツリーに飾ったり」

「それ、見たことあります。ブレッドって、そんなにいろんな意味があるのかしら」

「なぜかイギリスでは、そのへんの区別が曖昧みたいですね。ケーキと言いながらビスケットみたいなのもあるし、パイとタルトも同じ生地だったり、違っていたり、適当なんです」

「そういや、プディングも煮たり焼いたり、どっちでもありだったな」

そう言ったのは、皆川蒼という男性だ。野花家のキッチンには、和佳子の他にもうひとり、つぐみの知人だという彼がいる。メアリさんが飼っていたミニブタの、今の飼い主だそうで、彼が連れてきたムシャムシャという名のミニブタは、勝手口の外で寝そべっている。

たまたま訪ねてきた蒼を、つぐみが招き入れ、和佳子に紹介した。聞けば、彼もメアリさんと親しくしていて、本とレシピの意味を知ることが、メアリさんの願いかもしれないと興味を持っているという。和佳子が師長に聞いたメアリさんのことを、つぐみに話していたところだったので、彼も加わり、お菓子づくりにも参加することになったのだ。

「皆川さんも、お菓子づくりをするんですか？」

「いえ、まったく。この前、『ドリトル先生』のプディングを、つぐみさんに教わってはじめてつくりました。それに、お菓子は魔法に似てるのかもしれないって、『メアリー・ポピンズ』の話を聞いてちょっと思います」

つぐみに借りたエプロンをつけて、蒼は案外器用に手を動かす。つぐみとはなかなか息が合っている。

最初は彼氏かと思い、図々しく訊いてみたら、そういうわけではないと、つぐみは頬を赤らめつつ、蒼はまとまりのないくせ毛をさらにくしゃくしゃにしつつ答えていた。

「メアリさんが書いたレシピは、ケーキ風になると思います」

つぐみは言う。和佳子があらためて『風にのってきたメアリー・ポピンズ』を読んだところでは、ケーキタイプかビスケットタイプかはっきりわからなかったが、挿絵は平たいケーキみたいだった。

「それで正解なのか？」

「たぶん正解だと」

小麦粉に、ジンジャーパウダーとミックススパイスをふるい混ぜ、溶かしたバターと砂糖、黒蜜やタマゴと合わせる。手順は簡単そうだが、ミックススパイスというものが問題だった。

メアリさんのレシピに書いてあるとおり、〝ミックススパイス〟をスーパーで買ってきたが、どうも違うようだ、とつぐみは言う。

「これだ、と思って買ったんですけど、カレーの匂いなんです」

「あ、これ、ガラムマサラですね。インドのミックススパイス。たしかに、身近なお店でミックススパイスって売ってるのはこれですよね」

　和佳子はカレーに凝ったことがあるので、使ったことがあった。

「要するに、スパイスを色々混ぜてあるものがミックススパイスなんだよな？　ジンジャー・パンに使うのは、イギリスのミックススパイスだってことか」

「って、どんなスパイス？」

　和佳子は首を傾げる。

「わからないので、会社で、パンやお菓子に詳しい人に訊いてみました。そしたら、だいたいこういうものが入ってるみたいです」

　つぐみのメモには、シナモン、ナツメグ、コリアンダー、クローブ、といったものが並んでいた。

「配合は、レシピによって違うみたいですけど、そこはまあ、定番だろうってところを教えてもらったので」

「それにしても、カレー味にならなくてよかったな」

「ホント、気づかなかったらガラムマサラを入れてしまってますよ」

　三人で安堵する。あとは、つぐみがそろえてくれた材料を、きちんと量って手順通りに進めていけばいいだけだ。難しいところはとくになく、間もなく生地は出来上がった。

　四角いバットにクッキングシートを敷き、生地を流し込む。

「これで、焼き上がるのを待つだけです」

　キッチンには備え付けの立派なオーブンがあり、いかにもすばらしい食べ物が出てきそうだ。ドアを閉じれば、あとは待つだけとなり、焼き上がったお菓子をそこから出すのを想像するだけでも、和佳子はワクワクした。

「金紙の星ですけど、こういうの買ってみました」

待っている間に、つぐみが持ってきたのはお菓子用のラッピング袋だ。薄いワックスペーパーの小袋には、金色の星がひとつ、プリントされている。四角く切り分けたジンジャー・パンをひとつずつ入れれば、ちょうど金色の星が上に乗っかっているように見えるだろう。

「本当に、『メアリー・ポピンズ』に出てくるお菓子みたい。本にはさんであった包み紙ともよく似てますね」

その包み紙は、メアリさんが病院へ運ばれたときに持っていたものだろうと、三木師長には聞いていた。チョコレートやキャンディーの包み紙より大きくて、カステラかパウンドケーキみたいなお菓子の一切れを包んでいたのではないかと思われた。

和佳子が祭りでもらったお菓子も、そんな四角い一切れだった。と思うと同時に、不思議な味わいがよみがえってきた。食べたことのない、少し刺激のある感覚に、和佳子はあのとき、何を思い浮かべたのだったか。

テーブルの隅に置いていた『風にのってきたメアリー・ポピンズ』を開き、はさんであった包み紙を和佳子は手に取る。蒼が、何かに気づいたように覗き込む。

「この包み紙を、メアリさんが握ってたんですか？　おれ、このお菓子知ってる」

「本当ですか？　今も売ってます？」

「うーん、子供のころにはたまに食べたんですけど。つぐみさんは知らない？　これって、しま堂の菓子パンじゃなかったっけ」

「うそっ！　ちょっと見せてもらっていいですか？」

つぐみは和佳子から包み紙を受け取り、目をこらしてよく見ていた。

「うわー、そうです。端っこに、ましま堂のマークが入ってます。でも今の製品にはないし、わたしもおぼえてないから、四十年前にはあって、蒼さんの記憶にあるころまでは売ってたものなのかな」

「皆川さんは、どんなお菓子だったかおぼえてます?」

「見た目は黒糖の平たいパン? しっとりしながらもほろほろ崩れるような食感で、スパイスが効いてたような」

そうだ、ふだん口にしたことのないスパイスが、和佳子には星の味に思えたのだ。

「この包み紙、わたしがあの日になくしたものかもしれません」

単なる空想だけれど、聞いてほしかった。この二人になら、話してもいいような気がした。

「あ、いえ、そうだったらなって、勝手に考えてるだけなんですが。メアリさんが救急車で運ばれた日を、師長は神社のお祭りの日って言ってました。わたし、これと同じ包み紙をお祭りでもらって、うれしくて眺めてたら、風に飛ばされてしまったんです」

それが、ちょうど四十年前だったのか、記憶は定かではない。でも、祭りにはあのころ、毎年のように行っていた。メアリさんと遭遇していたという感覚は、パズルのように和佳子の記憶にぴったりと収まって、もうはずれそうにない。

そうだったからといって、何が変わるというわけでもない。なくした金紙の星が、巡りめぐってまた自分の手元へ戻ってきたとしたら不思議な奇跡だけれど、金紙をもう一度手に入れても、人生をやり直せるわけでもない。未来が希望にあふれているほど若くもない。それでも何か、金紙の輝きには、貴重な意味があるような気がする。

「浜辺へ、行ってみませんか」

蒼が静かに言う。メアリさんはもういないけれど、星の魔法の痕跡は、まだ浜辺にあるのだろうか。和佳子は頷く。

焼き上がったお菓子を切って、金の星のついた小袋に分け、持っていくことになった。

夕焼けに染まり始めた浜辺は、まだ海水浴には早すぎるためか、人影はまばらだった。あのころもこんな時刻で、はっきりと潮の匂いのする風が、途切れることなく吹いていた。

「紙切れならすぐに飛ばされてしまいそうですね」

「凧《たこ》みたいに高く舞い上がったのをおぼえてます。すぐに見えなくなって」

「今の時間帯だと、風向きは、あっちだな」

蒼が指さした方角には、岬のように海へ張り出した小山がある。下のほうはゴツゴツした岩がむき出しになっているが、上にはこんもりと木々が茂っている。小山の海側は、波に削られて斜面になった岩場だ。

たぶん、メアリさんが倒れていたというのはその辺りなのだろう。

三人で、ムシャムシャを連れて岩場を歩いた。

「満ち潮だと、斜面の下まで水が来るはずだけど、浅瀬には違いないな」

今は潮が引いていて、ゴツゴツした岩の上を歩くことができるが、足元は危なっかしい。

「メアリさん、ここで足を滑らせたかで、溺れたんでしょうか。浅い海でも、倒れて気を失ってたら溺れますよね」

つぐみがそう言う。

「でも、なぜ岩場へ来たんでしょう」

海へ入って溺れ、たまたま岩場へ打ち上げられた可能性も、和佳子の頭に浮かんだ。

「自分は死にたかったのかどうか、メアリさん自身も考えたことはあるそうだ」

蒼も同じようなことが思い浮かんだのだろう。

「答えは出なかったけど、死を望んだ人が、木の上の星を取ろうとはしないだろう?」

岩場にしゃがみ込み、彼は上を見上げる。

「木の枝越しに星が見えたとしたら、あのへんの木かな。結構大きいから、四十年前にもあったんじゃないか?」

金色がかった夕陽が木の葉に反射し、キラキラと瞬いている。夜はどうだろう。枝の隙間から星が見えるのだろうか。

見上げれば、木の背後は空だ。しかし木の葉が茂っていて、隙間から星の瞬きがこちらまで届くのは難しそうだ。とすると、木の葉が月の光を反射したのだろうか。でも、それでは星には見えない。

木の葉よりもっと、光るものがあれば。

たとえば空き缶? それとも、金紙? 風に飛ばされた金紙が、枝に引っかかっていたとしたら?

もしもメアリさんが、深い悲しみをいだいて海へ入っていったなら、ふと振り返った陸地に何を見ただろう。海の上に月が出て、陸地を照らす。丘の茂みで何かがキラキラと光る。

『風にのってきたメアリー・ポピンズ』が、キャリーバッグの中にあったはずなのだ。物語をよく知っていたメアリさんなら、空に貼り付ける星の魔法を思い浮かべただろう。だからこそ、そのときの情景だけは、記憶に刻まれたまま消えなかったのではないか。

生きようともがき、半ば気を失いながらも岩場にたどり着いたとき、金紙が枝からひらりと舞い落ちたなら、力を振り絞って手をのばしただろう。

発見されたとき、彼女の手の中には、かろうじてつかんだ金紙が残されている。誰かが風に飛ばしてしまった、星の模様の金紙が。

あの日、枝に引っかかっていたのかもしれない金紙は、和佳子のものだったとは限らない。もっともっとたくさん、それこそ星の数ほど、この浜辺にあったのではないか。

縁日の屋台の、外れのお菓子。包み紙を捨てる人がたくさんいたとは思えないけれど、あの日の強い風は、いくつもの星を空に舞い上げたに違いない。

それが、メアリさんを助けたなら。

当たりを引くことが叶わなかった、大勢の人が、思い通りにならない日々の出来事も呑み込んで、外れのお菓子とやさしいひとときを過ごす。親しい人と訪れた祭りを楽しむ。そんなとき、小さな幸せは淡い星となって、誰かのために輝くこともあるのかもしれない。

和佳子の金紙も、その中のひとつだったならいい。

「ジンジャー・パン、食べませんか?」

つぐみの声かけに、和佳子は我に返る。三人で、手頃な岩に腰を下ろす。ムシャムシャは食べ物の気配に気づいたらしく、蒼とつぐみの間にきちんと座る。

星模様の袋に入ったお菓子は、ほんのりと生姜の香りがするが、ナツメグやシナモンも入っているので、和佳子は苦手に感じなかった。それよりも、甘いケーキになった生姜は、料理の生姜とは違った味わいだ。辛さを感じる前に、甘さとさわやかな香りが混ざり合って、小さくはじけたかと思うと、すっと風が抜けていくかのようだった。

このお菓子は、メアリさんからの贈り物だ。そう感じながら和佳子は味わう。

「ああそうだ、ましま堂の菓子パンの名前、思い出した。たしか、〝星の子パン〟だ」

ジンジャー・パンの刺激に、蒼はひらめいたらしい。

「かわいい名前ですね。でも、包み紙に星がプリントしてあるだけで、どうして星の子なんてつけたんでしょう」

つぐみは首を傾げる。

「そこなんだよな。パンが星の形でもないし、どこがどう星の子なんだって、見るたびに疑問だった」

「星の味だから」

和佳子はつぶやく。

「えっ、星の味って？　生姜ですか？」

「こんなにスパイスの効いたお菓子、星をかじったのかと思いません？」

「なるほど、スパイスの刺激が星かあ」

「だから『メアリー・ポピンズ』の物語で、ジンジャー・パンに星を飾ってるのか」

三人で納得する。

「でも蒼さん、包み紙には商品名、書いてないですよね」

「ひとつの袋に三つ入ってるんだ。そこに書いてたと思う」

「もしかして、ましま堂の人は『メアリー・ポピンズ』を知ってて、コリーおばさんのジンジャー・パンをイメージしてたんでしょうか」

「かもな。子供にとって、外国のお菓子ってそれだけでワクワクしてたし。今はお菓子の種類も店もたくさんあるけど、おれが小さいころはそうでもなかったし」

和佳子のころは、もっとめずらしかった。外国の本に出てくるお菓子は、どんなものかわからないのにおいしそうに思えた。メアリさんにとってもそうだったのだろうか。

大人になっても忘れられない、魅力的な本を携えて、彼女はどこかへ行こうとしていた。途中で記憶をなくしたけれど、本とお菓子の楽しさだけは消えなかったのだ。

「キャリーバッグに本を詰め込んで、この浜辺へ来た人は、おれたちの知ってるメアリさんの中にもちゃんといたんだな。記憶をなくしていても、消えてはいなかった。その人にとって、本はとくべつなものだったから、メアリさんは本を大事にしてきたし、誰かとお茶会を開くために、本を使おうと思ったのも自然なことだったんだろう」

星を手にするのと引き換えたかのように、メアリさんはここで以前の人生を失った。金紙の星がもたらした新しい彼女が、彼女にとって不本意なものでなかったならいいと、和佳子は願わずにはいられない。

「そうだ」

と、つぐみが楽しいことを思いついたかのように手をたたく。

「わたし、メアリさんが考えていたようなお茶会を、いつか開きたいな。もしそれが叶ったら、重田さんを招待してもいいですか?」

もちろん。と和佳子は答えた。


家に帰ると、母がカバンに荷物を詰めていた。明日、父は検査を終えて退院する。病院で手続きをして、母とともにそのまま帰ることになっている。

体調に大きな問題はないということで、父も母も安堵していた。とはいえ、以前に倒れたこともあるから、薬を続けることや定期的な通院は必要だ。

年月は容赦なく過ぎて、つかみ損ねたものはどんどん遠ざかる。〝家〟に縛られたくないと距離を置いたことで、和佳子は自由になれたが、両親への不義理を後悔しても、やり直すことはもうできない。

父も母も、望み通りにならなかったことはいくらでもあるだろう。定年まで必死に働いて、祖母からの期待を背負い家を守ってきた父は、墓じまいを決めたとき、無念だっただろうか。和佳子が病室で話したときは、そんな様子は見せなかった。早く退院して、囲碁仲間と対戦したいと言い、誰それは孫の世話で遊びにもいけないらしいと気の毒がった。

強がっているのだとしても、人は、そんなに悲観ばかりしていられないのだ。

だからメアリさんも、新しい人生を生きた。

その数奇な生涯は、あらがえない運命だったかのようにも思えるけれど、流れに身をまかせるしかない中で、彼女が選び取ったものも、たぶん少なくはない。その道のりを、和佳子は知ることはできないし、どんな思いだったのかも、メアリさん自身にしかわからない。

それでも想像する。もし、あのときに戻れたらと、彼女も何度も考えただろう。和佳子も、何度も考える。もし、子供のころに戻れたら、今度は別の人生を選べるのではないか。結婚して、子供を育てて、両親が守ってきたものを未来に伝えていくことができるなら、と。

けれど、今の自分も嫌いじゃない。何を手に入れても、代わりに手放したものはある。突然の不運もあれば、それを受け入れたところに幸せもある。誰かの唯一無二の存在になれる可能性は、どんな人生を選んでも、そこかしこにちりばめられている。

メアリさんの生涯にも、そしてこれからの和佳子にも。

冷蔵庫の奥に、紅茶の葉が残っていた。忙しいとペットボトルの飲み物ばかりになって、ゆっくりお茶を淹れることも忘れている。まだ飲めるだろうと、久しぶりに紅茶を淹れ、母とジンジャー・パンを食べることにする。

「これ、昔あったお菓子に似てるわ」

一口かじって、母は言う。

「ましま堂の菓子パンに似てるんだって」

「ああ、ましま堂。あそこは昔、洋菓子風の菓子パンを出してて、洋菓子なんてほとんど食べたことがないから、めずらしかったのよね。エクレアパンとか、レモンパイとか、モンブランパンとか。パンなんだけど、本物の洋菓子だと思って食べてたな」

和佳子が子供のころもまだ、実家のある田舎には洋菓子の専門店がなかった。誕生日のケーキは、パン屋さんがつくってくれたのをおぼえている。その店ではロールケーキとシュークリームだけはふだんでも買えたけれど、洋菓子にはちょっととくべつ感があって、スーパーでも買える菓子パンが、安くて手軽なおやつだった。

「エクレアパン、おぼえてる。でも、この生姜味のパンは、うちで食べたことなかったよね」

「和佳子は生姜が嫌いだからでしょ？　だから買わなかったのよ。スーパーのお菓子売り場ではよく見かけてたわよ」

「えー、そうだったの。あれって、星模様の金紙で包んであったんでしょ？　金紙なら、ぜったいうれしかったのに」

けれど、知らないお菓子だったから、祭りでもらったことをおぼえていたのだろうし、メアリさんに思いを馳せることも、お菓子づくりの体験もできたのだろう。

「お菓子になった生姜は、苦手じゃないかも」

「これ、癖になりそうね。自分でつくったにしては上出来じゃない？」

「ひとりでつくったわけじゃないからね」

つぐみも、慣れているわけじゃないと言っていた。蒼も初心者だったけれど、ひとりでならやろうとしなかったことができたのは、メアリさんのおかげだ。

「そうそう、忘れて帰るところだったわ」

母は、持参していた荷物の中から、白い紙箱を取り出す。古い箱で、中にはお菓子の包み紙がたくさん入っていた。

「この前、片付けてたら出てきたの」

「えー、残ってたんだ」

きれいにのばした四角い包み紙は、どれもこれもクリスマスツリーの飾りみたいだ。子供のころに、和佳子が集めていたものだった。

明日、病院へ持っていこう。お菓子を配ることはできないけれど、包み紙なら問題ない。

美音ちゃんと星を折って、せっちゃんのために引き出しに入れよう。そうすれば、夜中にメアリー・ポピンズとコリーおばさんが、空に貼り付けてくれる。せっちゃんのいる空に。

あの日、空へ舞い上がった星が、四十年後の今も、和佳子に魔法をかけてくれるのなら、誰かのために和佳子は、星を空にかけることもできるだろう。

ジンジャー・パン
Gingerbread

材料:15㎝角型(1台分)

卵…2個
グラニュー糖…65g
ゴールデンシロップ…大さじ2
牛乳…大さじ1
(湯せんで人肌に温めておく)
バター…10g
(湯せんで溶かしておく)

A
- 薄力粉…65g
- ベーキングパウダー…小さじ1
- ジンジャーパウダー…小さじ1
- シナモン、ナツメグ…各小さじ1/2

粉糖…適量

1. ボウルに卵とグラニュー糖とゴールデンシロップを入れかるく混ぜて、湯せんにかける。40℃になったら湯せんから外してミキサーでもったりするまで泡立てる。
2. 温めた牛乳に溶かしたバターを加え混ぜたものを、***1***に加えさっくり混ぜる。
3. Aを合わせてボウルにふるい、***2***に加えゴムベラでさっくり混ぜる。
4. クッキングシートをしいた型に流し入れ、170℃のオーブンで20〜25分焼く。
5. 冷めたら、星型にカットした紙をおいて、粉糖をふりかける。

Hotel NOHANA

6 ✦ からす麦の花咲く

『秘密の花園』
フランシス・ホジソン・バーネット 作
誰からも愛されないまま十歳で両親を喪った気難しい少女・メアリは、血のつながらない伯父の家で隠された庭園を見つける。いとこのコリンや世話役の弟・ディコンと共に庭の手入れを行う中で、三人に奇跡が訪れる。

毛虫がついたの。と、眉をひそめて義母の直子《なおこ》は言う。想像するだけで鳥肌が立つらしく、腕をさする。千枝はそれほど毛虫を怖いとは思わないが、寄せ植えのプランターに毛虫がついたというのは、自分が手入れしていたものだけにショックだった。

「わー、すみませんっ、気づかなくて」

「わたしもちゃんと見てなくて、お客さんが教えてくれたのよ」

「不快になられたでしょうか」

「ううん、子供がさわるといけないからって、おっしゃってただけだから。親切なお客さんだったわ。景太が片付けたから、もう大丈夫よ。せっかく千枝ちゃんが植えてくれたのに、花も葉も食い散らかされちゃって、捨てるしかなかったけど」

野花千枝は、〝ホテルのはな〟の従業員で、跡取り息子である野花景太の妻だ。結婚して一年、家族経営のこのホテルで働き始めて三年になる。

ホテルの玄関前には、プランターがひとつ置いてあって、季節の花が目を楽しませていたのだが、ずっとメアリさんが手入れをしていたものだった。そもそもは、義理の祖母が植えていたという。亡くなって、メアリさんが引き継いでくれていたのだが、彼女も急逝した。直子はそのときに、プランターを片付けようとしたが、千枝が自分から、手入れをしたいと申し出たのだ。

けれど、失敗してしまった。鉢植えは、生花みたいにすぐ枯れないから手もかからないと思い、水やりくらいしかしていなかったからだろうか。

「それじゃあ、急いで新しい花を植えますね！」

自分に活を入れるつもりで、努めて明るく言う。

「しばらくはいいんじゃない？　千枝ちゃんは生け花も飾ってくれてるし、プランターの寄せ植えって、案外大変でしょうから」

忙しい時期で、千枝がついプランターをおろそかにしていたことを、直子は気づいているのだ。彼女が立ち去ると、千枝は自己嫌悪にうなだれた。

義母であり、仕事の上司でもある直子は、めったなことでは怒らない。千枝がバイトで働いていたときから変わらず、仕事の指導は的確で、おだやかな人だ。ここにいると千枝は、働き手として頼られていると感じるし、重要な仕事もまかせてもらえるけれど、それだけについ、調子に乗ってしまうのかもしれない。できもしないことを引き受けて、この結果だ。

うまくいっているときは自信満々になれるのに、小さな失敗で、急に小心になる。

口ばかり達者で、努力もしないのに、要領がいいから世の中をうまく渡っている。千枝はそんなふうに、周囲に言われることが多かった。子供のころから、家族の中の落ちこぼれだったので、愛嬌でごまかしてきたところはあるかもしれない。かわいがられれば、失敗しても許してもらえる。でも、大人になればそうもいかない。本当はすごく小心者なのだ。

「ああ千枝ちゃん、誕生日の花束をひとつ、見繕ってきてくれないかな」

通りかかった義父の晴男《はるお》が言う。社長である彼も、おおらかで楽しい人だ。それでいて、理屈っぽい景太を納得させられるくらい、理路整然と考えていて、たぶん景太も頭が上がらない。

「花束、ですか？」

「お客さんが、奥さんに渡したいんだそうだ。部屋に用意しておくから、チェックインの時間までに頼むよ」

予算や、お相手の年齢、好きな色などを書いたメモを手渡される。

「わあ、花を贈るなんて、ステキなご夫婦ですね」

「こっちに娘さん夫婦がいるそうで、ときどき泊まってくれてるんだ。この前、千枝ちゃんの生け花をほめてたし、きっとセンスが合うよ」

少しずつ仕事をおぼえ、千枝なりにがんばってきた。勉強は苦手で、兄や姉ほど優秀にはなれなかったけれど、誰とでも話すのは苦にならないから、ホテルの仕事はうまくやれていると思えたし、認めてもらえた。

もう、落ちこぼれだなんて言わせない。自分はがんばっている。そう思えるようになった場所にいるのだから、落ち込んではいられないのだ。

「はい、それじゃあすぐに買ってきます」

元気よく言って、千枝は駆け出した。

商店街の端っこに、〝西川園芸店〟はある。古くて小さな店だが、店先はいつも緑にあふれ、生花だけでなく、草花の苗や鉢植え、観葉植物が所狭しと置かれている。店の横には、店主手作りの椅子が三つばかり無造作に置かれていて、ときには野良猫たちが陣取っているかと思うと、商店街を訪れた人が休憩していたり、近くの店で買ったサンドイッチを食べている人がいたりと、自由に使われてきた。

蔓《つる》が絡まる壁や、建物に沿うように置かれたプランターの花に囲まれている椅子は、腰を下ろすとつい花のひとつもほしくなるのか、案外売り上げに貢献していたという。

千枝は、そんな祖父母の店が好きだ。子供のころも、成長してからも変わりなく、店のたたずまいや花と緑の香りや、ふたりの笑顔が、千枝を迎え入れてくれる。家の中では落ちこぼれだった千枝でも、ここへ来れば、祖父母はかわいい孫として扱ってくれ、ほっとしたものだ。

景太と結婚し、祖父母の家が徒歩圏内になったこともあり、千枝は以前にも増してよく顔を出すようになった。相変わらず草花に囲まれた店で、彼らは笑顔で働いている。たぶん千枝は、そんなふたりを見てきたから、夫婦で協力して商売を続けていくことにあこがれを感じていたし、だからこそ今の自分があるのだろう。

ホテルに飾る花も、祖父母の店で買っている。誕生日の花束も、もうイメージは出来上がっている。

「いいわねえ、誕生日に花束をもらえるなんて、長いこと連れ添う甲斐もあるものだわ」

自分で花束をつくる千枝を眺め、祖母はうらやましそうに言う。

「花を売ってるのに、おじいちゃんに花束をもらいたいの？」

「気持ちの問題よ。誕生日なんて、もう何十年も来てないわ」

「そういえば、おじいちゃんは？」

店に祖父の姿がなくて、千枝は問う。どういうわけか、祖母はため息をつく。

「病院へ行ってるわ。腰が痛いって。明日からしばらく、店は休みにするしかないわね」

「どうしたの？　怪我？」

「転んだって言うんだけど……」

困惑しきった様子で、祖母は眉根を寄せた。

「おじいちゃん、わたしに隠し事をしてるのよ」

「えっ？　どういうこと？」

「怪我の原因、話そうとしないの。いったいどこで、どうして転んだのやら。それに、このごろずっと様子が変だったわ」

「変って、どんなふうに？」

「なんとなくよ」

祖母は、説明できないのが自分でももどかしいのか、何度も頭を振った。

「もう、店をたたんでもいいんじゃないって言ったの。そしたらおじいちゃん、まだやめないって。そんな話をしたから、怒ってるのかしらね」

店をたたむ、なんて話は、千枝にとって寝耳に水だった。ここは、いつまでも変わらないかのように思っていた。

「でも、わたしだって体がいうことをきかなくなってきたし、この商店街も人通りが減るばかりでしょ。張り合いがなくなっちゃって」

それは千枝にもわかっている。このごろは、便利な国道沿いに大きなホームセンターもあるし、ガーデニング用にまとめて買いに行く人が増えた。駅から少し歩かなければならない商店街に、昔のにぎわいはもうない。

「メアリさんも亡くなってしまったしね。あの人が来るうちは、やめられないと思ってたんだけど」

「メアリさん？　ここへ来てたの？」

「あら、知らなかった？」

初耳だった。

「草花の苗を、よく買ってくれたのよ。ときには、土や肥料を買い込んで、運ぶのが大変だから、リヤカーを貸してあげてね。そしたら、ほら、連れてたミニブタが、リヤカーを押すのよ。あの子、かしこいのね」

ホテルの寄せ植えは、西川園芸店の花だったのか。そう思う一方で、小さな寄せ植えのために、そうそうたくさん苗を買う必要があるかという疑問がわいた。

「お得意さんだったんだね。でも、いくらメアリさんが苗を買ってくれても、それで店がもってたわけじゃないでしょ？」

「うん、ただ、メアリさんは潔子ちゃんの友達だったからね」

潔子ちゃんというのは、祖母の友人で、〝ホテルのはな〟の経営者だった人だ。つまりは千枝にとって、義理の祖母ということになるが、千枝自身は潔子に会ったことはない。祖母は潔子よりいくらか年下だったが、実家が近くて仲良くしてもらっていたというのは聞いていた。

「潔子ちゃんが亡くなってから、代わりにメアリさんが来るようになったのよ。潔子ちゃんとの約束のために、花を絶やさないようにしてるんだって」

だとすると、メアリさんが花を植えているのは、潔子に縁のある場所なのだ。

「それにねえ、もうチャチャもいないし」

名前通りの茶色の猫は、去年の暮れに二十年の天寿を全うした。野良が産んだ子猫だったというが、祖父母によくなついていた。

いつの間にか時間が流れ、日常からささやかな喜びが抜け落ちていくことを止められない、祖母の言葉には、そんな寂しさが漂っている。

「ほら、猫草に花が」

祖母が指さす窓際のプランターで、のびのびと高く茂った草が、籾《もみ》のようなものを重たそうに支えていた。花に見えないが、よく見るとめしべかおしべのようなものがある。

「これが猫草？」

「からす麦よ、たしか」

「ふうん」

あんまり聞かない名前だなあと思いながら、千枝は店内を見回す。壁際には、売れ残ったのか装飾用か、観葉植物が堂々と成長していて、天井で窮屈そうに枝を曲げている。育ちすぎるのは、猫草だけではないようだ。

「気を抜くと、ここは草木に埋もれちゃうかも。だからその前に、区切りをつけようと思ってね」

けれど祖父は反対しているという。祖父母の意見が合わないことなんて、これまでにあっただろうか。それに、隠し事というのも不穏だ。千枝にとって理想のふたりに、隙間風が吹くなんて考えたくない。孫のわがままだけれど、なんとかしなければと思ってしまう。

この店も、できるならもっと続けてほしい。〝ホテルのはな〟と同じように、ここも千枝を認めてくれる、数少ない場所なのだ。

「そうだ千枝ちゃん、あれ、もらってくれない？　クッキー、かしら。買ったんだけど、思ってたのと違ったのよ」

そう言うと、祖母は二階の住居へ行き、デパートの紙袋を持って下りてくる。中には輸入品らしいパッケージのお菓子が入っていた。

「デパートで見つけたんだけど。ほら、松島屋の地下で、外国のお菓子や食材が売ってるでしょ？」

日本語表記のラベルが貼られている。それには、「オーツケーキ」と書いてある。

「オーツケーキっていうから、ケーキだと思ったんだけど、おせんべいみたいなのだったから」

パッケージは開けられていて、小分けのビニール袋に包まれた中身は、ざらついたビスケットみたいに見えた。

「なあに、ケーキが買いたかったの？」

「うーん、前に買ったのが、パンケーキみたいなお菓子で、オーツケーキって名前だったように思うんだけど、違ってたのかな。わりとおいしかったの」

「ふうん。名前、記憶違いかもね」

その、ビスケットみたいなオーツケーキはもらって帰ることにし、カバンに入れる。

ふと見ると、レジ台の横に本が置いてある。祖母の読みかけだろうかと手に取るが、あきらかに子供向けの本だった。千枝でもタイトルは知っている、『秘密の花園』だ。

「これ、おばあちゃんの？」

「あら、それね、忘れ物よ。外の椅子に置いてあったの。もうだいぶん経つんだけど、持ち主が現れなくて。子供連れのお客さんがいたら、訊いてみてるんだけどね」

「でもこれ、けっこう分厚いし、小さい子じゃ読めないよ」

「そうよね。小学校高学年くらい？」

近所の子の本だろうか。日焼けしたのか色がくすんでいるが、汚れてはいない。外の椅子に置き忘れたなら、花を買いに来た子ではないかもしれない。

「おねえちゃんが持ってたな」

「香世《かよ》ちゃんは本が好きだもんね」

千枝の姉は、有名な大学へ行って、有名な会社で働いている。子供のころから、千枝とは違って優秀だったから、両親もしょっちゅう本を買い与えていた。姉は年齢よりも難しい本が読めたから、お下がりとして回ってきても、千枝にはまだまだ難しく、そのせいで、ますます本から遠ざかってしまったのだ。

読書に縁のなかった千枝だが、中学のとき読書感想文の宿題に悩み、姉の本棚を物色したことがある。そのとき目についたのが、『秘密の花園』だった。タイトルが気になって、どんな話なんだろうと手に取ったら、姉が現れて千枝のことを鼻で笑った。

「千枝に本なんて読めるの？　あ、小学生向けだからちょうどいいか」

そっか、小学生向けなら読めるかな。と素直に答えたものの、なんとなくもやもやして、読まなかった。だから、どんな話なのか知らない。

姉の本棚にあった『秘密の花園』は、手軽な文庫本だったが、忘れ物の『秘密の花園』は、大きなハードカバーだ。厚みもあってずっしりと重い。持ち運んで読むには向かないし、こんな存在感のある本を忘れるなんて、ずいぶんうっかりした子だ。

「おばあちゃんは、この話知ってるの？」

「読んだことはあるけど、中身はもう、ぼんやりとしか思い出せないわ。でも、バーネットって、『小公女』を書いた人よね。あれはなんとなくおぼえてるのよ」

『小公女』は、つぐみが部屋にあったと言っていたなと思い出す。千枝にも読んだ記憶がある。ハッピーエンドで胸のすくストーリーだった。千枝は、どこかのお金持ちが千枝のことを気に入って、養女にしてくれないかと想像したものだ。姉よりかわいい服を着て、得意だったダンスを習わせてくれたなら、落ちこぼれじゃなくなって、姉を見返してやれるのにと。

これもそんな話なのだろうかと、本の表紙に見入る。緑に埋もれてしまいそうな扉が、うっすらと開いている。その向こうに、秘密の花園があるのだろう。

「子供のころに読んだ本って、外国の風景なのに、懐かしいのよね。この本も、話はよく思い出せなくても、開いたページの文字を追うだけで、懐かしいような緑の庭が目に浮かぶの」

祖母が子供のころに読んだ本を、今の子供も読むのなら、その子が大人になったとき、同じ風景に懐かしさを感じるのだろうか。本ってなんだか不思議だ。

「これは庭なの？　なんか、広そうだね」

「そう、広いのよ。外国のお屋敷には、森みたいに広い庭があるんでしょうね。千枝ちゃん、読んでみれば？　持ち主が現れたら、返してくれればいいから」

「えー、今さら？」

小学生向けだから、と姉に言われたことを思い出すと、今もまだ、もやもやするのはどうしてだろう。今さら読んだって、子供のころの千枝が賢くなるわけでもない。

「大人になってから読むのもいいものよ。おもしろいものはいつ読んでもおもしろいんだから。どんな話だったか教えてよ」

祖母はこのごろ、目が悪くなったとぼやいている。読みたくても読めないのだろう。

「わかった。じゃあ借りていくね」

祖父母の店がなくなるなんて、千枝にはまったく実感がわかない。商店街の端っこに、はみ出すほど並べられた花は、通りかかるだけの人も楽しませている。千枝にとって、祖父母と西川園芸店は誇りだ。

けれど母は、自分の親である祖父母の仕事を見下しているところがあった。実家がもっと裕福で、地位のある仕事をしている家だったらよかったと思っている。子供の教育に熱心だったのもそんなコンプレックスからで、兄と姉は期待に応えられるほど成績がよかったが、千枝は落ちこぼれと言われてきた。

そんな環境でも、自分がそれほどひねくれなかったのは、祖父母がいたからだろう。親に反発して、髪を染めたりピアス穴を開けたりしても、祖父母に顔向けできなくなるようなことはしなかった。仲良く楽しそうに、ふたりで店を続けている姿は、千枝の理想だった。

あの店があれば、千枝は自分を卑下することなく、いつでも元気でいられたのだ。これからも、なくてはならない場所だ。

『秘密の花園』は、祖母の好きな花にあふれた庭なのだろう。千枝が読んで、あらすじを伝えることができれば、祖母も少しは思い出して、楽しい気持ちになれるだろうか。祖父の隠し事や、店のことも、心配は尽きないだろうけれど、少しでもふたりを支えたい。

花束と本を手に店を出た千枝は、歩きながらページをぱらぱらめくってみたところ、何かはさまっていることに気がついた。折りたたんだ白い紙は、便せんみたいだ。

手紙だとしたら、勝手に開いていいものかと迷ったが、持ち主を知る手がかりになるかもしれない。

立ち止まって、紙を開いてみてまず驚いたのは、その便せんに見覚えがあったからだ。〝ホテルのはな〟と下の方に青い文字で印刷されている。ホテルの客室に備えられている便せんだ。そこに書かれた文字も、大人の筆跡だと思えたし、だとしたらこの本は、ホテルのお客さんの忘れ物なのではないか。

宿泊した人が、ホテルの便せんで手紙を書き、この本を読むような歳の子供に渡したとも考えられる。

想像をめぐらせながら、千枝は便せんの文字を目で追ったが、それが手紙ではないことはすぐにわかった。

料理のレシピみたいだった。お菓子だろうか。よく知らない材料もあるし、イラストもなく細かな文字だけが並んでいるので、何が出来上がるのか、千枝にはイメージしづらい。だから、ますます気になってくる。

なぜこんなものがはさんであるのか。誰の本で、誰がこれを書いたのか。これはどんな食べ物なのか。気になり始めると止まらなかった。

＊

一枚の名刺を、つぐみはじっと見つめる。大学の先輩の名前が書かれた名刺だ。つぐみが勤めるましま堂本社の近くに来たからと、急な連絡があり、昼休みに久しぶりに会った。独立して、東京で仲間と会社を始めたという彼女の用件は、いっしょに働かないかとつぐみを誘うものだった。

実務翻訳の会社で、主に金融関係の仕事を請け負っているという。先輩はしっかりした人で、これまで金融機関で十年以上働き、知識を身につけている。会社も軌道に乗っているようで、人材をさがしているということだ。かつて翻訳という仕事にあこがれたつぐみにとって、ありがたい話だったけれど、すぐには返事ができなかった。

二十代だったら即決していただろうと思うのに、どうしてなのだろう。今さら翻訳の仕事ができるのかという不安はもちろんある。金融の勉強も、一から始めることになる。でも、迷うのはそれだけではないような気もする。

「野花さん、ちょっといいですか?」

呼ばれて、あわてて名刺をしまう。声をかけてきたのは、お客様相談室の担当者だ。

「あ、はい。何でしょう?」

「オーツケーキって、そんな商品うちにありましたっけ?」

担当者が言うには、オーツケーキはもう売っていないのか、という問い合わせがあったらしい。その人は、また販売してほしいと要望しているという。

「それ、いつ頃お求めになったんでしょうか?」

「七、八年くらい前だそうで」

となると、つぐみはまだここで働いていなかった。過去の商品リストを検索しようと、パソコンを操作しかけたとき、

「ああ、もしかしたらワールド祭じゃない?」

通りかかった黒川主任が素早く答えた。つぐみの肩をがしりとつかみ、顔を近づけて商品リ

ストを表示したパソコンの画面を覗き込む。検索結果には出てこない。

「ワールド祭だけの販売だと、商品はこのリストでは出ないんだよね」

主任のボディタッチも距離の近さも、みんな慣れきっているが、これが男性上司なら、少し問題になっていたかもしれないというなれなれしさだ。しかし今のところ、部内で問題にはなっていない。いちおう主任は、男性部下にはむやみにさわらないよう気をつけているというが、シャツの胸元は堂々と開いている。

「ワールド祭ですか。三回くらいやったけど、評判がいまいちでしたよね」

近くにいた同僚が言った。世界のパン食を体験しようなどというと、なんだかたいそうだが、店舗の中にスペースを借りてましま堂のパンを目立たせるのが主目的の企画だった。近県の大型スーパーと提携し、定番商品とともに、外国のパンを製品化したものを期間限定で並べたのだ。

「当時の担当者は、誰だっけ?」

もう異動になっている。

「僕も入ってましたけど、わからないな。野花さんもチームでしたよね?」

つぐみは、販売部に来てすぐの年に、一度だけチームに加わったことがあった。それ以来、ワールド祭は行われていない。

「あ、はい。その商品があったかどうかはおぼえてないんですけど、オーツケーキっていうと、イギリスのビスケットみたいなやつですよね」

「パンじゃないの?」

主任は首を傾げる。

「たぶん、輸入品がスーパーやデパートで買えると思いますけど。オーツ麦を使って、甘いお菓子にしたビスケットみたいなのか、何か載せて食べるクラッカーみたいなものだと」

「クラッカーもビスケットもつくってないはずだから、お客さんの思い違いかしら」

「オーツケーキっていう商品名じゃないのかもしれないですね」

「オーツって、食物繊維が豊富で体にいいんですよね。あれを使った、オーツ麦食パンなら、最近売り出しましたけど」

それではなさそうだ。

「一時期あったイギリスのパンだと、イングリッシュマフィンくらいしか」

結局、その場ではわからなかった。お客さんにはすでに、販売終了品の再販は基本的にはないが、うちの製品かどうかは調べると伝え、納得してもらったようだが、報告書はきちんと上げなければならない。つぐみが調べることになったところで、黒川主任に「ちょっといい？」と別室に呼ばれた。

「野花さん、社員登用試験のことだけど、どうする？」

保留のままにしていたが、来月に試験がせまっている。上司の推薦があれば問題なく社員になれるだろうけれど、社員はまず工場勤務になる。販売部の仕事に戻れる可能性はあるとはいえ、しばらくは無理だろう。ましま堂は働きやすいし、いい会社だと思うけれど、大学の先輩の誘いも頭にある。

「ここだけの話、契約社員を減らそうって考えが上のほうにあるみたいだから、わたしは野花さんにやめてほしくないの。お願いね」

つぐみの両手をグッとつかんで、黒川主任は微笑んだ。

「いいじゃん。上司に気に入ってもらえるって、それだけでやる気が増すよな」

蒼は、寝そべるムシャムシャの背中を撫でている。ムシャムシャは気分よさそうに目を閉じる。野花家の住居とホテルの隙間にある小庭に蒼がいるのは、つぐみが散歩させたムシャムシャを引き取りに来たところだからだ。

「そうなんですよね。でも、上司の役に立ちたいって思うだけで、将来を決めるのはどうかと悩んでしまって。蒼さん、どう思います？」

「まあ、おれの場合、自分で決めるっていうより、流れに身をまかせてきたから、アドバイスできるような立場じゃないけど」

「そういうのもいいのかなって、思うところもあるんです」

「楽なほうに流れてるだけだぞ」

「いいえ、蒼さんはちゃんと流される決意をして流されてるからいいんです」

「うーん、それってほめてる？」

「もちろんです」

蒼は複雑な顔で首を傾げた。

ゆったりと構えている蒼は、つぐみには世の中を達観したように見える。どん底の期間を乗り越えて得たものなのか、もともとそういう人なのか、つぐみは昔の蒼をよく知らないけれど、今の彼には、話を聞いてほしいと思えるようなおおらかさがあるから、つい甘えてしまう。

「わたし、ましま堂で働いてるのも、たまたま雇ってもらえたからで。パンのことも業界のこともわからなかったんです」

「へえ、つぐみさんがましま堂で働いてるって違和感ないけど。好きで入ったとしか思えないな」

「パンは好きですけど、なんか食べ物に執着がありそうに見えます？」

「執着っていうか、愛情がある」

からかわれているのかと思ったが、真面目な顔で〝愛情がある〟だなんて、単純にもうれしくなってしまう。

「やりたいことがあるんだ？」

「まあ……、でも、以前のわたしじゃないっていうか、やりたいはずなのに、しっくりこないみたいな。やりたいことをやるんだっていう前のめりな気持ちがわかないんです」

「前のめりになってるところ、よく見るけど」

にやりと笑われてしまうが、お菓子づくりに夢中になるのも、自分では思いもよらなかったことなのだ。メアリさんのレシピに出会い、なつかしい本に出会い、つぐみの風景は急に変わった。祖母のお菓子づくりを思い出し、キッチンにそろっている道具に背中を押されるように、出会ったばかりの人とお菓子をつくるなんてことを実行している。

つぐみ自身が、思いがけず本とお菓子に救われたのと同じように、メアリさんの本を手に〝ホテルのはな〟に現れる人も、お菓子をつくりながら答えを見つけていく。その不思議な魔法を、メアリさんと祖母の代わりに体験しているようで、つぐみは目が離せなくなった。

「ずっと同じ自分じゃなくてもいいんじゃないか？」

好きなものもやりたいことも、変わっていくものだろうか。

「蒼さん、メアリさんは、イギリスの児童書で、どんなお茶会に招待するつもりだったんでしょう。たぶん、祖母も一緒に計画してたと思うんです。そのお茶会、再現できないかってあれからずっと考えてるんですけど」

児童書が、お茶会の招待状だったと聞いて、ますますつぐみの興味はふくらんでいる。

「イギリスのアフタヌーンティーってやつ？　お菓子がいっぱいあるんだよな」

「正式なアフタヌーンティーでしょうか。それとも、お菓子とお茶があって、くつろいで楽しめる場所なのかな。そうだ、場所！　お茶会の場所は、きっとムシャムシャが知っています！」

思いついたら、もうそれ以外には考えられなくなった。

「もしかして、散歩コースの目的地？」

「はい」

「そこに、メアリさんの友達の家があるとか？　メアリさんの家ってことはないだろうし」

「たぶん、親しい誰かの家なんでしょう。きっと広い庭があって、夢のようなお茶会を開くのにふさわしい場所です」

以前、メアリさんの『不思議の国のアリス』を持っていた詠子の娘が言っていた。子供のころ、〝ホテルのはな〟に泊まったとき、つぐみの祖母とメアリさんらしき人とで外国の風景みたいな場所へ行ったという。そこが、メアリさんのお茶会の場所なのではないか。

「散歩道、小児医療センターまではわかってるんだっけ？」

あのへんか、もう少し先なのか。

「その先は、古い民家と茶畑やミカン畑があるくらい、だったよな。小児医療センターができたからか、一部道が広げられてたけど」

「そういえば、まだ工事中のところがありますよね。だからかな、ムシャムシャ、道がわからないのか、先へ行こうとしないんです」

メアリさんは、ムシャムシャと工事中の道を迂回していたかもしれない。

「おれも、今度はムシャムシャとあの辺りを歩いてみるよ。さ、帰るぞ、ムシャムシャ」

蒼に促されると、ムシャムシャは、名残惜しそうにお尻を上げた。週末につぐみが現れるのを楽しみに待ってくれているようなのだ。またね、とつぐみがムシャムシャに手を振ると、素直に蒼と歩き出す。

つぐみがメアリさんではないということが、わかっているのかどうなのか、と思うくらいムシャムシャは、ホテルと蒼の家とを当然のような態度で行き来している。もうムシャムシャにとっては、メアリさんとつぐみの違いは服の色くらいのものかもしれない。

「あれ？　蒼、来てたんだ」

ちょうどそのとき、ホテルの裏口から出てきた景太が、こちらに気づいて足を止めた。

「ああ、いつもあずかってもらって悪いな」

「つぐみがあずかってることだからさ」

幼なじみ、というよりは、クラスメイトというくらいの距離だったからか、お互いに少し素っ気ない感じがする。

「ホテル、忙しそうだな」

「まあな。蒼は？　獣医だってつぐみに聞いたけど、家で動物病院はやってないんだっけ。バイトは不規則だろ？　嫁さんもらえないじゃないか」

失礼なことを言っているが、順調に予定通りの人生を歩んでいる景太には、ごくふつうのことなのだ。

「不器用だから、小さい生き物は苦手なんだ」

「お兄ちゃん、獣医の仕事は動物病院だけじゃないよ」

蒼はちゃんと、自分のやるべきことを選んでいる。景太の言葉にはなんだか棘《とげ》が感じられ、つぐみはこの場の空気をやわらげようとして言う。

「つぐみに獣医の仕事がわかるのか？　ホント、口は達者だけど、こいつも縁遠くてさ。不安定な契約社員だっていうし。知り合いに安定した会社員でもいたら、紹介してやってよ」

兄の軽口には慣れている。矛先がこちらになったことでつぐみは安堵したが、そんなに単純なことではなかったようだ。

「心配しなくても、妹さんに迷惑はかけないよ」

蒼は淡々と言って、ムシャムシャを連れて帰っていった。

景太は、つぐみと蒼が親しくなることを懸念したのだ。じわじわ理解すると、顔が赤くなる。そんな間柄じゃないのに。蒼にそんな気はないと断言されたことも、恥ずかしくてたまらない。そのうえ、景太が蒼の、安定した会社員ではない働き方にケチをつけたことにも、どうしようもなく腹が立った。

「ひどいじゃない、あんなこと言わなくても」

景太の背中を追って家の中へ入り、つぐみは言う。

「契約社員なのは本当だろ？」

「それの何が悪いの？　蒼さんの仕事も否定するような言い方して」

景太はキッチンへ直行し、作り置きのおにぎりを立ったまま食べる。今日は学会の影響で満室らしく忙しそうだけれど、苛立っているのか八つ当たりみたいではないか。

「世の中の認識はそんなもんなんだよ。定職に就いてないと信用されない」

「世の中の考えはお兄ちゃんの考えといっしょなの？」

「そっちに合わせないと、おれたちの仕事は成り立たない。ちゃんとしてる、ってことが大事なんだ。だいたい、メアリさんだって、よく思わない人はたくさんいた。犯罪がらみで逃げてる人かもしれないって、うちに泊まってることで妙な噂を立てられたり、うちを敬遠するお客さんもいたんだ」

　つぐみの知らないことだった。でも、街の中にメアリさんを不気味だと思う人もいることを考えると当然だった。つぐみはホテルの仕事とは無関係だから、無知でいられたのだ。

「あの人も、お金に困ってなかったなら、ちゃんと部屋を借りればよかったんだ。ホテル暮らしよりは、変な目で見られることも少なかったんじゃないかな」

「でもうちは、メアリさんを泊め続けたじゃない」

「ばあちゃんの望みだし、母さんも父さんも、メアリさんはいいお客さんだって歓迎してたからな」

「お兄ちゃんはそうは思わなかったってこと？」

「十年は長い。うちのホテルも、続けていくには変えなきゃいけないこともあるし、メアリさんがいるからって、いつまでもばあちゃんのころのやり方を続けるわけにはいかないと思ってたよ」

　ペットボトルのお茶でおにぎりを流し込んだ景太は、よほど苦いお茶でも飲んだような顔をした。

景太は子供のころから、真面目で責任感が強かった。つぐみがどちらかというとのんびりしているのも、兄がしっかりしていたからだ。家業を継ぐことも兄は迷わず受け入れていたし、大手のホテルで経験も積んだ。景太には景太の、理想の〝ホテルのはな〟が頭にあるのだろう。けれどつぐみはちょっと悲しかった。〝ホテルのはな〟が、メアリさんを家族のように受け入れていたわけではないとしたら、彼女はそれを感じ取ってしまう人ではないだろうか。

「それよりつぐみ、住むところをちゃんとしろよ。母さん、やっぱりおまえの部屋が必要なんじゃないかって悩み始めてるぞ。それに、千枝は親との同居を承知してくれたけど、小姑がいるってのは考えてなかったからな」

「ちゃんとするよ！」

つぐみは子供みたいに声をあげた。

「あ、景ちゃん、いたいた」

キッチンを覗き込んで、千枝が言う。つぐみはまた気恥ずかしさに顔を赤くする。今の話、聞こえただろうか。千枝とは仲良くやっていると思うものの、彼女にしてみれば、つぐみがいつまで実家にいる気なのかとやきもきしているかもしれないのだ。

「お義父さんが呼んでるよ」

「ああもう、ちょっとくらい座らせてくれよ」

文句を言いつつ、景太はもうひとつおにぎりを手に取り、口に押し込んでいる。千枝はつぐみを見つけて、いそいそと近づいてきた。

「つぐみさん、今夜あいてる？」

「あ、うん、何?」

「ちょっと訊きたいことがあるんだ。つぐみさんなら、お菓子のことわかるかなと思って」

千枝の屈託のないところが、堅苦しい景太には必要なのだろう、とつぐみは思う。

「お菓子?」

「忘れ物の本の中に、お菓子のレシピみたいなのがはさまってたの。持ち主の手がかりになるかもしれないから、あとで見てほしいんだけど」

「えっ、本にお菓子の? それって、メアリさんのじゃない?」

「メアリさんの? でも、子供の落とし物みたいだけど……。本、控え室に置いてあるんだ。仕事が終わったら、つぐみさんの部屋へ持って行ってもいい?」

「うん、待ってる!」

子供の、と千枝が言うのは、子供向けの本だからだ。ピンときたつぐみは、メアリさんの本が新たに見つかったのだと確信していた。

千枝は、慌ただしくホテルへ戻っていく。それを横目で見ていた景太が、またつぐみに毒づく。

「お菓子だとか、最近夢中になってるって母さんが言ってたけど、つぐみはいつまでも子供っぽいよな。千枝を引き込むなよ」

一方的に言うと、キッチンから出て行った。

辛辣だけれど、たぶん景太の言うとおりだ。新しい仕事には腰が引けて迷い、将来を決められないし、実家に甘えて頼っている。メアリさんの本やお菓子に夢中になっているのは、現実逃避かもしれない。そう思いながらも、やはり心が浮き立つ自分を抑えきれなかった。

＊

「わあ、『秘密の花園』だ」

夜も遅くなっていたが、千枝がつぐみの部屋を訪ねると、厚めの大きな本を受け取った彼女は、うれしそうな声を上げた。

表紙の絵は、茂る草木に埋もれそうな扉がうっすらと開いて、赤い帽子の少女が覗き込もうとしているところだ。いとおしそうに表紙を撫でて、目を細めたつぐみは、見たことがあると言う。

「これ、函入りじゃなかった？」

「ううん、おばあちゃんが拾ったときは、このままで置いてあったんだと思う」

「そっか。昔これ、友達のところにあって、函に入ってた気がしたから」

ベッドに腰を下ろし、つぐみは丁寧な手つきで、本を扱う。

「福音館書店、猪熊葉子訳。発行は一九七九年かあ」

そして、彼女が開いた見返しには、飾り文字ふうにMと書いてあった。千枝を隣に座らせ、彼女はそのイニシャルを示す。

「メアリさんの本に間違いないよ」

「ってことは、メアリさんがおじいちゃんの店に忘れていったの？　店には、十年も前からよく来てて、花の苗をたくさん買ってたみたいだけど」

「常連さんだったのね。だったら、あえて置いていったのかも。千枝さんのおじいさんかおばあさん、とにかく誰かに、本を手に取ってもらいたかったんじゃないかな」

店の外の椅子に、メアリさんが座っているところを、千枝は想像した。『秘密の花園』を膝に置いて、熱心に本を読んでいる姿は容易に思い浮かんだ。ピンク色で身を包んだ人が、ラウンジで本を読んでいる姿を、千枝は何度も目にしている。彼女はそこに本を置き忘れることはなかったが、西川園芸店の木の椅子に、草木が茂る装画の本が置かれたとき、それはきっと、元からそこにあったかのようだっただろう。

「誰かに、本をあげたかったってこと?」

「本に興味を持った人なら、メアリさんのお茶会に来てくれるかもしれないから」

つぐみは、そっとページをめくり、たたんだ便せんのあるページを開く。

「これ、うちの客室用の便せんね。これがお茶会の招待状なんだって」

「料理のレシピみたいだったよ」

「このページにはさんであった? あ、ここに出てくる〝大麦で焼いた菓子〟の作り方だね」

主人公と友人たちの日常にある食べ物が、どんなにとくべつかをイメージさせる文章に、その文字はあった。千枝もその文章に目を走らせ、前後のページも読んでみると、何にでも純粋にワクワクした子供のころの感覚がよみがえってくるようだった。

「そっか、本に出てくるお菓子のレシピなんだね。でも、それが招待状?」

「うん、本とお菓子に惹かれて〝ホテルのはな〟へ調べに来た人を、メアリさんは招待したかったみたい。千枝さんだって、持ち主のことを知りたくなったでしょ? それで、お茶会に参加できるってことだと思う」

「だけど、メアリさんはもう……」

千枝は目を伏せる。つぐみも残念でならないだろう。

「もうお茶会は開かれないよね。だけど、この本に出てくるお菓子を食べることはできるよ」

メアリさんのお茶会のお菓子だ。食べることができたら、祖母は元気を出してくれるだろうか。

「大麦のお菓子か。どんなんだろ。あれ？　でも、材料にはオーツ麦って書いてある」

「本当だ。大麦とオーツ麦は別のものだと思うけど、翻訳のせいかも。とすると、原文ではイギリスのオーツケーキのことかな？」

「オーツケーキ？　あっ、もしかして、これじゃない？」

千枝は、カバンの中からお菓子のパッケージを取り出す。オーツケーキと英語で書かれた輸入品だ。

「うんそう、これ」

「やっぱりこれが、オーツケーキなんだよね。おばあちゃん、前に食べたオーツケーキはこれとは違ってたって言うんだ。そっちが欲しかったのにって。別のものと間違ってるんだろうけど」

「別のオーツケーキ？」

「ビスケットじゃないんだって」

メアリさんのレシピでつくったお菓子なら、祖母をよろこばせることができるかもしれないと思ったが、デパートにあったのと同じオーツケーキなら、食べたがらないだろう。せっかくの、メアリさんの本とレシピなのに、と千枝は肩を落とす。

「これ、メアリさんの本だとすると、返せないね。どうしよう。『秘密の花園』のこと、おばあちゃん、なつかしく思ってたみたいだし、持ち主が見つかったら、ちょっとは元気が出るかなと思ったんだけど」

　つい、個人的な心配事をつぐみに話す。

「おばあちゃんね、なんだか元気がないの。このオーツケーキでもがっかりしてたし、ずっとメアリさんが、潔子さんの代わりに花を育ててたらしくて、いつも苗を買ってくれて張り合いを感じてたみたいなんだけど、今はすっかり落ち込んでるんだ。おじいちゃんが怪我したこともあって、それで夫婦ゲンカになったみたいで」

　話しながらも、すぐ人に甘えると姉の香世によく言われたことを思い出してしまい、だんだん後悔し始める。気軽に相談なんかして、迷惑なのではないだろうか。千枝はつぐみに親しみを感じているけれど、図々しいだけかもしれない。ここはつぐみの生家なのに、千枝が追い出してしまうようなものなのだ。

「あ、話が逸《そ》れたね。おばあちゃんのことじゃなくて、本のことを知りたかっただけなのにな」

　急いで明るく笑い飛ばすと、つぐみは唐突に言い出した。

「千枝さん、メアリさんのお茶会を、わたしが開きたいと思ってるんだ」

　おまけに真剣な顔だ。

「ねえ、メアリさんがうちのおばあちゃんの代わりに、花を育ててたって、本当？　それってどこで？　うちにはちゃんとした庭なんてないし」

「それなんだ。ホテルの玄関の寄せ植えなら、潔子おばあさんからメアリさんが引き継いだのはたしかだけど、うちで買ってた苗はもっとたくさんあったみたい。潔子おばあさん、どこか別の場所に花壇をつくってたとかは？　使ってない畑とか、家庭菜園をやりたい人に貸してくれるところもあるけど」

「借りた土地か。しかも、十年以上前からあるってことよね」

　家族にも内緒で、メアリさんと花壇をつくっていたのだろうか。潔子とメアリさんだけの花壇なら、どこかにあるのだとしても、もう知っている人はいないことになる。

　つぐみは考え込むように、手元の本に目を落としている。装画の、扉を隠してしまいそうに茂る草木を指先で撫でていたが、それは、何かを確信しているかのようだった。

「やっぱり、『秘密の花園』よ。この本みたいに、ふたりで秘密の庭を持ってた。そう思わない？」

「秘密の庭？　でも、秘密にする理由がある？」

「わからないけど、隠された庭ってワクワクするもん。そういうのにあこがれたのかも。きっとそこが、お茶会の場所よ。うん、森でも公園でもなくて、ふたりでつくった庭園でのお茶会。メアリさんらしい気がしない？」

　つぐみは、興奮気味だ。

「千枝さんのおじいさんとおばあさんは、その場所のこと何か聞いてない？　花の苗をどこに持って行っているとか、ヒントになりそうなことでも」

「知らないみたいだったけど……。土や肥料を運ぶのに、リヤカーを貸したとは言ってたから、徒歩で行ける範囲かも。メアリさんのミニブタが、手伝おうとしてるのかリヤカーを押すんだって」

　はっとした様子で、つぐみは手を打つ。

「そのリヤカー、まだある？」

「あるはずだけど」

「それがあったら、ムシャムシャは、あ、ミニブタの名前だけど、秘密の庭の場所を思い出すかも。千枝さんもいっしょにさがしに行こうよ。見つけたら、千枝さんのおじいさんとおばあさんにも、元気を出してもらえるよ、きっと」

つぐみは、千枝がついこぼしてしまった心配事を、聞き流したりせず受け止めてくれていた。じわじわと、やわらかな空気に包まれて、千枝の頬がゆるむ。

秘密の庭では、きっと西川園芸店の花が咲き乱れている。

*

ましま堂のワールド祭の商品を調べるために、つぐみは過去の資料をデスクいっぱいに広げる。特殊なイベントだったので、あちこちの部署で集めた資料は、データだけではなかった。大型スーパーとの共同企画で、ましま堂がイベント用に製品化したパンだけでなく、輸入した外国のパンも売っていたらしい。パンといっても、国によっては乾燥したクラッカー状のものもある。肉や野菜を載せて食べるものや、砕いてスープに入れるものだったりと、多種多様だ。

同じスペースで売っていた輸入品の中に、オーツが主原料のものがあったかもしれないとさがしてみたが、見つからない。

リストを眺めながらつぐみは、なんだかオーツに縁があるなと思い起こす。昨日、千枝が持ってきたメアリさんの本、『秘密の花園』に出てきたのも、オーツケーキだった。本文には

「大麦で焼いた菓子」とあったが、図書館にあったペーパーバックで原文を調べてみたら、やはりオーツケーキとなっていた。

子供のころにつぐみが読んだ『秘密の花園』は、友達に借りたので手元にはない。ただ、文庫本は持っていて、学生時代に買ったものだった。ボランティアで小中学生に本を紹介したときの一冊だったはずだ。沙也佳と暮らしていた部屋を出たとき、段ボール箱に詰めたのをおぼえていたので、昨夜未開封の箱をひっくり返し、発見した。

新潮文庫の『秘密の花園』は、龍口直太郎訳で、一九九三年に映画化された際の画像がカバーに使われている。早速本文を確かめたところ、「からす麦ケーキ」と訳されていた。からす麦は、オーツと同じ種類であるようだ。厳密には、からす麦が原種で、オーツは栽培品種だそうだが、お菓子の名前として「からす麦ケーキ」は、なんとなくユーモアを感じて楽しい。一方で、大麦という翻訳は、オーツという外国の食べ物にイメージがわかない時代の子供たちのために、馴染みがあっておいしそうに思える言葉を選んだのだろうか。

考えてみれば、『秘密の花園』の楽しさは、食べ物にもあった。つぐみが子供のころに読んだ記憶では、夢のような花園より、そこで子供たちが食べるものに興味を感じていた。たっぷりの牛乳でさえおいしそうだった。あらためて文庫版を読んでみても、「からす麦ケーキ」はもちろんのこと、「軽焼パン」「きいちごのジャム」「ヒースの蜜」「固まったクリーム」と、次々に出てくる。つぐみの知らない食べ物もあったが、むしろ想像が膨らんだ。

お客様相談室に電話をくれた人は、どうしてオーツケーキを食べようと思ったのだろう。しまま堂の商品だったという記憶が正しいかどうかはわからないが、ずっと前に食べたものを、今また食べたくなったのはどうしてだろう。

どんな人が電話をくれたのか、ふと気になって、相談内容のメモにある名前に目をとめる。西川という人だ。男性、とあるが、お客さんの情報はそれだけだ。

でも、西川？　西川園芸店と重なるのは、たまたまだろうか。千枝の祖母が、前に食べたオーツケーキはビスケットふうではなかったと、そんな話をしていたことをつぐみは思い出す。

オーツケーキを売っているところはそんなに多くはないだろうし、売り場にあっても、好きな人しかなかなか手に取らないだろう。なのに、どんなものか知らずに買って、それが一般的なオーツケーキだと思っていたら、別の機会に買ったものはビスケットみたいで違っていたという。

千枝の祖母と、相談室に電話をしてきた人は、同じものを食べたのだろうか。ワールド祭で買ったものを？

「野花さん、こんなの読むの？」

考え込んでいたとき、社員の先輩がつぐみのデスクを覗き込んだ。『秘密の花園』の文庫を、デスクに出しっぱなしにしていたのだ。さっき、昼休みにもパラパラとめくりながら、食べ物の出てくるところを確かめていた。

「ちょっと懐かしくて」

「子供のころに図書館で借りた気がする。でも話はおぼえてないな」

「わたしもぼんやりとしかおぼえてなくて。読み始めると、子供のころの感覚とか、そのとき想像してた風景とかが広がって、おもしろいですよ」

「ふうん。仕事の資料にもなるかな。うちの会社、こういう外国の話に出てくるパンに似せようとするところ、あるよね」

「えっ、そうですか？」

「花丸パン、あるでしょ？　あれって、イギリスのイースターで食べる十字模様のパンが元らしいよ。初代の社長がマザーグースの唄に出てくる〝ホットクロスバンズ〟が気に入って、売り出すことになったんだって」

「あれって、ホットクロスバンズが元ですか？　そういえば、パンの上の模様が、十字じゃなくて花丸になってるけど、ほかは同じかも……。ドライフルーツにシナモンだし」

思えば、〝星の子パン〟も、メアリー・ポピンズをイメージしたような商品だった。

「どうして花丸なんでしょう。そのままの、十字じゃなくて」

「子供がよろこぶパンにしたかったんでしょ？　イースターも十字も、日本の子供に馴染まないし、花丸なら、宗教とは関係なくお祝いの気分は出るし」

なるほどと感心するつぐみは、自分が働いている会社のことなのに、あまり知ろうとしてこなかった。契約社員だから。いずれ自分に合った仕事を見つけるつもりで、とりあえずと働いていたから。でも、自分に合った仕事って何だろう。興味のあった翻訳の仕事に誘われてさえ、迷っているというのに。

「まあ、他の独創的なパンは売れなくて、もうつくってないよね。うちの目玉になったのも、今のましま堂のイメージも、手堅くて身近なマーマレードパンやマーガリンソフト、ほんのり甘い牛乳パン。他社でも出してるけどね」

「それでも、他社のよりましま堂のを気に入ってくれてる人がいるのはすごいです」

ましま堂のメインの商品は菓子パンだ。昔からある菓子パンを、昔のままずっと作り続けている。そういえばと、つぐみは手元の資料に目を落とす。ワールド祭の商品には、売れ筋の菓子パンが入っていない。

「あれ？　ワールド祭って、菓子パンのラインナップは少なかったんですね。めずらしいな。メインは食事用のパン？」

「そうそう、あのときは、いろんな国の、いろんな穀物のパンを提供してみようって話だったなあ。大麦、ライ麦、米粉、トウモロコシ、そば粉のパンとか、とにかく色々あったような」

そのラインナップなら、オーツ麦を使ったパンがあっても不思議じゃない。先輩の言うように、大麦パンとかライ麦パンという名前がリストにある。そばコッペ、というのはそば粉のコッペパンか。

馴染みのない名前や、創作ふうの名前もあって、素材もどんなパンなのかもわからないものもある。コテージ・ローフって何だろう。

先輩に訊こうと顔を上げたが、仕事に戻ったのかもういなくなっていた。

ヨークシャーふうパンケーキ。これもどんなものかピンとこない。ヨークシャーは、イギリスの中でもさほど有名な地名ではないだろうと思ったが、ふと気になってつぐみは『秘密の花園』を手に取った。

この物語の舞台はヨークシャーだ。ここに、パンケーキみたいな食べ物が出てきただろうか。

仕事中に私物の本を読むわけにはいかないと思い直し、本を戻そうとしたとき、メアリさんのレシピの便せんがはみ出す。端が折れ曲がってしまったので、直そうと取り出して開く。

作中の「からす麦ケーキ」のページにはさんでおいた、お菓子の作り方は、オーツ麦、牛乳、ドライイースト……。あれ？　これって、ビスケットではなくパンなのではないだろうか。

つぐみはあらためて、資料にあった〝ヨークシャーふうパンケーキ〟の文字をじっとにらんだ。

*

祖父は二階の寝室で、ずっとテレビを見ている。豪快な笑い声が下まで聞こえてくるのだから、腰の痛みもたいしたことはなさそうだと、千枝はほっとしている。

昼間の空き時間に、祖父の見舞がてら〝西川園芸店〟へやってきた千枝は、近くの医院へ出かけた祖母の代わりに、しばし店番をしているところだ。お客さんはごくたまにしか来ない。店の売り上げのほとんどは、近くの学校や公園など公共施設の花壇のためのまとまった注文なので、個人で買いに来る人はご近所くらいだ。そして、花の苗を買う人は午前中に訪れることが多い。お日さまが出ているうちに植えたいと思うのは当然だろう。なので午後は、ぽつぽつと生花が売れるくらいで、不慣れな千枝の留守番でも成り立っている。

電話が鳴った。千枝が出ると、相手は〝ましま堂〟と名乗る。つぐみの勤める会社だとまず頭に浮かんだが、声は男性だ。それに、西川益夫《ますお》さんはいらっしゃいますかと問う。祖父宛の電話だった。

下から祖父に声をかける。二階で電話を取った祖父の話し声に、つい聞き耳を立ててしまう。

「ああはい、……ええ、……ああそんなあれです」

何の話かさっぱりわからない。

「いえ、……そうですか」

祖父の声は、やけにがっかりしている。ましま堂からの電話で、何を落胆することがあるのだろう。

「どこかにありませんかね。……ええ……、それは……。うーん……」

やがて電話は切れたが、祖父はそれから笑わなくなって、テレビの中の笑い声だけが聞こえてきていた。

さすがに気になって、千枝は二階へ上がる。座椅子で腕組みして、祖父は漫才の画面をにらんでいる。

「おじいちゃん、どうしたの？　何の電話？」

「ああ、いやまあ」

「ましま堂って、パンの？」

答えにくそうに目をそらす。千枝は畳の上に座る。

「ねえ、何かおばあちゃんに言えないことがあるの？　腰の怪我、どこでどうしたのか言わなかったんでしょ？」

祖父は黙り込んでいる。こんなことは今までになかったと、祖母は憤慨するやら心配するやらで血圧が上がっているという。祖父だって、祖母を怒らせたままでいいとは思っていないだろうけれど、たぶんどうしていいかわからないのだ。ケンカらしいケンカを、千枝も見たことがない夫婦だから。

「千枝、好恵《よしえ》には余計なこと言うなよ。ましま堂のことも」

「だけど、おじいちゃんのことだから、悪いことじゃないでしょ？　誰かのために、言えないの？」

しばらくテレビをにらんでいたが、そちらに顔を向けたまま、祖父はぽつりと言った。

「好恵にも秘密にしてほしいって、頼まれてたんだ。メアリさんに」

「メアリさんと、その怪我が関係あるの？」

「おれはただ、あんなふうに庭が荒れてしまうのは忍びなくてな。勝手にやったことなんだ」

「庭って？」

「潔子さんの庭だ。あの人が亡くなってからは、メアリさんが手入れを続けてきた。おれは、メアリさんに頼まれたときに、水やりや剪定《せんてい》をやってたんだ」

秘密の花園だ。どこかにあると、つぐみが言っていた。祖父はその庭を知っていたのだ。

「潔子さんの庭なのに、メアリさんが秘密にするのって変じゃない」

そうだなあ、とつぶやき、ぽつりぽつりと祖父は話す。

「たぶん、ふたりの秘密の場所だったんだ。潔子さんの母方の親族が持ってる土地で、遠方にいて管理できないからって、あずかってるって聞いたことがある。まあ、使い道がないってことで、放置されてるんだろうな。潔子さん亡き後にメアリさんが何度か訪れても、人の手が入った様子がなかったらしくてな。そのまま庭の手入れを続けることにしたんだと」

「おじいちゃんは、そのころから庭の手入れを頼まれてたの？」

「ときどきな。いちおう他人の土地だから、誰にも言わないでほしいって」

他人の土地だけれど、メアリさんは、潔子といっしょに手入れしてきた庭が荒れていくのを見ていられなかったのだろう。

「急にメアリさんが店に来なくなって、庭のことも頼まれなくなったんで、気にはなってたんだ。そしたら、亡くなったって話だろ？　だったらあの庭は放置されてるんじゃないかと、行ってみたよ。ずいぶん荒れてたから、見るに見かねて手を入れてね」

「それで、おばあちゃんに黙って出かけてたんだね」

祖父は肩を落として、困り切った様子だった。

「メアリさんは、いつか好恵を招待して、楽しませたいとも言っていた。だから、それまでは内緒だとも。でももう、メアリさんが好恵とお茶会をすることもできないわけだが」

「お茶会？　そう言ってたんだね？」

「ああ」

お菓子のレシピをはさんだ児童書が招待状だという。メアリさんが、『秘密の花園』を西川園芸店の椅子に置いていったのなら、それは祖母への招待状だったのだ。

「で、おじいちゃんの、その怪我は」

「枝を刈ってたら、脚立から足を踏み外したんだ」

それで祖父は、どこでどうして怪我をしたか、口をつぐんでいるのだ。祖母にしてみれば、憤慨するやら悲しいやらで、めずらしくケンカに発展した。

「やだもう、あぶないじゃない。頭とか打っても、誰にも助けてもらえないよ。よくひとりで帰ってこれたね」

「不幸中の幸いだな。でももう、行くのはやめるよ。踏ん切りがついた」

「あたしには話してくれたのに、まだおばあちゃんに内緒にしなきゃいけないの？」

祖父は悩みながらうつむく。

「メアリさんな、オーツのお菓子を焼いて、好恵のこともてなすんだって言ってな」

「オーツケーキのこと？　それ、おばあちゃんがデパートで買って、思ってたのと違うって言ってたよ」

「ああ、おれもさがしてみたけど、前に食べたのと違うのばかりなんだ。前のが気に入って、好恵はメアリさんにも、オーツのお菓子がおいしいって話してたんだろうな。ああいう硬いのじゃなくて、パンみたいだったんだ」

デパートはこの町にはない。一番近い松島屋でも、電車で三、四十分かけて、大きな町まで行かなければならないから、少々気合いの入った買い物なのだ。祖母は、わざわざオーツケーキを買うために出かけていった。

他にも買ったものがあったなら、うれしそうに千枝に見せたはずだから、買ったのはあれだけだったのだ。

それほど、気に入っていたのだろうか。

「何年か前に、スーパーで外国のパンとかめずらしいのを売ってたことがあって、適当にひとつ買ってみたんだ。昼食のトーストの代わりに食べられそうってね。それが好恵の口に合ったみたいで、原材料にオーツ麦って書いてあったのを見て、ますます気に入ったようだったな。猫草だって、チャチャの好きな草の実がおいしいって、おもしろがって。でも、スーパーで売ってたのはあのときだけだったんだ」

「猫草って、オーツなの？　おばあちゃんが言ってたのは……、そうそう、からす麦だよ」

「ああ、うちでは猫草を、からす麦って言ってたけど、燕麦《えんばく》だ。オーツ麦と同じもので、からす麦はその原種だ。まあ、一般的にはあんまり使い分けはしてないんじゃないかな」

『秘密の花園』の翻訳では「大麦で焼いた菓子」。猫草は「からす麦」で、たまたま買ったパンは〝オーツケーキ〟。ややこしいが、同じ麦なのだ。でも、オーツケーキという同じ名前なのに違うタイプのものがあるらしいから、もっとややこしい。

「メアリさんは、パンみたいなオーツケーキを焼いてくれるつもりだったってこと?」

「そうなのかなと。好恵の好物だから、もてなすためにオーツのお菓子を選んだんだろうと思ったよ」

メアリさんはいなくなった。祖母を招くお茶会もなくなった。祖父はもう、メアリさんの庭へ勝手に入るのはやめようと思っている。ときどき手入れを手伝っていたとはいえ、他人の土地だ。持ち主に黙って花を植え続けるわけにはいかない。

だからたぶん、最後に、祖母に見せてやりたいと思ったのだ。メアリさんが計画していたように、そこでオーツケーキを食べられないかと思い、ましま堂に問い合わせたのか。前に売っていたはずだけれど、もう買えないのか、と。

「もう、売ってないんだね」

「ああ、ましま堂はあのときのイベントでつくっただけだって」

「ねえ、別のお菓子でもいいいんじゃない? おばあちゃんの好きなの。そうそう、村田屋の卵カステラとか」

祖父は、ふっと窓際へ目をやる。そこにはまだ、チャチャのベッドが置いてある。隣には、鉢植えの猫草だ。

「花が咲いたのははじめてだ。そりゃそうだ、チャチャが食べてたんだから。あれを見てあいつは、オーツケーキをさがしてデパートへ行ったんだろうな」

祖母は今、深い喪失感の中にいる。チャチャが亡くなったのは去年の暮れで、それでも猫草を育ててきた。チャチャがいつもいた場所に、一階の店にも二階の窓辺にも、使われなくなったおもちゃといっしょに猫草の鉢を置いている。まだ悲しみが癒えないのに、メアリさんも亡くなって、店も閉めようと考えている。

終わりを感じるばかりで、始まりに期待することができないでいる。

なんとか祖父母を元気づけたいのに、千枝はどうしていいかわからない。千枝のことを、いつでも認めて励ましてくれたふたりが、落ち込んでいるのは悲しいのに。

「おじいちゃん、庭はどこにあるの？」

「もう忘れることにするよ。千枝も、聞かなかったことにしてくれ」

「おばあちゃんにも見せないの？」

「人様の庭だ」

決めたことはめったに変えない祖父だから、何年も、メアリさんに乞われて庭の手入れをしていたことを黙っていた。それでも、もしオーツケーキがあれば、メアリさんの望みを叶えるためだと言い訳して、祖母を庭へ連れていくつもりだったのだろう。

今はそれもあきらめた祖父は、庭が荒れ果てるにまかせようとしている。祖母が言うように、店をたたむことも考えているのか、花にかかわることへの未練を断ち切ろうとしているように感じ、千枝は寂しくなった。

*

木を組んだ箱に車輪がついたリヤカーは、古いけれど使い込まれた味わいがあって、『秘密の花園』の挿絵に出てきそうだと思いながら、つぐみは眺めた。千枝が、西川園芸店から持ってきてくれたのだ。幼児が乗れるくらいで小さめのサイズだが、苗の入った鉢や土などを運ぶにはちょうどよさそうで、高齢の女性でも問題なく引くことができただろう。

ムシャムシャがこのリヤカーをおぼえているなら、きっとメアリさんの庭へ案内してくれる。気がはやるつぐみだが、千枝は、いっしょには行けないと言った。メアリさんの庭はたしかにある。でもそのことを秘密にしてほしいというのが、千枝の祖父とメアリさんとの約束だったから、自分がその約束を破るわけにはいかないということだった。

たぶんそこは、つぐみの祖母の潔子が用意した場所だろうと、彼女はそんなことも言っていた。

「ねえ、お父さん、おばあちゃんがどこかに庭をつくってたって、知ってる？」

昼食がいっしょになった父に、つぐみは訊いてみた。

「庭？　うちには庭なんてないぞ」

「うん、別の場所によ。おばあちゃんの親戚の土地とかは？」

「親戚はもう、こっちにはいないはずだ。土地だけあるなら借りられるかもしれないが、聞いたことがないいな」

やはり、息子である父も知らないようだ。

「メアリさんとおばあちゃん、ふたりだけの秘密の庭があったのかもしれないの」

父は、驚きもせずに頷いた。

「ああ、だとしても不思議はないよ。メアリさんと母さんには、とくべつな結びつきがあったからな。メアリさんに出会ったころは、僕の父さんが亡くなって間もなくで、母さんは途方に暮れてたらしいけど、メアリさんとの縁ができて、帰る場所をつくってあげたいって、〝ホテルのはな〟を自分で続ける決意をしたらしい」

親子丼を食べる手を止めて、父は言う。

「僕はもともと、ホテルをやる気はなかったんだ。就職して、やりがいを感じてたころだったからな」

「でも、結局継いだんだね」

昔のことを思い出しているのか、しばし黙ったまま、父はごはんを口へ運んでいたが、また丼を置くと、ゆっくり話し出した。

「そうだなあ。あるとき、このプリン色のビルが、くすんで悲しそうに見えてな。建物が古くなってきてたんだが、このままじゃ、プリンがプリンじゃなくなる、子供のころから、僕の家はプリンのビルってのが自慢でさ、プリンってこう、新しくておしゃれな食べ物ってイメージだったし、それが自分の根っこにあって、誇りだから、なくせないって思えたんだ」

父は、ビルの見栄えには気を遣っていて、塗装工事には手を抜かない。だから今も、おいしそうなプリン色の外観を、〝ホテルのはな〟は保っている。

「メアリさんも、この建物を気に入ってくれていたよ。プディングのホテルだからみんなに愛されるんだって言ってな。あの人、プリンを絶対にプディングって言うんだよな。英語が話せるわけでもなかったけど」

メアリさんらしくて、つぐみの頬もゆるむ。

「プリンって、正確にはカスタード・プディングのことだもんね。でも英語のプディングは、プリンとはかなり違ったお菓子だし、イギリスでは広くデザートって意味でも使われるみたい。素材や調理法が違ってても、焼いたのも蒸したのも、みんなプディングなんだって」

「へえ、そうか。だったら母さんが、お客さんにいろんなお菓子を配ってたのは意味があったのかな」

プリンのホテルで、プディングのおまけがもらえたのだ。

「お菓子づくりは、もともと母さんの趣味で、メアリさんに教えたんだそうだ。メアリさんにせがまれて、子供向けの本に出てくるお菓子とか、ふたりで色々と調べてつくってたみたいだ。そういやメアリさんは、英米の児童文学が好きだったらしいな。母さんも、メアリさんにもらった本がなつかしくて楽しいんだって、何度も読んでた」

「それ、なんていう本？」

「タイトルまではおぼえてないな。でも、なんか、誇りを忘れない女の子の話だって。心の中では、誰でも小さなお姫さまになれるなんて、少女趣味なことを言ってたよ」

「『小公女』じゃない？」

勢い込んで問うが、父はおぼえていないようだった。

「さあ、でも、そうかもな」

メアリさんは、自分がなぜキャリーバッグに本を詰めて持ち運んできたのかは忘れてしまった。でも、本に書かれた物語は、忘れていなかったのかもしれない、だからこそ、プディングが好きだという自覚があって、プリンのホテルを好きになってくれた。

メアリさんが、過去から携えてきた何冊もの児童書は、記憶を失う前から、彼女自身が未来へ持っていくと決めた、大切な誇りだったのだ。

そんな本を一冊もらった潔子も、夫とともにはじめたプリン色のホテルが、自分の誇りだと思えたに違いない。

「つぐみ、外のリヤカー、あれなあに？」

母が勝手口から入ってきて問う。

「あ、うん、すぐにどけるから」

「いいんだけど。あんなのを、メアリさんが持ってきたことがあったなと思って」

「ああ、花な。花を積んできたんだ。何のときだったっけ」

父もリヤカーは目についていたのだろう。そう言う。

「七回忌よ。おばあちゃんの。仏壇に一束供えてくれて」

「お墓にも持っていってくれたんだったな」

お互いの記憶に納得し、ふたりして頷く。

「菊とかじゃなくて、マーガレットやバラや、小花も大輪のも、白い花をたくさん。今年はたくさん咲いたとか、言ってなかった?」

「どこかでもらったんだろうか」

きっと、秘密の庭の花だ。

「あのときメアリさん、仏壇に花を供えてから、二階のベランダへ上がらせてもらえないかって言ったよなあ」

「そうだったわね。ずっと前におばあちゃんと、夕陽をそこで眺めて、メアリさんはこの街で生まれ直した自分を認めたんだとか、そんなことも話してくれたわ」

ホテルの客室は海側で、窓から夕陽は見えない。二階の、狭いベランダに面しているのはつぐみの部屋だけだ。けだるい西日は、いつもうんざりするくらい、つぐみの部屋に差し込んだものだった。

あの窓から見えるのは、なだらかな陽待山《ひまちやま》だ。その麓《ふもと》に南雲小児医療センター、教会へ連なる三矢坂《みつやざか》、ずっと手前にはみどり丘団地。

もしかしたら、ベランダからの風景の中に、潔子とメアリさんの秘密の庭があるのではないか。

ムシャムシャとあのリヤカーは、そこを知っているはずなのだ。


リヤカーを引いて、つぐみは蒼の家を訪れる。これからムシャムシャを連れて、メアリさんとの散歩コースを確かめるつもりだ。蒼は仕事があると聞いていたので、ムシャムシャを散歩に連れ出す許可は得ていたが、仕事が早く終わったのか帰っていたようだ。つぐみが門から顔を覗かせると、彼は庭でムシャムシャに水浴びをさせていた。

「つぐみさん、何それ?」

リヤカーを見て、首を傾げる。

「蒼さん、今日のお仕事はもうないんですか? だったら、いっしょに行きません? メアリさんの散歩の目的地が、これでわかるかもしれないんです」

Tシャツにジャージ姿の蒼は、いつもの仕事着だ。まだ夏には早いのに、タオルを絞る腕はすっかり日焼けしている。

「いいのか? 景太が心配するんじゃないか?」

つぐみは急に恥ずかしくなる。この前のことを思い出したからか、腕に見入ってしまったからかわからずにあせる。

「この前はごめんなさい。お兄ちゃんってば、機嫌が悪かったのかな」

「景太はおれのこと、苦手に思ってるんだろう」

「そんなこと……」

「なんとなくわかるよ。あいつは昔から変わらないけど、おれは変わったから」

蒼に再会して、だんだんとつぐみは、子供のころに知っていた彼の輪郭が自分の中に立ちあがってくるように感じていた。そのぼやけた風景の中で、蒼は元気いっぱいにみんなを盛り上げながらも、隅っこにいるつぐみにも話しかけてくれるような、やさしい少年だった。きっと、今の蒼と変わらない。そんな気がしている。

「そうでしょうか。蒼さんは、周囲がよく見えるから……」

あえてだらしなく見えるようにしている、とつぐみは思う。昔の友達に、挫折を語るのも同情されるのもいやだから、見た目で相手が距離を取ってくれるように徹している。仕事も、服装にこだわらないからちょうどいいと思っているのだ。

でもそこを、つぐみに指摘されたくないだろう。

「あ、いえ、お兄ちゃんはいつまでもわたしのこと子供扱いなんです。だから、気にしないでください。あの、本当に誰か紹介してほしいとか、そんなつもりはなくて」

「わかってるよ」

蒼はクスリと笑った。

「そんなことしない」

くるくる巻いたくせ毛の隙間から、黒い瞳がじっとつぐみを見る。この目で彼は、動物と語るのだ。つぐみは視線を受け止めきれず、ただ首の後ろがそわそわした。

「この前は、なんか変な言い方になった気がする」

ふっと視線をゆるめて彼は言った。

「景太に迷惑をかけるつもりはないけど、つぐみさんと会わないとか、話さないとかいう意味じゃない。もちろん、いやじゃなければだけど」

「わかってます」

つぐみが微笑むと、彼も笑った。

「よし、行こう」

蒼のかけ声に、芝生の上に座り込んでいたムシャムシャは、出かけることを理解したかのように立ちあがった。

ムシャムシャは、すぐにリヤカーに気がついた。押すような仕草をしたので、ハーネスをつけて引かせてみると、元気よく歩き出す。家を出て、いつもの道を進む。

「それじゃあ、メアリさんは、潔子さんと出会って、いっしょに庭をつくってきたわけか」

歩きながら、秘密の庭についてわかったことを、つぐみは蒼に話した。

「はい、おばあちゃんの庭のことは、お父さんも知らないみたいだったから、本当に、おばあちゃんとメアリさんと、ふたりだけの秘密だったんだと思います」

四十年前、祖父が亡くなって、〝ホテルのはな〟を続けていくことを、祖母は迷っていた。そんな中で育んだメアリさんとの友情、そして庭造りは、祖母にとってどんな意味があったのだろう。つぐみは想像するしかないが、少女のように無邪気に花を植え、手作りのお菓子とお茶に興じるふたりが目に浮かぶ。まるで、『秘密の花園』の物語へ入り込んだかのようだ。

みどり丘団地でも弓良浜でも、三矢坂教会でも立ち止まらずに進んでいくムシャムシャは、どこへ行くべきかわかっている。リヤカーがあるとき、メアリさんが向かう場所はそこしかない。ただの散歩とは違う、これから庭へ行くのだと、ムシャムシャは知っているのだ。

小児医療センターの前を通り過ぎると、今度は主要道路を逸れて、ミカン畑と茶畑の間を進んでいく。ぽつぽつと建つ民家も、門構えのある農家の風情だ。わき目も振らず、さらにムシャムシャは進む。まるで、そこにメアリさんがいるとでも思っているかのようだ。

林の間を縫う狭い道の突き当たりに、石垣と板塀で囲まれた場所がある。石垣も板塀も、蔦《つた》が張り付き、隙間から草が生え出していて、いかにも空き家といった雰囲気だ。しかし、家があるのかどうか、敷地に建物の屋根は見えず、塀の上には木が茂り、枝が好き放題に伸びているのがわかる。

それでも木戸の周りだけ、蔦や枝が切り払われていて、それはまるで、『秘密の花園』の装画に描かれた扉を彷彿とさせるものだった。その前で、ムシャムシャは足を止めた。

「ここ……？」

「みたいだな」

木戸は簡素なものだが、板に隙間はなく、中の様子はうかがえない。上のほうはアーチ形になっていて、かなり背が高いので、上から覗き見るには梯子がいるだろう。取っ手は装飾のある金属製で、二重の掛金で閉じられていたが、鍵はかかっていなかった。

ムシャムシャは前足で木戸を掻く。つぐみは蒼と目を合わせて頷くと、掛金をゆっくり外す。木戸は、力を入れて押すまでもなく、きしんだ音を立てて開いた。

ピンクのバラが咲いていた。石畳はカーブを描き、バラのトンネルの奥へと誘う。ハーネスをリヤカーから外してやると、ムシャムシャは淑女みたいに優雅な足取りで、リードをつかむつぐみの前に進み出る。慣れた様子で、つぐみたちを先導する。

バラのトンネルの向こう側は、絵本の中に入り込んだかのような、緑に囲まれた庭だった。ラベンダーやカモミール、ローズマリーの小花が風にゆれ、ハーブの香りが漂う。こんもりと茂るエニシダ、頭上から降り注ぐようなライラックや、背の高い糸杉やトネリコに囲まれたここが、ミカン畑と茶畑の一角だなんて想像できるだろうか。ひときわ明るい、黄金色の花が垂れ下がるのはキングサリだ。その下に木製のベンチがひとつ、周りにはふかふかした芝生が敷かれ、ムシャムシャは当然のようにその場所に座り込んだ。

「外からは想像もできないな」

メアリさんが亡くなって、しばらく経つというのに荒れていない。最近まで手入れしていたに違いないし、そうしたのは千枝の祖父だろう。

さほど広くはないはずなのに、木々の重なりに奥行きを感じ、土地を囲んでいる板塀はまったく見えない。草花の間をかき分けて、もしも進んでいけば、奥には自然の森が広がっているかのように思える。

「祖母とメアリさんは、どうしてこんな庭をつくったんでしょう」

ゆっくりと暮れていこうとしている空の下で、庭は淡い光を受けてまどろんでいるかのようだ。外の物音が不思議と聞こえず、ねぐらに戻ってきたのか小鳥の鳴き声だけが木の上のほうで響いている。ときおり、草木をゆらす風の音がする。もしお日さまが高いところにある時間に来れば、木漏れ日がきらめくことだろう。どんな光も影も、ここではやさしく、すべてを慈《いつく》しむものに違いない。

「メアリさんの故郷をつくるためかもな」

蒼の言葉は、人を包み込むようなこの庭にしっくり馴染む。はじめて来たのに懐かしい感じがするのは、子供のころに読んだ物語を思い出すからか。

物語は、見知らぬ場所を心の故郷にしてくれるのだろうか。

メアリさんの過去につながるものは、キャリーバッグに入っていたという本だけだ。だからこそ物語の世界が、彼女の帰る場所になれたのだ。

「だったら、メアリさんはけっして身元不明なんかじゃなかったんですね。ちゃんと、帰る場所があったんですから」

ベンチの後ろに、やさしい木陰を差し出すように枝を伸ばしている木がある。そこに、リスのねぐらみたいな穴があるのに気づき、つぐみは近づいていく。何かが入っている。取り出してみると、コルクのふたが付いたガラス瓶だ。中には、折りたたんだ紙が入っている。

「何だろう？」

「手紙です、きっと」

つぐみは直感し、ふたを開いて中身を取り出した。

『潔子さんへ』

祖母宛だけれど、もういないのだから、読んでもかまわないだろう。そう思って紙を開くと、細かな整った文字が並んでいた。メアリさんの字だ。

『潔子さん、あなたがいなくなって、もう六年、このごろ、昔のことを思い出します。昔といっても、あなたに会ってからのことだけれど、それが、私の新しい誕生日になりましたね。キャリーバッグに本しか入っていなくて、何も思い出せない私を、あなたはこの庭へ連れてきてくれました。あのときは荒れた畑だったけれど、草を刈って地面をならして、少しずつ草花の苗を植えて。『秘密の花園』の世界に、だんだんと近づいていくようで、楽しい作業でした。

この場所に、小さな家と『秘密の花園』みたいな庭をつくりたいというのは、あなたとご主人の夢でしたね。でも、ご主人が亡くなって、あなたは夢を見られなくなっていました。

私は過去を失ったけれど、あなたは未来を失ったという。だったら、ふたりでひとつの過去と未来を共有すれば、まだ進んでいけると手を取り合えたこと、感謝しています。

私は、あなたの未来に役立ったでしょうか。ようやく私は、あなたがくれた過去を、この庭を、自分の故郷にできそうな気がします。

あなたにもらった『秘密の花園』の本、ずっと大事に持っています。

あのとき交換した、私の『小公女』はどうなったのかと少し気になっていたのだけれど、たまたまつぐみちゃんの部屋にあるのを見つけて、なんだか胸があたたかくなりました。私の過去も、まだ誰かの未来に届くことがあるのかもしれません。

急に思いついて、お菓子の作り方を書きました。『小公女』の、ぶどうパンの出てくるページに入れておいたんです。ちょっとしたいたずらのつもりだったんですが、楽しくなってしまって。つぐみちゃんがこれを見つけたら、物語のお菓子が食べられるんだって、驚くんじゃないかしら。そう思ったら、もう一度、お菓子をつくりたくなったんです。

あなたとお菓子を焼いて、この庭でお茶を飲んだ日々が忘れられません。もし誰かが、私の本とお菓子に興味を持ってくれるなら、お茶会を開きたいと、本気で考えるようになりました。

あなたが急にいなくなって、この庭にはもう誰も訪れることはない、私もここで、草花といっしょに枯れていければそれでいいと思っていたのに……、別の、新しい考えが芽生えました。

もしかしたら、いつか誰かを、たくさんの友達を招くことこそが、あなたの望みだったのかもしれないと。

私には、あなたの他に友達がいません。でもいつか、私のお茶会を開こうと思います。そうしたら、あなたに再会したとき、またこの庭で語らえるような気がするから。

そのときが楽しみです。

町田メアリ』

七回忌……、とつぐみはつぶやく。そのとき、つぐみの部屋にあった『小公女』に、お菓子のレシピがはさみ込まれた。ベランダからの景色が見たいと言ったメアリさんは、つぐみの部屋へ入り、随分時間が経ったことを感じながら、部屋を見回したことだろう。

ベランダから、秘密の庭が見えるわけではない。でも、陽待山の裾野に紛れ込んだ、ふたりの過去と未来に思いを馳せ、この街の景色を故郷にしたことを、メアリさんはあらためて胸に刻んだのだ。

ここは、祖母とメアリさんの、心の内側みたいな庭だった。他の誰にも見せる場所ではなかったけれど、詠子の子供たちが招かれたはずだ。子供たちは物語と友達になれる年齢だったから、メアリさんの内側にするりと入れたということか。

そんなふうに、もし誰かがメアリさんの本を手にし、偶然の出会いに心を動かされて〝ホテルのはな〟にやってきたなら、この庭に招かれたはずだ。

実際に彼女が、誰かとお茶をともにしたのかどうか、つぐみは知ることはできないけれど、メアリさんの友達は、もう祖母だけではない。彼女の本を手に、〝ホテルのはな〟を何人も訪れている。

「ここも、放っておくわけにいかないな。ムシャムシャの飼い主としては」

つぐみが手渡した手紙を読み終えると、蒼は深く息をついた。

至福の表情で寝転んでいるムシャムシャを見下ろし、それから彼は、ぐるりと庭を見回す。

動物のことはわかっても、植物には困惑したように頭を掻く。

「アドバイスはもらえると思いますよ。西川園芸店で」

つぐみも加わりたい。そう言いたいのを、呑み込む。そうするなら、翻訳の仕事で東京へ行くことはできなくなると思いながら、そうしたいのかどうか迷いながら。

＊

オーツケーキをつくらないか、とつぐみから連絡があった。千枝はケーキのことよりも、つぐみがメアリさんの庭を見つけたかどうかが気になって、仕事が終わると同時に、野花家の住居に駆け込んだ。

「千枝さんのおばあさんにも、食べてもらえるかな」

つぐみは、調理台に置いた『秘密の花園』に目をやり、期待感いっぱいに微笑むが、千枝は戸惑う。祖母をまた、がっかりさせるのではないだろうか。

「でも、おばあちゃんの言うオーツケーキは、たぶんオーツケーキとは別のもので……」

「ううん、オーツケーキで間違いないと思うの。たぶん、おばあさんの好きなオーツケーキが、『秘密の花園』に出てくる〝大麦で焼いた菓子〟と同じものだとメアリさんは考えてたはずよ。それで、レシピを書いて本をお店に置いたんじゃないかな」

つぐみは、メアリさんが書いたレシピを開き、丁寧に折りじわをのばす。

「このレシピ、よく読むとドライイーストを使ってるの。ビスケットふうのオーツケーキなら使わないし、材料も手順も微妙に違うから、この通りにつくったら、パンみたいなものになると思うんだ」

「本当？　それでも、オーツケーキっていうの？」

半信半疑の千枝に、つぐみは、オーツ麦の粉が入った袋を手渡す。早速、必要な材料を順番に並べながら、彼女は言う。

「オーツケーキって、スコットランドのものが有名になってて、それがビスケットタイプなの。でも『秘密の花園』の舞台は、ヨークシャーだよね。ましま堂のワールド祭で販売したパンに、〝ヨークシャーふうパンケーキ〟っていうものがあったの。材料を見たら、オーツ麦で。以前に、千枝さんのおばあさんが買ったのは、それなんじゃないかと思うんだ。ワールド祭のときにだけ売ってたのがそれだから」

ヨークシャー、という地名を、千枝は最近知った。

「『秘密の花園』、読んでみたよ。ヨークシャーっていうイギリスの地方が舞台なんだね。同じ名前でも違う食べ物って、桜餅が東西で違うお菓子みたいな？」

「ああそう、そうかも。オーツケーキも、地域によってちょっとずつ違うみたい。ソフトなパンケーキみたいなのや、クレープみたいな薄いものとか、平たく焼いたのを乾燥させて、スープに入れて食べるものとかね」

メアリさんは、祖母のためにオーツケーキをつくってくれると言っていたらしい。祖母が気に入ったのは、ヨークシャーふうだと気づいていて、『秘密の花園』を置いていったのだ。そうして、あの庭へ招待してくれるはずだった。祖父も、庭が荒れていく前に祖母に見せたいと思ったけれど、メアリさん亡き今、オーツケーキがなければ連れていけないように感じていた。

でも、ここにはレシピがある。メアリさんの思いがこもったオーツケーキが、きっとできる。

「これがオーツの粉かあ……。パッケージの写真だと、平たく押した実は大麦に似てるかもね」

「うん、翻訳っておもしろいね。あ、あと全粒粉も混ぜるから量ってね」

「はーい」

千枝はそもそも、料理は不得手なほうだったが、今は義母に教わりながら、だんだん楽しくなってきているところだ。つぐみとのはじめての作業も、ふだんの料理とは違う手順が不思議でおもしろい。ドライイーストを入れて発酵させ、生地が泡立ち膨らんでくるのを眺めていると、祖母によろこんでもらいたいという思いも膨らむ。

「食べ物の力ってすごいな。潔子おばあさんのお菓子は、メアリさんに生きる力を与えたんだろうし、『秘密の花園』でも、子供たちを育てる力になってるもんね」

「おばあちゃんも、メアリさんに救われて、このホテルをひとりで続けようって決心したみたい」

「えっ、じゃあメアリさんがいなかったら、あたしもここで働けなかったわけ？　うわー、感謝しなきゃ」

生地が出来上がれば、あとは、パンケーキの要領でフライパンに落として焼くだけだ。辺りに香ばしい匂いが立ちこめ、ふっくらと焼き上がったものは、ちょっと茶色っぽいパンケーキだ。ふつうのパンケーキと違うのは、片面だけを焼くらしく、表面に泡立ちの穴がぷつぷつと残っているところだろうか。

「じゃ、感謝しながら焼きたてを試食してみる?」

「このまま食べるの?」

「ジャムやシロップでおやつにも、ハムやスクランブルエッグを載せれば食事にも」

「今は、おやつの時間だね」

「じゃあ、バターと蜂蜜も出そう。ホイップクリームもいいなあ」

千枝の中で、ふと、西川園芸店の窓辺にあった猫草が思い浮かぶ。あの草が、こんなパンになるなんて、想像もしなかった。ちっとも花に見えない花をひっそりと咲かせ、食べるには小さすぎる実をつける。でもその実は、秘密の庭ではとびきりのご馳走なのだ。

「あ、そうだ。つぐみさん、木イチゴのジャムがあるの。今朝おばあちゃんのところに寄ったとき、もらったんだ」

カバンから、千枝は瓶を取り出す。ラベルも何もないつるりとした瓶に、鮮やかな赤いジャムが詰まっている。

「もしかして、手作り?」

「店の倉庫の裏に、売れ残りの鉢がそのまま育ってて。木イチゴとかブルーベリーが採れるの。食べきれないからって、おばあちゃんがときどきジャムにしてる」

あの店は、千枝にとって魔法のような場所だった。花に囲まれた祖父母はいつも笑顔で、千枝をかわいがってくれて、木イチゴは好きなだけ食べることができた。

「へえー、その木、売れ残ってよかったね。西川さんが大きく育ててくれて、こんなにいっぱい実をつけられるようになったんだもんね」

つぐみの言葉に、千枝ははっとした。

店頭に並んだときは、枝振りや葉の色や、何かが劣っていて目立たなかったのだろう苗木が、売れ残ったおかげで、のびのびと成長した。

千枝も同じだ。家族の中では認められなかったけれど、今となっては心地いい場所に根を下ろし、自由に枝を広げているではないか。

「わー、ホントにきれいな色。おいしそう」

つぐみは、心底うれしそうに、鮮やかな赤い瓶を光に透かした。

しっとりモッチリした〝大麦で焼いた菓子〟には、蜂蜜とバターがたっぷり染み込む。もともとバターを使っていなくて軽いから、好きなだけクリームを載せても重すぎない。木イチゴのやさしい酸味で、ますます楽しい味になる。

素朴なおいしさを、千枝はしみじみと味わいながら思う。

あたしって、なかなか幸せ者じゃない？

だって、いつでも満ち足りている。不満らしい不満なんてない。失敗もあるけれど、周囲に支えられていて、すぐに元気になれる。要領がいいわけじゃないし、努力をしてないわけじゃない。ただ千枝自身が、居心地のいい場所を選んでこられたし、つくっていけるからこそ、ここにいられるのだから、自分を誇りたい。

祖父母も、そんなふうにあの店を、誇りを持って自分たちで育ててきたのだろう。これからも、店を続けても続けなくても、千枝が心配する必要もなく、失われるものは何もないのだ。

「このオーツケーキがあれば、おじいちゃんとおばあちゃんも仲直りだね」

おいしいものを食べれば、何でもできそうな気がする。『秘密の花園』の主人公たちも、そうして強くなった。

「うん、間違いなし。これを持って、メアリさんの庭へ、みんなで行こうよ」

「庭、見つかったんだね？」

「ムシャムシャが思い出してくれたの。メアリさん、きっと西川さん夫婦が来てくれるのを待ってるよ。メアリさんにとって、大事な友達だったふたりだから」

祖父や祖母にとって、メアリさんはただのお客さんではなかったはずだ。メアリさんが買った苗で、彼女の庭にも心にも花が咲くよう願い続けてきた。

だからきっと、秘密の庭の扉をたたく彼らを、メアリさんは招き入れてくれるだろう。

＊

お茶会の日、初夏の空はさわやかに晴れていた。つぐみは、『小公女』のぶどうパンを焼いてバスケットに入れ、準備を整える。ティーカップとポットも用意している。お湯を沸かすためのカセットコンロとやかん、敷物などは蒼が用意してくれることになった。

出かけようとすると、住居にやってきた兄とばったり会う。つぐみはとっさに目をそらすが、立ち止まった兄は、玄関でスニーカーを履くつぐみをじっと見ている。

ホテルは忙しいのに、小姑が実家に居座って堂々と遊んでいるとか文句を言われそうだ。しかも今日は、千枝も抜け出すことになったのだから、人手が足りなくてうんざりしていることだろう。

「悪いな、千枝も仲間に入れてくれて」

唐突に言われ、思いがけなくて、つぐみはますます身構えた。

「どうしたの？　やだ、やめてよ。雨が降りそう」

「つぐみは晴れ女だから、ちょっとくらい平気だろ。子供のころから、遠足も運動会もぜったい晴れだった」

そういえばそうだ。反面、景太は雨男だった。

「お兄ちゃんとは違って、千枝さんは雨を呼んだりしなさそうだからよかったよ」

景太は苦笑いを浮かべる。まだ何か言いたそうで、いつものようにさっさと中へ入ろうとしない。

「結婚してから仕事ばっかで、千枝とは旅行とかもいっしょに行けなくてさ。この仕事はそういうもんだってわかってるけど、休みも友達と合わないからちょっと寂しそうだった。今日はすごく楽しみにしてたよ」

ふたりは新婚旅行も行っていない、とつぐみは思い出す。思えば自分たちも子供のころ、家族旅行に行けなかったから、親が会社員だという友達の家がうらやましかったものだ。

「あいつは、つぐみにここにいてほしいみたいだった」

気を遣う小姑、とは思われていないようだ。つぐみも、実家にいれば寂しくもなく、生活に困ることもないだろう。でも、いつまでも甘えてはいられない。

「うれしいけど、わたし、決めたんだ。ちゃんと独り立ちしてやっていくつもり。来週には引っ越すから」

祖母もメアリさんも、そして千枝も、自分の誇れる場所を持っている。つぐみも、見つけなければならない。

「えっ、そりゃまた急だな」

「うん。まあね」

「そっか。まあ、後悔しないように決めたんなら、がんばれよ」

照れ隠しか顔を背けがちだ。景太もきっと、悩んで迷って、この〝ホテルのはな〟を継いでいるのだろう。今ごろになって、つぐみは知ったような気がしていた。祖母や父に、継ぐことを期待されていたのを見てきたから、子供のころからつぐみは、兄が継ぐことに疑問もなかった。実際に、彼は大手のホテルに就職して仕事を学び、ちゃんとここへ帰ってきた。

自由に好きなことをするわけにはいかなかっただろう。蒼やメアリさんを突き放したように見るのは、自分とはまったく違う道を選んだ人たちだからか。つぐみも、景太から見れば好き勝手に自由を謳歌しているほうだろう。

根が生真面目だから、景太は家族をがっかりさせたくなかったのかもしれない。でもきっと、ホテルの仕事が好きで、やりがいを感じている。それに間違いなく、今の景太は充実しているはずだ。千枝のことを思えば、いつでも下に見ていた妹に感謝だってするくらい、懐が深くなれるのだ。

「千枝も、メアリさんのことが好きだった。彼女の何が魅力だったのか、おれにはよくわからない。かわいそうな人だとは思ってたけど……」

もうひとつ、告解でもするように彼は言う。

「でも彼女は、ちっともかわいそうじゃなかったんだろうな。ばあちゃんはさ、おれの、メアリさんに対する偏見みたいな気持ちを見抜いてた。いつかメアリさんが本当の自分をとりもどせるといいなって、上っ面なことを言ったとき、ばあちゃん、言ってたんだ。『本当のメアリさんがどんな人か、誰かに認めてもらう必要があるの？』って」

過去を取り戻す必要もなく、メアリさんはメアリさんとして生きていた。つぐみが想像するよりずっと、メアリさんは自分らしい日々を過ごしていたのだ。

「おれはたぶん、一度レールから外れた強い人が苦手なんだ」

自分はそこには行けないと、自覚しているから。つぐみもまた、平凡な日常を愛しているし、失いたくないと思っている。

けれどレールの上も外も、そこにいる人にとっては、ただ自分の道だというだけだ。

「お兄ちゃんは、自分のことよくわかってるからすごいよ」


つぐみは先日、ましま堂の社員登用試験を受けた。結果はまだ出ていないが、上司の推薦が得られたので登用はほぼ間違いないと聞いている。社員になればまず、工場勤務になるので、近くに部屋を借りることにした。

大学の先輩に誘われた、翻訳の会社は断った。実務翻訳で、金融関係の知識を身につけなければいけないのはともかく、それがやりたいのかと考えれば、違うような気がした。翻訳に興味があって、夢を見てきたけれど、つぐみはただ、外国の物語が好きだったのだ。そこに広がる景色や思いを伝えることに憧れたなら、ましま堂は、菓子パンに夢や憧れを詰め込むことで、それを実践している。つぐみも、正社員として加わりたいと思う。

「やっぱり、つぐみさんには菓子パンの会社がしっくりくるよ」

蒼に伝えると、納得したような顔だ。どうしてもつぐみは、食べ物のイメージと結びつけられているようだった。

「そんなに、お菓子が好きそうに見えます？」

「好きだろう？」

「そりゃ、好きですけど。ましま堂がおもしろい会社だって思ったんです」

蒼とふたり、先に秘密の庭へ来ている。みんなが集まる前に準備をするためだ。

「よかったな」

裏表のない笑顔は、自分の選択を祝ってもらえたようでうれしかった。

そう、お菓子が好きだ。金融関係の英文より、目の前にマーマレードパンが並ぶ工場を好きになれるだろう。

「住むところも決まりそうです」

「実家は出るんだ？」

蒼は脚立に上がり、木の枝にシートの端を結わえ付けて、日除けをつくる。つぐみは、芝生の上にすのこを置いて、ピクニックふうにシートを広げる。中央に、お菓子を置くためにトレーを並べる。

「はい。社員になったらまずは工場勤務です。事務職ですけど、製造工程からしっかり学ばないと」

「ましま堂の工場って、この市内にあったよな」

「そこです」

〝ホテルのはな〟のある駅前から、バスで十五分くらいの距離だ。だからつぐみは、この街に住み続けることになる。

「じゃあ、近いじゃん。遠くへ行くのかと思ってた」

蒼は意外そうな顔をする。

「遠くないです。この庭も、おばあちゃんの親戚に連絡して、できるだけ手入れしていきたいと思ってます」

「ふうん」

今度は背を向けて、作業をしながらそう言ったので、どんな顔をしているかつぐみにはわからなかった。

ムシャムシャが、いったい何が始まるのかと興味津々につぐみの後ろをついて回る。

「これからもときどき、蒼さんのところへ行ってもいいですか？」

ムシャムシャを撫でながら、つぐみは言う。

「ああ、ムシャムシャがよろこぶよ。よかったな」

ムシャムシャは、声をかけられて蒼のほうをちらりと見た。何か言いたげなムシャムシャの視線に背を向け、蒼はぽつりとつぶやく。

「おれもだけど」

そうして、自分のもしゃもしゃ頭をかき回した。

そよ風がふと強くなって、戯れるように木の葉を蒼の髪にからませる。ピンクの花びらがつぐみの周りを舞う。庭中の草花がおしゃべりを始めたみたいにざわめき、シートをはためかせる。蒼もつぐみもいっしょになって、あわててシートを押さえながらも楽しくなって笑う。メアリさんが笑っているみたいだと、つぐみの頰もピンクに染まる。

「こんにちはー！」

飛び込んできた声に我に返ると、ひとしきりはしゃいだメアリさんの気配は消えていたけれど、夢みたいな風景を見た幸福感は消えることなく庭中に漂っている。つぐみは、幸せな庭の中へ、メアリさんの友達を迎えた。

「うわー、本当に『秘密の花園』みたい」

感嘆の声を上げながら庭を見回すのは、中学生の理菜と愛結美だ。小児医療センターに勤める和佳子は、もうひとり年配の女性を連れてきていて、同じ病院の看護師長だということだった。則子師長はメアリさんと親しくしていて、四十年前に病院へ運ばれたメアリさんを看護した人だとつぐみは聞いている。

「それじゃあつぐみさん、わたしたちはお菓子を並べますね」

和佳子と則子は率先して、手伝いをはじめてくれる。

「はい、お願いします。わたしはお茶の用意を」

「こっちもつくってきましたよ。メアリさんのレシピ通りに」

『不思議の国のアリス』を見つけた詠子と娘の望は、トリークルタルトの入ったバスケットを開ける。みんな、それぞれにメアリさんのレシピ通りのお菓子をつくってくることになっている。

トライフルにジンジャー・パン、つぐみが焼いてきたぶどうパンと、蒼もちゃんと手作りしたスエット・プディングが盛り付けられる。

西川園芸店の夫妻は、千枝に連れられてやってきた。自分の店の苗が植えられ、育って花を咲かせたり実をつけたりしている様子に、千枝の祖母は頰を紅潮させる。祖父が手入れをしてくれたおかげで、初夏の庭は生き生きと草花をたたえている。眺める彼も満足そうだ。

千枝も、自分で焼いたオーツケーキを大皿に並べていく。木イチゴジャムはもちろん、マーマレードや蜂蜜、バターにクロテッドクリームもある。

「これは？　帽子みたいなパンだな」

大小のパンが二段に重なった形の、帽子みたいな大きなパンを見て、蒼が問う。

「〝田舎風の大きなパン〟ですよ。『秘密の花園』に出てくるんで、つぐみさんが作り方を調べてくれたんです」

千枝が答え、つぐみは頷く。

「わたしの持ってるちょっと古い新潮文庫版では〝皮がかたくて厚い焼パン〟、原文ではコテージ・ローフです」

「コテージ？　どうして？」

「一説では、昔の家の形に似てるからだそうで。それと、田舎町のオーブンは共同で、一度にたくさんつくるために生地を重ねて焼いたとか」

「あと、これは〝濃いクリーム〟です」

千枝が指さすのは〝クロテッドクリーム〟だ。「クロテッド」は「凝固した」といった意味で、文庫版の翻訳でも〝固まったクリーム〟となっているが、スコーンなどにつけて食べるものとして、今では〝クロテッドクリーム〟を知っている人も少なくない。けれど翻訳された当時は、世の中に知られていない食べ物で、あの濃厚な味わいをわかりやすく伝えたのだろう。

「ねえ、ここにも猫草があるわ。メアリさん、猫草を買ったことあったかしら？」

千枝の祖母が片隅の草むらを覗き込む。

「ああ、年末に種を買っていったじゃないか。チャチャが死んで、おまえが悲しんでるときに」

　猫草というにはすっかり成長し、籾みたいな花をぶら下げている。それを使ったのが、本に出てくる〝大麦で焼いた菓子〟、オーツケーキだ。

「チャチャもここへ来てるかしらね」

　やさしい表情で、彼女は目を細めた。

　メアリさんは、潔子にしか心を開けなかった自分を変えようとしていた。時間がかかったけれど、彼女の願いは周囲に届いただろう。

　だからこそ今日、メアリさんの本を手にした人たちが集まっている。みんな、メアリさんをよく知る人もそうでない人も、在りし日の彼女を胸に刻んでいる。彼女の本とレシピに出会ったことをよろこんでいる。

　つぐみは、庭の片隅にある大きな木を眺める。瓶に入った手紙はまだ、幹にくぼんだ穴の中にある。これからもずっと、そこにあるだろうけれど、潔子にはきっともう届いている。下方に視線をおろすと、花に囲まれたベンチが木漏れ日を受けて、かすんだように見えている。

　メアリさんと潔子が、そこに座って微笑んでいる姿を、つぐみは想像する。ティーカップを手にして、このお茶会に加わっていることだろう。

「メアリさんのメアリは、『秘密の花園』の主人公から来てるんでしょうか」

　お菓子を囲み、紅茶を飲みながら、つぐみは口にした。

「わたし、メアリー・ポピンズかと思ってた」

「どこからかやってきた、不思議な人ってイメージだもんね」

「おれは聖母かと」

「マリア様？　そっか、英語ではメアリーね」

「ううん、町田メアリさんよ」

誰かが言うと、みんな納得したように頷いた。メアリさんは、いつもピンクの服を着ていたあの人だ。英米の児童書だけを持ってこの街に現れた、どこの誰だかわからない不思議な人。かつてどんな名前だったのか、誰も知らないけれど、町田メアリという名前を彼女自身が受け入れ、他の誰でもないメアリさんとして生きたのだ。

「たくさん本を持ってたメアリさんの庭にいるんだから、今日はわたしたち、どんな物語の登場人物にもなれそうだね」

物語を伝える翻訳は、言葉だけじゃない。メアリさんは、お菓子のレシピで、つぐみたちを本の中へと誘ってくれた。

ここにいるみんなが、物語の主人公みたいに、小さな誇りを胸に秘めている。

「ようこそ、小公女たち」

誰が言ったのか、お茶会でのつぶやきは、メアリさんの言葉みたいだった。

＊　＊　＊

ほんの少し、うたた寝をしていた。花の香りと、しだれたライラックにくすぐられ、ピンクのワンピースを着た少女は目を覚ます。風も本を読むのだろうか、膝に置いていた『秘密の花園』のページが、ぱらぱらとめくれた。

「やだ、いつの間にか寝ちゃったわね。心地よくて、ついうとうとしちゃう」

隣でそう言った、もう一人の少女がのびをする。いっしょにベンチで本を読んでいたが、ふたりして浅いまどろみに誘われていたようだ。彼女の手元にあるのは、『小公女』だ。

お互いに、一番好きな本を交換した。だからこの本は、いつまでもお互いにとっての宝物になるだろう。

「本当ね。それにしても、短い間になんだか長い夢を見ていたわ」

「どんな夢？」

「あたしたちが、おばあさんになった夢よ。やっぱりここで本を読んでいるの。この庭は、少しも変わってなくて、あたしはこんなピンクの服を着て、あなたは水色のニットで。おばあさんになるまでに、いろんなことがあったけれど、ずっと友達でいたのよ。だからもう、いっしょにいるとあたしたち、自分が子供なのかおばあさんなのか、わからなくなりそうだったわ」

「それって、ステキね。おばあさんになっても、ここで語らったりお菓子を食べたり、うたた寝したりできるんだもの」

「おばあさんのわたしたちは、少女だった頃の夢を見るのかしら」

「ええ、きっと。過去も未来も変わらないのは、いつまでも、わたしたちが親友だってことだけよ」

「いつまでも?」

「そうよ、たとえば、風になっても」

水色ニットのおばあさんが微笑むと、にわかに風が吹く。庭の木々が、草花がざわめく。

ふと耳を澄ますと、木の葉のざわめきに紛れ、どこからか話し声が聞こえてくる。弾むような笑い声が混じる。誰だろう。なんだか楽しそうだ。花がおしゃべりを始めたかのようにゆれている。

お友達がたくさん来たわよ。ほら、お茶会が始まってるわ。

誘うような声に導かれ、ピンクのリボンをなびかせた彼女は、にぎやかな声がするほうへと足を踏み出した。

オーツケーキ

Oatcake

材料：直径10㎝（4〜5枚分）

牛乳…125㎖（人肌に温めておく）
水…125㎖（人肌に温めておく）
グラニュー糖…大さじ1/2
ドライイースト…3g
サラダ油…適量

A
オーツ…60g
薄力粉…60g
塩…大さじ1/2

添えるもの
…バター、ゴールデンシロップなど

1. 温めた牛乳と水を合わせてグラニュー糖を加え、さらにドライイーストを加えて5分ほど置いておく。
2. Aを合わせてボウルに入れ、かるく混ぜる。
3. ***2***のボウルに***1***を加えて混ぜ、35℃の場所へ2時間置いておく。
4. フライパンにサラダ油をしいて、生地を流しきつね色になるまで両面を弱火で4、5分焼く。

Hotel NOHANA

谷 瑞恵（たに・みずえ）

三重県生れ。三重大学卒業。1997年、『パラダイス ルネッサンス―楽園再生―』で集英社ロマン大賞に佳作入選しデビュー。他著書に「伯爵と妖精」シリーズ、「思い出のとき修理します」シリーズ、「異人館画廊」シリーズ、『木もれ日を縫う』『額装師の祈り　奥野夏樹のデザインノート』『まよなかの青空』『めぐり逢いサンドイッチ』『神さまのいうとおり』『あかずの扉の鍵貸します』などがある。

初出
「yom yom」2022.1～2023.2

小公女《しょうこうじょ》たちのしあわせレシピ

著者／谷《たに》 瑞《みず》恵《え》

発行／2023年10月20日

発行者／佐藤隆信
発行所／株式会社新潮社
〒162-8711 東京都新宿区矢来町71
電話・編集部 03(3266)5411・読者係 03(3266)5111
https://www.shinchosha.co.jp

装幀／新潮社装幀室
印刷所／錦明印刷株式会社
製本所／加藤製本株式会社

ISBN 978-4-10-351572-2　C0093